Leipziger Ende

Sylke Tannhäuser, Jahrgang 1964, wurde in Leipzig geboren, wuchs in Zittau auf und kehrte nach dem Abitur nach Leipzig zurück. Sie schreibt vorwiegend Kriminalromane, aber auch Kurzgeschichten, die in verschiedenen Anthologien und Literaturzeitschriften erschienen sind.

SYLKE TANNHÄUSER

Leipziger Ende

KRIMINALROMAN

emons:

Bibliografische Information der Deutschen Bibliothek
Die Deutsche Bibliothek verzeichnet diese Publikation in der Deutschen Nationalbibliografie; detaillierte bibliografische Daten sind im Internet über http://dnb.d-nb.de abrufbar.

FSC www.fsc.org MIX Papier aus verantwortungsvollen Quellen FSC® C083411

Umschlagmotiv: © mauritius images/ib/Jason Langley
Umschlaggestaltung: Tobias Doetsch
Gestaltung Innenteil: César Satz & Grafik GmbH, Köln
Druck und Bindung: CPI – Clausen & Bosse, Leck
Printed in Germany 2013
ISBN 978-3-95451-196-9
Originalausgabe

PROLOG

Der Mann richtete sich auf. »Bist du bereit?«

Der andere, ein dürrer Typ von sechsundzwanzig Jahren, nickte ihm zu. Das Nicken kam zögernd, das gefiel dem Mann nicht.

»Gib mir deinen Arm.« Mit einem Ruck zog er den Venenstauer fest, dann spritzte er Desinfektionsmittel in die Ellenbeuge.

Der Dürre atmete unruhig. Wenn er ausatmete, flackerten die Flammen der Teelichter am Kopfende des Bettes.

Der Mann grinste. Richtig gemütlich war es hier. Viel besser als draußen. Er punktierte die Vene, führte die Kanüle ein und löste das Stauband. Fasziniert starrte er auf die rote Flüssigkeit, die in den Schlauch schoss.

»Wird es lange dauern?« Die Stimme des Dürren zitterte.

»Eine Viertelstunde, höchstens. Dreh dich auf die Seite.«

Der Dürre machte Anstalten, sich nach links zu wenden.

»Nein, nimm die rechte.«

Das Bett knarrte, als er tat, wie ihm geheißen.

Der Mann betrachtete den blassen Körper. Hühnerhaut. Sacht, fast andächtig, strich er über die Partie zwischen den Schulterblättern und folgte dem Verlauf der Wirbelsäule bis zum Ansatz der eingefallenen Pobacken. Er pulte eine neue Nadel aus der Verpackung.

Der Dürre atmete jetzt lauter. Vielleicht ahnte er, was ihn erwartete.

»Es tut nicht weh.« Davon war er überzeugt. Er nahm die besten Nadeln, die er kriegen konnte. Hauptsache, der Dürre blieb ruhig liegen. Seine Vorgänger waren zunächst nicht weniger willig gewesen. Später, wenn es zur Sache ging, machten die meisten Sperenzien.

Sein erster Fall lag lange zurück, eine halbe Ewigkeit. Johann Kaster, das war der Name des ersten gewesen. Johann, der Alte, der die Freude am Leben verloren hatte, nicht zuletzt dank des Heimes mit dem hochtrabenden Namen »Abendresidenz«. Ihn hatte er auf einer Parkbank kennengelernt. Dort war Johann dann auch gestorben, auf der Bank mit der grün gestrichenen Lehne.

Johanns Vene war schlechter als die von dem Dürren hier gewesen, verbraucht eben. Der Mann hatte mehrmals ansetzen müssen, damit endlich Blut in den Schlauch floss und den mitgebrachten Beutel füllte.

Der metallische Geruch verursachte ihm Übelkeit, auch jetzt wieder. Aber das Blut war unerlässlich. Der Leib Christi, was könnte geeigneter sein? Das Blut und das Zeichen verbanden seine Opfer.

Johann hatte er die Zahl auf den Handrücken gestochen, in winzigen Punkten. Man musste genau hinschauen, um sie zu erkennen. Der Alte hatte es teilnahmslos geschehen lassen. Aber dann war wohl der Teufel in ihn gefahren.

Der Mann rief sich Johanns Widerstand wieder ins Gedächtnis. Seine aufgerissenen Augen, das Staunen darin. Als ob er nicht von Anfang an gewusst hätte, worauf er sich eingelassen hatte.

Er hatte ihm den Schal auf Mund und Nase gepresst, solange Johann noch zappelte, bald war er still gewesen. Ausgelöscht von seiner Hand, der Hand Gottes. Lange Zeit hatte er sich gefragt, ob es jedes Mal so sein würde. Heute wusste er, der Tod war immer ein besonderer Moment.

Der Dürre war jünger. Ob er sich auch wehren würde?

Der Mann setzte die Nadel auf die Haut und stach zu.

Der Dürre zuckte zusammen. »Beeil dich.«

»Sei still, ich muss mich konzentrieren.«

Punkt reihte sich an Punkt, er arbeitete schnell. Ab und zu hielt er inne, um sein Werk zu betrachten. Nach etwa zehn Minuten war er fertig. Er legte sein Werkzeug beiseite und prüfte den Füllstand des Beutels, in den noch immer das Blut tropfte. Sechshundertfünfzig Milliliter. Noch fünfzig, dann war es genug. Der Pegel erreichte Markierung um Markierung, bei siebenhundert zog der Mann die Kanüle heraus und gab dem Dürren ein Taschentuch. »Press es auf die Stelle.«

»Warum?«

»Mach es einfach.« Es war egal, ob der Dürre einen Bluterguss bekam, doch das Abdrücken der Einstichstelle gehörte nun einmal dazu.

Der Mann stellte den Beutel mit dem Blut in einen Maßkrug, während der Dürre sich bereits wieder anzog. Gemeinsam verließen sie die Wohnung und liefen zu dem Kleinwagen, der am Straßenrand parkte. Der Dürre stieß beim Einsteigen mit dem Kopf an die Karosse über der Tür. »Hast du alles dabei?«

»Klar.« Im Kofferraum lag das Seil. Der Mann hatte es vor einigen Tagen in einem Baumarkt besorgt.

»Mein Rücken brennt wie Feuer. Hoffentlich heilt es schnell.«

Eine unbegründete Sorge, denn bald würde der Dürre nichts mehr spüren.

Es war um Mitternacht, die Straßen waren leer. Trotzdem beachtete der Mann die Verkehrsregeln. Sie fuhren am »Felsenkeller« vorbei in Richtung Innenstadt. Die meisten Ampeln waren ausgeschaltet, sie kamen zügig voran. Am Rathaus bog der Mann rechts ab, dann links, am Bayrischen Bahnhof vorbei und weiter gen Süden, bis er auf einer von Bäumen gesäumten Straße an den Straßenrand steuerte.

»Wir sind da.«

Vor ihnen lag der Friedenspark. Im Grunde hätten sie nicht den weiten Weg auf sich nehmen müssen. Parks gab es überall, auch in der Nähe des Hauses, das sie vor knapp einer halben Stunde verlassen hatten. Doch der Dürre hatte sich für diesen hier entschieden.

Sie stiegen aus und liefen in den Park hinein. Der Mann zog die Jacke enger um die Schultern. Ihn fröstelte, bei jedem Ausatmen stieg ein Wölkchen aus seinem Mund. Der Dürre neben ihm wurde schneller, und auch der Mann beschleunigte seine Schritte. Das Seil, das er sich um die Schulter gehängt hatte, schlug gegen seine Seite. Er hätte es in einen Beutel stecken sollen. Vielleicht beim nächsten Mal.

An einem Baum blieb der Dürre stehen. »Der ist es. Hier soll es sein.«

»In Ordnung.«

Der Mann knüpfte eine Schlinge. Die Augen des Dürren strahlten. Der freute sich wie ein Schneekönig. Zum ersten Mal war er *dabei* nicht allein. Zum ersten Mal musste er nicht selbst aufpassen, dass er es nicht zu weit trieb. Das Seil würde die Luftzufuhr drosseln. Zu wenig Sauerstoff im Gehirn bereitete Lust, hatte der Dürre dem Mann erklärt, stotternd, als schäme er sich dafür. Anders kam es dem nicht. Daran konnten die besten Nutten der Stadt nichts ändern. Es war Sünde, doch was galt das angesichts des Geschenks, das ihm der Dürre gleich machen würde?

Er warf das Seil über einen Ast. »Du kannst anfangen.«

Der Dürre kniete sich nieder und schob seinen Kopf durch die Schlinge.

EINS

Oberkommissar Heinrich Heine, genannt Henne, zog den Reißverschluss seiner Lederjacke bis ans Kinn. Er fixierte den Minutenzeiger der Uhr über dem Eingang der Kardiologie des Universitätsklinikums. Noch zehn Minuten bis zu seinem Termin. Schweiß perlte von seiner Stirn und versickerte in den Falten, die sich von den Mundwinkeln zum Kinn zogen.

Fünf vor acht ging er die Stufen des Gebäudes hinauf. Im spiegelnden Glas der Eingangstür wirkte seine dunkle Haut, das Erbteil von Hennes äthiopischem Vater, wie totes Fleisch. Er zwickte sich in die Wangen, doch die graue Farbe blieb.

Dr. Mannheimer praktizierte im dritten Stock. Henne verzichtete auf den Lift und keuchte die Treppen hinauf. Die Stühle im Wartebereich waren belegt, die Sprechstundenhilfe schickte ihn gleich ins Untersuchungszimmer.

Eine Stunde später klappte Mannheimer die Patientenakte zu. »So weit ist alles in Ordnung.«

»Dann bin ich wieder gesund?« Henne setzte sich auf. Die Bewegung verursachte ein Stechen in seiner Brust. Er presste die Lippen zusammen.

»Sagen wir, Sie sind auf dem Weg dahin. Achten Sie weiter auf Ihre Ernährung, essen Sie Obst und Gemüse statt Schweinshaxen. Bewegung an der frischen Luft ist ebenfalls gut.«

Henne seufzte. Er zog ein kariertes Taschentuch heraus und wischte sich über die Stirn. Missmutig betrachtete er den Fleck, ehe er das Taschentuch zusammenfaltete und in der Hosentasche verstaute.

»Sie müssen Geduld haben.« Mannheimer lächelte ihm aufmunternd zu.

In Hennes Brust hämmerte es wie im Motor eines Oldtimers. Der Stent leistete gute Arbeit, auch das EKG war in Ordnung. Vielleicht bildete er sich den Schmerz bloß ein. Eilig verabschiedete er sich.

Auf der Straße blieb er stehen. Bewegung hatte Mannheimer empfohlen. Ein Spaziergang war keine schlechte Idee, dabei konnte er in Ruhe über die Worte seines Arztes nachdenken. Dem Klinikgelände gegenüber lag der Botanische Garten. Früher war er oft dort gewesen, doch seit sich Dschingis Khan bei ihm eingenistet hatte, war es damit vorbei. Die Dogge hatte wie alle Hunde nichts in einem gepflegten Grüngelände zu suchen. Man fürchtete wohl, die Tiere könnten an die kostbaren Pflanzen pinkeln oder auf der Suche nach Mäusen im Erdreich buddeln.

Henne schlenderte durch das verzierte Eisentor. Seine Schritte knirschten auf dem Sandweg, der sich nach wenigen Metern teilte. Unschlüssig blieb er stehen. Rechter Hand verschwand eine Gruppe Touristen in einem der großen Gewächshäuser. Bestimmt waren auch in den anderen Häusern Menschen unterwegs. Henne erwog, nach Hause zu gehen, doch dann entschied er sich, einen Umweg über den nebenan liegenden Friedenspark zu machen. Er lief die Mauer entlang bis zu dem breiten Weg, der in das Innere des Parks führte.

Die Sonne stach mit fahlen Fingern durch die Bäume, kahle Riesen, die ihre Äste und Zweige in den Himmel reckten. Aus der Ferne leuchtete die Zwiebelkuppel der Russischen Gedächtniskirche.

Henne folgte dem Rasenstreifen, der den Weg begleitete. Das vom Herbst liegen gebliebene Laub raschelte unter seinen Füßen. Es erinnerte ihn an seine Kinderzeit. Seine Freunde und er hatten oft meterhohe Blätterhaufen aufgetürmt, um dann hineinzuspringen. Unwillkürlich schmunzelte er.

Er bog um die Ecke, und sein Lächeln gefror. »Gottverdammich.«

So schnell er konnte, rannte er auf die Linde am Ende des Weges zu. Unter dem Baum kniete eine Gestalt. Sie war nach vorn geneigt und wurde nur durch ein um ihren Hals geschlungenes Seil am Umkippen gehindert. Das andere Ende des Seils war hinter ihr an einen tief hängenden Ast geknotet.

Im Näherkommen entpuppte sich die Gestalt als ein ziemlich dürrer und anscheinend recht junger Mann. Ein Hut verbarg einen Teil seines bläulich verfärbten Gesichts, aber am Kinn sah Henne so etwas wie einen Bart – dünne, etwa fünf Zentimeter lange Flusen. Die Hose des Mannes stand offen.

Noch im Laufen zerrte Henne sein Handy aus der Hosentasche und informierte den Kriminaldauerdienst.

»Oberkommissar Heine hier. Vermutlicher Leichenfund im Friedenspark.« Er gab durch, was er wusste, viel war es nicht. Noch während er telefonierte, spürte er einen heißen Schwall Säure von seinem Magen hochsteigen.

Eilig machte er sich daran, den Mann von der Schlinge zu befreien. Der Knoten war fest, Hennes Finger rutschte immer wieder ab. Wütend biss er die Zähne zusammen. Die Hitze in seinem Innern brannte, gleichzeitig breitete sich der bekannte Schmerz von seiner Brust aus in Bauch und Arme aus. Dazu der Druck. Wie ein auf ihm herumtrampelnder Elefant.

Keuchend presste Henne die Hände auf die Brust und zwang sich, tief Luft zu holen.

Er wartete nicht, bis es ihm besser ging, sondern versuchte sich weiter an dem Seil. Diesmal gelang es ihm, den Knoten zu lösen, und der Mann sackte auf die Erde.

Im Knien beugte sich Henne über den Leib. Atmung, Puls – Fehlanzeige. Er bemerkte die schräg am Hals verlaufenden Hautverfärbungen, Merkmale der Strangulation. Hier war jeder Rettungsversuch umsonst. Der Mann war tot.

Henne wollte aufstehen, doch er konnte sich nicht bewegen. Der Herzschlag dröhnte in seinen Ohren, und die Welt verschwamm in Nebelschlieren.

Keine halbe Stunde später wimmelte es im Park nur so von Polizisten. Die meisten waren in Uniform, nur wenige in Zivil. Einer der Männer hatte Henne zu einer Bank geführt.

»Es kümmert sich gleich jemand um Sie.«

Henne winkte ab. Am liebsten hätte er geheult. Er war ein Krüppel, nichts anderes. Statt Verbrecher zu jagen, saß er herum und leckte seine Wunden, echt erbärmlich.

Josef Pallauer, Oberkommissar wie Henne, kam auf ihn zu. Im Gegensatz zu ihm hatte Pallauer rosige Wangen. Kein Wunder, der Mann kannte Arbeit nur vom Hörensagen. Wie immer kaschierte er seine Inkompetenz mit einem Grinsen. »Haben Sie eine Ahnung, wer der Tote ist?«

»Schauen Sie in seine Taschen. Vielleicht hat er einen Ausweis dabei.«

»Witzbold.« Pallauers Grinsen gefror zu einer Grimasse.

Fischer von der Spurensicherung und seine Mitarbeiter machten sich daran, das Umfeld abzusuchen und alles einzusammeln, was ihnen verdächtig erschien. Blätter, Erde und Rindenstücke verschwanden in beschrifteten Tüten. Innerhalb weniger Minuten sah der Boden um die Linde wie ein frisch gepflügtes Feld aus.

Zwei schwarz gekleidete Männer bereiteten die Leiche für den Transport zur Rechtsmedizin vor. Sie hatten es nicht weit, das Institut lag schräg gegenüber. Auch Dr. Schemkeler, der obduzierende Arzt, war gekommen. Er stand unter dem Baum, an dem der Tote gehangen hatte.

Henne ging zu ihm hinüber und begrüßte ihn. »Fein, dass Sie die Leiche übernehmen werden.«

Pallauer war Henne gefolgt. »Dazu sind Rechtsmediziner schließlich da.« Er wandte sich Schemkeler zu. »Was sagen Sie zu dem Toten?«

»Nichts.«

»Wie – nichts?«

»Es ist noch zu früh, um eine sichere Diagnose zu stellen. Mehr als den Fundort und die Leiche habe ich bislang nicht gesehen. Erste Eindrücke täuschen oft.«

»Blödsinn, Sie müssen doch eine Meinung haben.«

Schemkeler und Henne wechselten einen Blick. Henne verdrehte die Augen, Schemkeler schien zu verstehen. »Meine Meinung spielt keine Rolle, Oberkommissar Pallauer. Warten Sie auf den Obduktionsbericht, dann haben Sie das Ergebnis schwarz auf weiß.«

Pallauer zog die Augenbrauen hoch und schob sich durch die umherstehenden Polizeibeamten davon.

Schemkeler schaute ihm nach. »Netter Typ.«

»Zum Glück sind nicht alle Bullen wie er.«

»Ist der Tote Ihr Fall?«

Henne schüttelte den Kopf.

»Schade.«

Das fand Henne auch. »Ich bin nicht im Dienst.«

»Was haben Sie ausgefressen? Hat sich wieder jemand über Sie beschwert?«

Das war öfter vorgekommen, denn Henne nahm selten Rücksicht, wenn er an einem Fall arbeitete. »Ich hab mich selbst entschärft. Das Herz.«

»Das sollten Sie keinesfalls auf die leichte Schulter nehmen.«

Warum bloß mussten ihm alle Leute Ratschläge erteilen? So krank sah er doch wirklich nicht aus. »Ich versuche es, versprochen.«

Angesichts des Toten am Baum drängte es Henne mehr denn je, seine Arbeit wieder aufzunehmen. Schließlich war er es gewesen, der die Leiche entdeckt hatte.

Pallauer rief ihn. Das Protokoll. Ob Henne gleich mit zur Direktion kommen und seine Aussage machen wolle.

Henne verabschiedete sich von Schemkeler und stieg zu Pallauer in den Wagen.

»Hübscher Flitzer.« Er strich über den Ledersitz. Ein 911er war kein gewöhnliches Auto für einen Polizeibeamten.

»Sechshundertzwanzig PS, der macht mehr als dreihundert Sachen.« Pallauer klang gelangweilt, doch Henne sah seine Augen leuchten.

Der Motor schnurrte wie ein Kätzchen. Henne linste auf den Tacho, vierzig Stundenkilometer. Pallauer schaffte es trotz der starken Maschine noch unterhalb der innerorts vorgeschriebenen Geschwindigkeitsbegrenzung zu bleiben.

Was für eine Verschwendung.

ZWEI

Nach dem Herzinfarkt vor drei Monaten war Henne noch nicht wieder in der Polizeidirektion gewesen. Er betrat das Gebäude und atmete tief ein. Wie hatte er den Geruch nach Akten, Essensmief und Desinfektionsmitteln vermisst.

Gitta, die den Eingangsbereich der Polizeidirektion managte, warf ihm eine Kusshand zu. Sie trug eine neue Perücke, ein tiefschwarzes Exemplar, das aus Rastazöpfen bestand. Die Frisur war harmlos, er hatte schon ganz andere Dinge auf ihrem Kopf gesehen. An die meisten erinnerte er sich nur mit Grauen.

Henne fuhr sich über die Haare und grinste. »Nicht übel.«

»Wenn du Zeit hast, sollst du zu Kienmann kommen.«

Wenn er Zeit hatte? Seit er krankgeschrieben war, hatte er mehr als genug davon. Er ging zu Pallauer ins Büro, um seine Aussage zu machen. Das dauerte nicht lange, er hatte den Toten entdeckt, mehr nicht. Danach machte er sich auf den Weg zu Kienmann.

Thomas Kienmann, Polizeiarzt und nebenbei Hennes bester Freund, kam hinter seinem Schreibtisch hervor und umarmte ihn. »Menschenskind, ich habe schon auf dich gewartet.« Er drückte Henne in den Ledersessel und holte eine Flasche aus dem Schrank.

Henne legte seine Jacke ab. »Für mich keinen Alkohol.«

»Ach was, ich habe ein gesundes Tröpfchen. Glaub mir, der bringt dich wieder auf die Beine.«

»Man sieht mir also die Erschöpfung an, was?«

»Blass siehst du aus, aber das wird sich bessern.«

»Ich bin so oft an der frischen Luft, ein Wunder, dass ich noch keine Lederhaut habe.« Henne wischte sich mit dem Hemdsärmel den Schweißfilm von der Stirn.

Kienmann füllte die Gläser mit einer hellbraunen Flüssigkeit, die wie Sirup aus der Flasche rann. »Nusslikör mit Eiern nach einem Rezept meiner Großmutter, Gott hab sie selig. Dazu eine Peperonischote für die Schärfe.« Er prostete Henne zu und trank. »Ich habe gehört, du bist über einen Toten gestolpert. Ein Mord?«

»Bis jetzt gibt es keine eindeutigen Anzeichen dafür. Es

könnte auch ein Suizid sein. Falls der Mann ermordet wurde, wird Schemkeler es herausfinden.« Henne nippte an seinem Glas. Von Kienmanns alkoholischen Kreationen bekam er regelmäßig Sodbrennen. Trotzdem fühlte er sich auf einmal viel besser als noch am Morgen. »Dieser Tote im Friedenspark war jung. Das Leben lag noch vor ihm. Wie verzweifelt muss ein Mensch sein, dass er sich erhängt?«

»Es gibt Gruppen, in denen sich potenzielle Selbstmörder regelmäßig austauschen. Du würdest dich wundern, welche Gedanken die haben. Das Alter spielt dabei keine Rolle.«

»Woher weißt du das?«

»Aus dem Internet. Da findest du alles, selbst Tipps, wie man sich umbringt, todsicher.«

Irgendetwas an dem Toten war sonderbar gewesen. Wenn Henne nur darauf kommen würde, was. Sosehr er sich zu erinnern versuchte, ständig sah er Pallauers gebräuntes Gesicht vor sich. »Blöd, dass Pallauer den Fall bekommen hat.«

Kienmann hob die Schultern. »Die anderen Oberkommissare sind ausgelastet.«

»Schuster hätte wenigstens Leonhardt oder Diener hinzuziehen können.«

»Von denen ist keiner da.«

»Wieso?«

»Hagen Leonhardt ist noch mal Vater geworden. Der hat vielleicht Nerven.« Eigentlich müsste Leonhardt längst wieder im Dienst sein. Zur Geburt seines vierten Sprösslings hatte Henne ihn in die Klinik gefahren. Das war kurz vor dem blöden Herzinfarkt gewesen.

»Leonhardt kümmert sich um das Baby, er hat ein halbes Jahr Elternzeit genommen«, sagte Kienmann, als hätte er Hennes Gedanken erraten.

»Was ist mit Frank?«

»Der ist zur Weiterbildung in Dresden, aber keine Bange, der Junge kommt bald zurück. Pallauer hat Uta Trettau im Team.«

Woher zum Teufel wusste Kienmann das alles? Seit er den Toten gemeldet hatte, waren keine vier Stunden vergangen.

»Die Trettau, was?« Henne kannte die Nichte des Polizeidirektors. Sie war direkt, manchmal vorlaut, aber er mochte sie. Schuster hatte sie bestimmt nicht ohne Grund ausgerechnet Pallauer zugewiesen. Zumindest war ihr Fahrstil um Welten besser als der des Oberkommissars.

Ein Stockwerk tiefer sammelten sich im gleichen Moment die Beamten um Pallauer. Der Oberkommissar lag im Flur, aus dem Hosenstoff über seinem Schienbein spießte ein Knochen, und um seinen rechten Unterschenkel hatte sich eine Blutlache gebildet.

»Was ist passiert?«, fragte Uta Trettau.

»Ich bin ausgerutscht.« Pallauer stöhnte. »Der Boden ist verdammt glatt.«

Trettau wunderte sich, warum niemand Erste Hilfe leistete.

»Der Arzt ist schon unterwegs«, sagte Reinboldt, als hätte er ihre Gedanken erraten. »Es dauert nicht mehr lange.« Knut Reinboldt war der Dienstälteste des Dezernats. Normalerweise hielt Pallauer große Stücke auf ihn, jetzt allerdings erntete Reinboldt nur einen bösen Blick.

»Das tut richtig scheiße weh.« Pallauers Augenlider flatterten. Seine Pupillen drifteten nach oben, bis nur noch das Weiße zu sehen war.

Währenddessen hatte Uta Trettau den Sanikasten geholt. »Helfen Sie mir.« Sie drückte Reinboldt eine Kompresse in die Hand.

Der ließ das Päckchen wie eine heiße Kartoffel fallen. »Das kann ich nicht.« Er war auf einmal kalkweiß im Gesicht.

Alle herumstehenden Männer hatten es plötzlich eilig davonzukommen.

Trettau riss die Hülle der Kompresse auf und deckte Pallauers Wunde ab. »Alles wird gut«, murmelte sie. »Nur nicht einschlafen, hören Sie?«

Pallauer gab ein Grunzen von sich.

»Ist Ihnen kalt?« Trettau breitete eine Decke aus.

Aus der Ferne näherten sich Sirenenklänge, die schließlich vor dem Haus erstarben. Kurz darauf war der Notarzt zur Stelle und übernahm. »Das haben Sie gut gemacht.« Er nickte Trettau zu.

Sie lächelte schwach zurück und fragte sich, wo Dr. Kienmann war. Er und nicht sie hätte sich um den Verletzten kümmern müssen, aber vermutlich hatte ihn wieder einmal niemand informiert. Sie wartete, bis Pallauer abtransportiert wurde, und machte sich auf die Suche nach Schuster. Ihr Onkel hatte soeben einen weiteren Oberkommissar verloren.

Polizeidirektor Schuster schien es eilig zu haben, er war schon im Mantel und gab Frau Blume, seiner Sekretärin, letzte Anweisungen. »Falls mich jemand sprechen will, vertrösten Sie ihn auf später. Ich bin für zwei Stunden beim Oberbürgermeister. Die Präventionskommission tagt. Schade um die Zeit.«

Trettau wusste genau, was er meinte. In den regelmäßigen Sitzungen wurde diskutiert, wie die Drogenkriminalität in den Griff zu kriegen war. Gewöhnlich ohne nennenswerten Erfolg.

Der Alte bat sie gar nicht erst in sein Büro. »Was immer du auf dem Herzen hast, erzähl es mir unterwegs.« Er nickte Frau Blume zu und schob Trettau aus dem Sekretariat.

»Pallauer ist raus«, sagte sie draußen auf dem Gang.

»Was?«

»Er hat sich das Bein gebrochen, ist unten im Gang ausgerutscht. Ein Arbeitsunfall.« Sie lief neben ihrem Onkel her und hatte Mühe, mit ihm Schritt zu halten.

»Dann ist der Tote aus dem Park jetzt dein Fall.«

Trettau öffnete den Mund. Sie war noch nicht so weit, sie musste noch so vieles lernen. Doch irgendwie wollten die Worte nicht heraus. »Die werden denken, ich bekomme den Fall nur, weil ich deine Nichte bin«, stieß sie schließlich hervor.

»Na und? Du bist Polizistin. Wir sind personell unterbesetzt. Ich habe keine andere Wahl.«

»Was ist mit Reinboldt? Er hat viel mehr Erfahrung als ich.«

Schuster blieb stehen. »Der Fall ist die beste Gelegenheit für dich, um zu beweisen, was in dir steckt. Ich baue auf dich.«

»Wird es eine Sonderkommission geben?«

»Nur eine kleine.«

»Aber …«

»Du machst das schon.« Schuster setzte sich in Bewegung.

»Es ist das erste Mal, dass ich alleine …«

Schuster hatte das Eingangsportal erreicht. Er wandte den Kopf. »Einmal ist immer das erste Mal. Kopf hoch, Mädchen.«

Trettau blieb im Eingangsbereich stehen und starrte ihm nach. Als die Tür ins Schloss knallte, zuckte sie zusammen und schluckte. Ihr Magen fühlte sich an, als hätte sie einen Felsbrocken gefrühstückt.

Verloren saßen die fünf in dem Beratungsraum, der mehr als vierzig Plätze aufwies. Trettau hatte sie zusammengetrommelt. Der Krankenstand war so hoch wie noch nie, an allen Ecken fehlte Personal. Ein Selbstmord rechtfertigte es nicht, dass Mitarbeiter von anderen Verfahren abgezogen wurden. Sie hatte nur drei Mann zur Verfügung. Dazu Marie Luchs, die dreißigjährige Computerspezialistin, die derzeit ein Praktikum bei der Polizeidirektion absolvierte.

Marie hatte anhand der Ausweispapiere, die die Spurensicherung in einem Papierkorb am Parkausgang gefunden hatte, herausgefunden, wer der Tote war. Die Fotos von Leiche und Fundort hatte sie auf den Laptop geladen und über den Beamer an die Wand geworfen. Ihr dunkelrotes Haar schimmerte im Monitorlicht des Laptops wie altes Kupfer.

»Das ist der Tote. Sein Name ist Kai Dissel.« Trettau zeigte mit dem Laserpointer auf das erste Bild. Der rote Punkt verharrte auf Dissels Nase, die unnatürlich spitz aus dem Gesicht stach.

Lars Korndörfer, seit einem Jahr dem Morddezernat zugeteilt, meldete sich. »Woran isser denn gestorben?«

»An seinem Hals sehen Sie Strangulierungsspuren.«

»Er hat sich erhängt?« Der rundliche Steve Müller knetete seine Finger. Wie immer, wenn er aufgeregt war. Trettau ahnte, was in ihm vorging. Innerhalb der letzten Jahre hatte es in Sachsen eine ungewöhnlich hohe Zahl an Selbstmördern gegeben. Müller war an den Untersuchungen beteiligt gewesen. Die Tagespresse hatte nach den ersten beiden Fällen die Umstände erörtert, und am Ende hatte eine Gebrauchsanweisung für Lebensmüde in der Zeitung gestanden. In der Folge waren weitere Fälle bekannt geworden, bei denen die Polizei kein Fremdeinwirken nachweisen konnte. Offenbar hatten sich die Selbstmörder an dem Zeitungsartikel orientiert.

Trettau nickte Müller zu. »Wir wissen noch nicht, ob wir es wieder mit einem Suizid zu tun haben. Der Leichnam wird derzeit in der Rechtsmedizin untersucht.«

»Haben Sie etwa Schemkeler mit der Obduktion beauftragt?« Reinboldt starrte sie an.

Trettau war in diesem Sommer achtundzwanzig geworden, allerdings wusste sie, dass sie viel jünger wirkte. Kein Wunder, dass Reinboldt ihr nichts zutraute. Bestimmt wartete er nur darauf, dass sie versagte. Jedem anderen gegenüber hätte er sich eine solche Bemerkung verkniffen. Scheißkerl. »Dr. Schemkeler ist ein kompetenter Arzt.«

Reinboldt zuckte mit den Achseln. »Er ist ein junger Spund.«

Trettau stieg die Hitze in die Wangen. Reinboldt konnte sie mal. »Kai Dissel wurde morgens von einem Besucher des Friedensparks gefunden. An einem Baum.«

»Ich frage mich, wer sich um die Jahreszeit Bäume anguckt.« Reinboldt kippelte sichtlich gelangweilt mit seinem Stuhl.

»Oberkommissar Heine zum Beispiel.«

In diesem Moment verlor Reinboldt das Gleichgewicht. Sein Stuhl kippte gefährlich weit nach hinten, und er sprang auf, bevor er mitsamt des Stuhls auf den Boden knallte.

»Heine! Der sollte sich lieber um seinen Gesundheitszustand kümmern, anstatt uns mit Selbstmördern von wirklich wichtigen Fällen abzulenken.« Brummend richtete er den Stuhl wieder auf, setzte sich aber nicht wieder.

Trettau ignorierte ihn. »Es gibt viel zu tun. Dissels Familie, Freunde, das Arbeitsumfeld – alles muss untersucht werden.«

»Wollen Sie nicht warten, bis Schemkeler festgestellt hat, ob es sich hier um Mord oder Selbstmord handelt?« Müllers Stimme zitterte.

»Falls Dissel sich selbst getötet hat, wird das Verfahren umgehend eingestellt. Bis dahin werden wir ermitteln.« Trettau winkte Marie, den Laptop herunterzufahren. Sie nickte den Männern zu, dass die Besprechung beendet sei.

Reinboldt vorneweg, danach Müller und Korndörfer, verließen die drei den Raum.

»Er mag dich nicht«, stellte Marie fest.

»Reinboldt?« Trettau rümpfte die Nase. »Der spuckt ein bisschen heiße Luft, aber er ist ein guter Ermittler.« So stand es zumindest in seiner Personalakte. Knut Reinboldt hatte an vielen wichtigen Fällen mitgearbeitet.

»Wenn er wirklich so gut wäre, hätte der Alte ihn statt dich mit der Leitung der SoKo beauftragt.«

»Er wird seine Gründe haben.« Trettau hatte nicht vor, Marie zu erläutern, warum ausgerechnet sie den Fall bekommen hatte. »Bist du fertig?«

»Gleich, ich fahre nur noch die Verdunklung hoch.« Die Jalousien rasteten an den Oberkanten der Fenster ein, und Marie schaltete das Licht aus.

Mit schnellen Schritten liefen sie den Flur entlang zu der Glastür, die den hinteren Teil des Gebäudes von dem vorderen trennte. Dort lagen die Büros des Dezernats 1. Der Raum, den sie betraten, maß keine zehn Quadratmeter. Trotzdem war Trettau froh, dass sie überhaupt ein Büro für sich hatte. Während des Studiums in München hatte sie sich mit zwei anderen Frauen eine Wohnung geteilt und in einem Zimmer gelebt, das noch kleiner gewesen war.

Sie trat zu dem Schreibtisch, der unter dem Fenster stand, öffnete die oberste Schublade und nahm einen Ordner heraus.

»Lass uns noch einmal prüfen, ob wir etwas übersehen haben.« Wenn nur Henne da wäre und ihr zur Seite stehen könnte.

Während Marie den Rechner startete und nach der Datei suchte, überflog Trettau den Inhalt der Akte. Es war nur ein einziges Blatt. Eine Seite, die alles enthielt, was sie derzeit über Kai Dissel wussten: geboren am 04.08.1986 in Leipzig, ledig, keine Kinder, wohnhaft im Leipziger Westen. »Jemand muss mit seinen Eltern sprechen.«

Marie schaute auf. »Reinboldt?«

Trettau schüttelte den Kopf. »Ich kümmere mich selbst darum.«

Laut Einwohnermeldedatei waren Hanne und Lothar Dissel in Grünau gemeldet. Kai war ihr einziges Kind. Gewesen.

DREI

»Du denkst immer noch an den Toten«, stellte Erika fest und verließ das Wohnzimmer. Henne schaute ihr hinterher. Er hatte seiner Frau von dem Leichenfund erzählt. Sie hatte ihn angestarrt, als hätte er das Verbrechen begangen.

Hätte er den Toten etwa ignorieren sollen? Das konnte sie nun wirklich nicht von ihm verlangen. Er konnte ja schließlich nichts dafür, dass der Mann ausgerechnet an einer Stelle gehangen hatte, an der er vorbeigekommen war. Und Henne war Polizist, mit Leib und Seele, so viel sollte sie mittlerweile wissen.

Kaum waren die Gedanken gedacht, schämte er sich schon dafür. Erika liebte ihn, nur deshalb machte sie sich Sorgen. Bestimmt befürchtete sie, dass er auf der Stelle loszog und auf eigene Faust den Fall untersuchen würde. Und dass er die Warnungen der Ärzte in den Wind schlug.

So ein Blödsinn, auf seine Gesundheit konnte er überall und jederzeit achten. Ein paar Fragen da, ein wenig Recherche dort – was schadete das schon? Ihm jedenfalls würde die Abwechslung guttun.

Dschingis Khan streckte sich und stieß mit dem Kopf an seine Hand. Der Hund brauchte Bewegung. Nach dem Abendessen würden sie eine Runde drehen, vielleicht konnte das die Gedanken an den Toten aus seinem Kopf vertreiben. Wieder sah er den Strick und den Baum vor sich, und unvermittelt fiel ihm ein, was ihn daran gestört hatte: Der Mann hatte gekniet. Aus dieser Stellung hätte er vermutlich aufstehen und sich befreien können.

Henne lief in den Flur und schnappte sich die Hundeleine. »Ich geh mit Dschingis raus.«

Erika schien ihn nicht gehört zu haben. Wo war sie überhaupt?

»Dschingis und ich – wir sind dann mal weg.«

»Ich bin nicht taub.« Die Antwort kam aus der Küche.

»Schlechte Luft, mein Junge.« Henne schnippte mit den Fingern, das Zeichen für die Dogge, ihm zu folgen. Sollte Erika schmollen, er wusste, wie er sie friedlich stimmen konnte. Später, nach dem Abendessen. Erst musste er etwas ausprobieren.

Die Siedlung, in der Dissels Eltern wohnten, bestand aus Einfamilienhäusern, deren Eigentümer offensichtlich ein Händchen für stilvolle Dekorationen hatten. An den Haustüren hingen Blumenkränze mit Willkommensgrüßen, in den Eingangsbereichen teilten sich Gartenzwerge und Kerzenlaternen die freien Plätze.

Trettau musste eine Weile in den schmalen Straßen suchen, ehe sie das Haus der Dissels fand. Es lag am Ende einer Sackgasse, und gegen die Nachbarbebauung wirkte es unscheinbar. Es war kein großes Haus, eher ein Häuschen, niedrig und unter eine ausladende Tanne geduckt. Die Fassade war grau, an einigen Stellen fehlte der Putz, und an den grünen Fensterläden blätterte die Farbe ab, sodass man die darunterliegenden Schichten erkennen konnte. Anscheinend hatte das Haus weit mehr Jahre auf dem Buckel als die anderen in der Straße.

Durch ein Fenster im Erdgeschoss drang Lichtschein in den Abend. Dissels waren daheim. Trettau drückte auf den Klingelknopf neben dem hölzernen Gartentor und wartete.

Kurz darauf öffnete sich die Tür. In der Türöffnung erschien eine dünne, fast ausgemergelte Frau, die eine Strickjacke über der geblümten Schürze trug. »Ja?« Ihre Stimme klang wie die eines Mannes.

Trettau hatte nicht damit gerechnet, dass die Frau eine derart tiefe Stimme haben könnte, und war einen Moment lang verwirrt. »Frau Hanne Dissel, nehme ich an. Darf ich hereinkommen?«

Frau Dissel zögerte. Vielleicht dachte sie, Trettau wollte ihr einen Staubsauger oder Zeitschriften andrehen.

»Mein Name ist Uta Trettau, ich bin von der Kriminalpolizei.«

»Kriminalpolizei? Dann kommen Sie mal.«

Trettau folgte ihr ins Innere. Drinnen sah es kaum besser als von außen aus. In einer Ecke des Korridors hatte sich die Tapete gelöst. Die Wand schien feucht zu sein. Dissels hatten einen mickrigen Gummibaum davor gestellt. Doch statt die Stelle zu kaschieren, lenkte er erst recht den Blick darauf.

»Hier entlang, bitte.« Frau Dissel zeigte auf eine Tür.

Trettau trat ins Wohnzimmer. Auf dem ausladenden Sofa, das mit Kissen übersät war, saß ein Mann. Über seinem Bauch spannte sich ein Unterhemd, aus dem Halsausschnitt quollen dunkle Haare. Trettau schaute sich um. Der Raum überraschte sie. Schwere Kirschbaummöbel dominierten die Wände, sie wirkten teuer. In einer Ecke stand ein marmorverkleideter Kamin, der einiges gekostet haben musste. Insgesamt bildete die Einrichtung einen krassen Widerspruch zu dem, was sie draußen gesehen hatte.

Die Hitze in dem Raum trieb Trettau Schweißperlen auf die Stirn, und sie öffnete ihre Jacke.

»Die Frau kommt von der Kripo, Lothar.« Frau Dissel nahm neben ihrem Ehemann Platz. »Setzen Sie sich doch.«

»Kriminalpolizei, Trettau mein Name.« Trettau wählte den Sessel gegenüber.

»Haben wir schon wieder etwas ausgefressen?« Lothar verzog den Mund. »Die Meyers sollen sich lieber um ihren eigenen Dreck kümmern, als uns ständig anzuzeigen.«

»Die Meyers?« Trettau schaute Frau Dissel an, dann Herrn Dissel.

»Unsere Nachbarn. Die fühlen sich durch uns belästigt. Wir lassen die Büsche zu groß werden, unser Laub fällt auf ihr Grundstück, und die Straße würden wir auch nicht fegen. Diese Spinner.« Er rümpfte die Nase.

Trettau wünschte, sie wäre tatsächlich wegen der angeblichen Spinner da.

»Ihre Nachbarn haben nichts mit meinem Besuch zu tun. Ich komme wegen Kai.«

Frau Dissel, die an ihren Mann gelehnt saß, richtete sich auf. »Der Junge? Was ist mit ihm?«

»Es tut mir leid, dass ich Ihnen eine schlimme Nachricht überbringen muss. Kai ist tot.«

Die Wanduhr tickte überlaut. Frau Dissel begann zu schluchzen. Es hörte sich wie das Schnorcheln eines Badewannenabflusses an, und Trettau hätte sich am liebsten die Ohren zugehalten.

»Hatte Kai einen Unfall? War ein Autofahrer schuld?« Herr Dissel starrte sie mit weit aufgerissenen Augen an.

»Es tut mir wirklich leid«, wiederholte sie leise.

»Wie …« Die Stimme des Mannes brach.

»Man hat ihn im Friedenspark gefunden. Er hing an einem Baum.«

»Daran ist nur diese verdammte Sekte schuld«, flüsterte Frau Dissel so unvermittelt, dass Trettau zusammenzuckte.

»Welche Sekte?«

Frau Dissel öffnete den Mund, doch es kam kein Ton heraus. Ihr Blick ging flackernd zwischen Trettau und ihrem Mann hin und her. Gleich würde sie durchdrehen.

»Frau Dissel …«

Sie schien Trettau nicht zu hören, sondern starrte sie nur mit offenem Mund an. Ihr Mann zog sie an sich, und Frau Dissel barg das Gesicht an seiner Brust.

Trettau atmete auf. Viel länger hätte sie den anklagenden Blick nicht ertragen.

Lothar Dissel streichelte den bebenden Rücken seiner Frau. Nach dem Gespräch mit Schuster hatte Trettau den Klumpen in ihrem Magen verdrängt. Dissels Handbewegung brachte ihn zurück. Sie konnte die Hilflosigkeit des Mannes spüren.

»Ich verstehe Ihren Schock. Trotzdem möchte ich Sie bitten, mir alles zu sagen, was dazu beitragen könnte, den Tod Ihres Sohnes aufzuklären. Können Sie mir jetzt sofort meine Fragen beantworten? Oder soll ich später wiederkommen?«

»Fangen Sie an«, sagte Herr Dissel. »Dann haben wir wenigstens das hinter uns.«

»In Ordnung. Beginnen wir also mit dieser Sekte.«

»Kai war in keiner Sekte. Er war Mitglied einer Studentenverbindung. Meine Frau wollte davon nichts wissen.«

»Weshalb?«

»Unser Sohn ist alles, was wir haben. Von klein auf haben wir ihn unterstützt. Jeden Cent haben wir für ihn ausgegeben, für seine Ausbildung. Aus Kai sollte etwas werden.« Die Augen des Mannes füllten sich mit Tränen. »Ich bin nur ein kleiner Angestellter, bis zur Wende habe ich in einer Gießerei gearbeitet, in der Lohnbuchhaltung. Danach war ich arbeitslos. Später habe ich den Job bei der Wachfirma bekommen.« Er konnte die Tränen nicht länger zurückhalten. Langsam rollten sie über seine Wangen.

»Ihr Kai sollte es besser haben, stimmt's?«

Herr Dissel nickte. »Er sollte studieren, er war so klug, alles Einsen auf dem Zeugnis, wissen Sie? Wir hätten ihn gern bei uns behalten, aber der Junge wollte raus, nach drüben. Wegen der Möglichkeiten, die wären dort besser.«

»Wohin ist er gegangen? In welche Stadt?«

»Nach Mannheim. Er ist Wirtschaftsinformatiker geworden.«

Frau Dissel hob den Kopf. »Diese verdammte Stadt. Wenn er bei uns geblieben wäre, dann wäre er denen nie in die Fänge geraten.«

»Es ist ein Corps, Hanne.« Lothar Dissel klang müde, als hätte er es seiner Frau schon tausendmal erklärt.

Trettau zückte ihren Stift. »Hat das Corps eine Bezeichnung?«

Auf der Stirn von Lothar Dissel bildeten sich Falten. »Rheno-Dingsbums. Ich habe den Namen vergessen.«

Studentenverbindungen waren registriert. Es sollte leicht sein, mehr über eine Rheno-irgendwas in Mannheim herauszufinden. »Bitte verstehen Sie, dass ich Fragen habe. Da wären zum Beispiel Kais Freunde. Seine Arbeit, Hobbys. Was hat ihn bewegt? Hatte er Feinde oder Neider?«

»Glauben Sie, er wurde umgebracht?« Die Falten auf Dissels Stirn vertieften sich.

»Wir ermitteln in jede Richtung.«

»Kai war still, schon als Kind hatte er kaum Freunde. Er war lieber für sich allein.« Herr Dissel biss sich auf die Lippen. »Weißt du etwas von einer Freundin, Hanne?«

Frau Dissel wickelte ihre Strickjacke fest um ihren schmalen Körper. »Eine Freundin? Er hat uns kein Mädchen vorgestellt. Und Hobbys hatte er auch nicht.« Sie unternahm keinen Versuch, ihre Tränen abzuwischen.

Trettau verabschiedete sich bald. Viel hatte sie noch nicht über den Toten in Erfahrung bringen können, aber wenigstens hatte sie endlich einen Anhaltspunkt: das Studentencorps

Henne hatte nicht vorgehabt, auch nur in die Nähe der Polizeidirektion zu kommen, doch nun stand er da, zum zweiten Mal an diesem Tag. Dschingis schnüffelte an der Schwelle der Eingangstür und wedelte mit dem Schwanz.

Der Hund war schlau, keine Frage.

»Schon gut, wir gehen hinein.«

Die Eingangshalle war leer, und Gitta nirgends zu sehen. Das musste ein Wink des Schicksals sein, denn nie im Leben hätte sie ihn mit dem Hund die Treppe hinaufgelassen. Es war Zeit, Uta Trettau einen Besuch abzustatten.

Auf dem Korridor näherten sich Schritte. Sie kamen von vorn, aus dem Abzweig zum Seitenflügel. Hastig schob Henne Dschingis vor sich her in den Toilettenraum. Zwischen einem Stapel Klopapier und dem Waschbecken eingekeilt, wartete er. Die Schritte verstummten. Henne öffnete die Tür und fuhr zurück. Direkt vor ihm stand eine Frau, die er fast über den Haufen gerannt hätte.

»Sieh da, der Henne.«

Er hatte keine Ahnung, wer das Mädel war. Aber gut sah sie aus, das musste man ihr lassen. Ihr dunkelrotes Haar schimmerte im Neonlicht wie Kupfer. »Für Sie immer noch Herr Heine.«

»Marie Luchs.«

»Muss ich Sie kennen?«

»Ich bin Praktikantin bei Frau Trettau.«

»Ach? Und woher wissen Sie, wer ich bin?«

Marie kraulte Dschingis den Kopf. »So ein schönes Tier hat nur einer hier: Sie. Das weiß ich von Dr. Kienmann.«

»Hat der Herr Doktor noch andere Sachen über mich erzählt?«

Marie grinste. »Nun werden Sie nicht gleich grimmig. Ich nehme Ihnen nicht ab, dass Sie so empfindlich sind.«

»Das bin ich auch nicht. Lassen Sie uns zu Frau Trettau gehen. Mal sehen, welche Neuigkeiten es im Fall des Toten aus dem Friedenspark gibt.«

»Frau Trettau ist noch unterwegs. Sie können mit mir auf sie warten. Im Büro gibt es Tee.«

Kaffee wäre ihm lieber, aber Mannheimer hatte gesagt, dass er sich einschränken sollte. Dschingis in der Mitte gingen sie zu dem winzigen Raum, den Marie als Büro bezeichnet hatte. Sie servierte Henne den versprochenen Tee und berichtete, was sie über den Toten wussten.

Das Ergebnis war mager. Sie standen noch am Anfang der Ermittlungen. Alle Hoffnungen lagen bei der Obduktion durch

Schemkeler sowie bei Uta Trettau und dem, was sie von Dissels Eltern erfahren würde.

Maries Tee schmeckte wider Erwarten gut, nach Erdbeeren und Minze. Trotzdem hatte er nach vier Tassen das Gefühl, sein Bauch wäre ein Wasserfass. »Es reicht.«

»Was reicht?« Die Stimme kam von der Tür. Trettau, sie war endlich zurück.

Henne stand zur Begrüßung auf. »Das nächste Mal bestehe ich auf einem Kaffee.«

Trettau ließ sich auf ihren Stuhl fallen und streckte die Beine aus.

Henne atmete auf. Gut, dass sie nicht fragte, was er in ihrem Büro verloren hatte.

Marie reichte ihr einen Tee. »Und? Wie war es?«

»Wie schon? Schlimm war's.« Trettau trank in kleinen Schlucken. »Die Eltern tun mir leid.«

»Das ist normal. Du bist nicht nur Polizistin, sondern auch ein Mensch. Klar, dass du mit anderen fühlst«, sagte Henne.

»Mörder sind auch Menschen, trotzdem scheinen sie das anders zu sehen.«

Henne lehnte sich an die Schreibtischkante. »Also steht fest, dass Dissel ermordet wurde?«

»Nein. Ich hab es allgemein gemeint.«

»Und was meinst du sonst zu dem Fall?«

»Dissel scheint ein Einzelgänger gewesen zu sein. Seine Eltern haben etwas von einem Corps gesagt, eine Mannheimer Studentenverbindung. Der Name beginnt mit Rheno …«

»Das haben wir gleich.« Marie hämmerte auf der Tastatur des Laptops herum. »Bingo. Das Corps Rheno-Nicaria.« Sie öffnete die Internetseite. »Hier steht, dass das Rheno-Nicaria seit über einhundert Jahren existiert. Es ist die älteste Studentenverbindung der Mannheimer Universität.«

»Wir sollten uns bei ihnen umhören. Ich werde eine Dienstreise beantragen.«

»Warte mal, heute war ein Artikel in der Tagespresse.« Marie wühlte in dem Stapel Papier herum, der auf dem Tisch lag, und zog ein Exemplar der Leipziger Volkszeitung hervor. Sie blätterte die Seiten durch. »Hier ist es.«

Trettau riss ihr den Artikel aus der Hand und überflog ihn. Dann reichte sie ihn an Henne weiter.

»Carlo Trischmeyer, Professor aus Mannheim und langjähriges Mitglied des Corps Rheno-Nicaria hält ab morgen mehrere Vorträge über die Geschichte und Entwicklung von Studentenverbindungen in Leipzig«, las Henne laut.

Marie studierte immer noch die Website des Corps. »Meine Güte, die schlagen sich wie die Musketiere. Die Jungs fuchteln mit Degen herum und schlitzen sich gegenseitig die Wangen auf. Männerspiele.« Sie verdrehte die Augen.

»Ist es ein Zufall, dass ein alter Herr des Corps in der Stadt ist, während ein anderes Mitglied plötzlich stirbt?«, fragte Henne. Es war eine rhetorische Frage. Er erwartete keine Antwort. Er hatte noch nie an Zufälle geglaubt, und auch jetzt gab es keinen Grund für ihn, damit anzufangen.

Marie reckte sich und gähnte. »Ich mache Feierabend.«

Henne schaute auf die Uhr. Kurz vor halb elf. Er hatte nicht gemerkt, wie die Zeit vergangen war. Kein Wunder, um diese Jahreszeit war es schon ab dem späten Nachmittag dunkel wie in der Nacht. Erika würde toben, weil er sich einfach verdrückt hatte.

Trettau rutschte mit dem Stuhl näher an den Tisch. »Wieso bist du überhaupt hier?« Sie zog die Tastatur zu sich heran.

Wie ein Schutzschild, dachte Henne. »Ich wollte mich informieren.«

»Einfach so, ja?«

»Warum nicht? Zu irgendetwas muss ich schließlich nutze sein.«

»Du bist krank, das solltest du nicht ignorieren.«

»Krankgeschrieben«, korrigierte er. »Ihr tut allesamt so, als würde ich jeden Moment sterben.«

»Wenn du so weitermachst, dürfte das nur eine Frage der Zeit sein.« Trettau stand auf. »Ich muss aufs Klo.«

Henne wartete, bis sie das Zimmer verlassen hatte, dann drehte er den Monitor zu sich herum. Als er die Internetseite sah, pfiff er durch die Zähne. Das Rheno-Nicaria scheute keine Mühen und Kosten, der Inhalt der Homepage las sich wie Werbung für einen exklusiven Verein.

Er musterte das Wappen. *Einig und Treu*, die Aufschrift zeugte von Idealen. Überhaupt schien es bei dem Verein Regeln zu geben, die ihm Hochachtung abnötigten. Bis er auf den Waffenspruch stieß: *Claudius ultor noster – das Schwert ist unser Rächer.*

Was, wenn Dissel wirklich ermordet worden war? Es gab Fälle, in denen Mörder ihre Tat so getarnt hatten, dass es aussah, als habe sich das Opfer selbst getötet.

Er musste unbedingt ausprobieren, ob Dissel die Schlinge hätte selbst lockern können. Einen Baum im Park hatte Henne sich bereits ausgesucht, und wie zur Bekräftigung hatte Dschingis an den Stamm gepinkelt.

Die Schrift auf dem Bildschirm verschwamm, und er zwinkerte. Er sollte sich endlich ins Bett legen. Heute würde er ohnehin nichts mehr ausrichten können. Erschöpft lehnte er sich zurück. In seiner Schulterpartie pochte es, als hätte er den ganzen Tag Wassereimer geschleppt. Zur Auflockerung kreiste er ein paarmal mit den Armen, doch der Schmerz blieb. Er navigierte auf der Website zurück zu dem Foto des Hauses, in dem das Corps seinen Sitz hatte. Natursteine zogen sich bis zum ersten Stock hinauf. Der Bau wirkte wie eine trutzige Burg.

VIER

Dunst hing wie eine Glocke über der Stadt. Die Morgennebel hüllten alles in waberndes Grau, typisches Novemberwetter. Der Tag versprach, echt beschissen zu werden.

Auf dem Schreibtisch von Pierre Ritter stapelte sich die Post. Jeder Mitarbeiter der Vicanz-Versicherung hatte seinen Kundenstamm, der nach dem Anfangsbuchstaben des Familiennamens gegliedert war. Pierre war für die Buchstaben B bis D zuständig, Baader bis Dzyball.

Er nickte Tabea Schopp zu und murmelte einen Gruß.

Tabea, Buchstabe E bis F, saß an einem Schreibtisch, der seinem gegenüberstand. Sie teilten sich das Zimmer, das normalerweise für vier Personen gedacht war. Aufgrund des Stellenabbaus der letzten Jahre hatten sie den Raum jedoch für sich allein. Tabea hatte den freien Platz mit Pflanzen vollgestellt. Sie mochte Grünzeug: in der Erde und auf dem Teller. Pierre war der Kram schnuppe.

Wie immer saß Tabea auf ihrem Stuhl, als ob sie einen Stock verschluckt hätte. Sie sei eben pflichtbewusst, hatte sie einmal gesagt, als er sich über sie lustig gemacht hatte. Pflichten, na ja, die hatte er auch.

Die meisten männlichen Mitarbeiter der Versicherung beneideten ihn wegen Tabea. Weil er mit ihr in einem Zimmer saß und sie immerzu anschauen konnte. Er selbst hatte sich noch nie Gedanken über Tabeas Aussehen gemacht. Beziehung und Job, das passte nicht zusammen. Eine Beziehung passte überhaupt sowieso nicht in sein Leben.

Nachdenklich schaute er Tabea dabei zu, wie sie konzentriert in einer Akte blätterte. Sie hatte blonde Locken und ein schmales, intelligentes Gesicht. Über ihrem Busen spannte sich eine gestreifte Bluse, darüber hatte sie eine Strickweste gezogen, die sie wie eine Lehrerin wirken ließ. Pierre war das recht.

Auch er gab nicht viel auf sein Äußeres. Meist trug er weite T-Shirts mit bunten Botschaften, wie *Rettet den Regenwald* oder *I LOVE NEW YORK*, dazu seine Jeans, die aussah, als wäre sie seit

Generationen in Familienbesitz. Er hing an ihr, vor allem, weil sie bequem war.

Anfangs hatte Felix Latzky, der Chef, ihm ins Gewissen geredet. In der Firma gab es keinen Dresscode. Aber Latzky war ein Buchhaltertyp, dem angemessene Kleidung und der äußere Schein wichtig waren.

Pierre grinste bei der Erinnerung, wie sich Latzky gewunden hatte. Eine Zeit lang hatte der Chef ihn täglich beiseitegenommen, um mit ihm über seine Kleidung im Büro zu reden. Jedes Mal hatte Latzky geschwitzt und an seinem Binder herumgenestelt wie ein Ehemann, dem die Gattin samt ihrer hilfreichen Handgriffe abhandengekommen war. Ein Wunder, dass sein Hals dem engen Knoten standgehalten hatte.

Er aber war stur geblieben, ein Anzug passte nun mal nicht zu seinen Dreadlocks, die er sich gefilzt hatte, gleich nachdem er den ersten Arbeitstag hinter sich gebracht hatte. Nach einem halben Jahr Nörgeleien hatte Latzky seine Anstrengungen aufgegeben.

»Wie wäre es mit einem Kaffee?«

Tabea schaute auf die Uhr an ihrem Handgelenk. »Es ist halb zehn.«

Als ob Kaffeetrinken nur um acht erlaubt wäre. »Komm schon, ich gebe einen aus.«

Die Kantine war leer. Pierre füllte zwei Tassen mit dem Gebräu aus dem Automaten und zahlte mit einem Fünf-Euro-Schein. Die Kassiererin reichte ihm das Wechselgeld: nur Münzen, Zehn-Cent- und Zwanzig-Cent-Stücke. Achtlos stopfte er sie in die Hosentasche.

Tabea runzelte die Stirn. »Zum Geburtstag schenke ich dir eine Geldbörse.«

Pierre zuckte mit den Schultern und steuerte auf einen Tisch am Fenster zu.

Der Kaffee war heiß, aber bitter. Am liebsten hätte er ihn der Kassiererin vor die Füße gekippt. »Was macht dein Krämer-Fall?«, fragte er.

Alfons Krämer hatte die Versicherungssumme seiner Lebensversicherung erhöhen wollen, sich jedoch geweigert, eine erneute

Gesundheitsprüfung nachzuweisen. Dann war er verstorben. An Krebs. Jetzt stritten die Hinterbliebenen um das Geld, allen voran Krämers Frau, eine wasserstoffblonde Mittzwanzigerin. Pierre konnte sich denken, was die an dem dreißig Jahre älteren Krämer gefunden hatte.

»Ich habe Frau Krämers Antrag abgelehnt, was sonst.« Tabea rührte in ihrer Tasse.

Pierre schaute aus dem Fenster. An der Ampel zum Georgiring staute sich der Verkehr. Ein Fahrer hupte, ein anderer hupte zurück. Pierre gähnte. Er mochte seinen Job nicht besonders. Er war Versicherungskaufmann geworden, weil er keine Lust gehabt hatte, in irgendeinem Geschäft Klamotten oder sonstigen Kram zu verkaufen. Für einen handwerklichen Beruf fehlte ihm das Geschick, für ein Studium der Fleiß. Also bearbeitete er Lebensversicherungen, Anträge, Policeänderungen, Auszahlungen. Die Auszahlungen machte er noch am liebsten. Die Hinterbliebenen machten keinen Stress. Die hatten jede Menge anderer Sorgen und freuten sich, wenn das Geld endlich auf ihrem Konto war.

»Hörst du, wie die Idioten hupen? Wie kann man bereits am Morgen so mies drauf sein.« Tabea schüttelte den Kopf.

Soweit Pierre wusste, verbrachte sie die Wochenenden bei ihren Eltern in einem Dorf irgendwo zwischen Leipzig und Chemnitz. Landleben, klar, da hupte man nicht, da winkte man sich mit der Mistgabel zu.

»Ich kann das verstehen«, sagte er und hätte sich am liebsten sofort geohrfeigt. Das roch nach Widerspruch. Tabea absolvierte jeden Morgen ein Motivationsprogramm, um auch die kleinste depressive Anwandlung schon im Keim zu ersticken.

»Du solltest mal meine Übungen versuchen«, sagte sie prompt.

Pierre grinste schief. »Tschakka. Du kannst alles schaffen, was?«

»Du würdest dich wundern, wozu ein Mensch fähig ist, wenn er an sich glaubt.«

»Über glühende Kohlen zu rennen, ist blöd.«

Tabea griff nach ihrer Kaffeetasse. »Ich kenne eine Frau, die hat zehn Kilo abgenommen. Allein durch Selbstmotivation.«

»Friss die Hälfte, das hilft auch.«

»Eine andere Frau hat sich innerhalb von zwei Monaten das Schwimmen beigebracht, ohne fremde Hilfe.«

Wieder blickte Pierre zum Fenster. Die süße Tabea hatte keine Ahnung, was wirklich wichtig war in diesem erbärmlichen Leben. Wenn sie jetzt auch noch die Geschichte von dem Kerl zum Besten gab, der sich nach einem Unfall in der Wüste selbst den Arm amputiert hatte, würde er anfangen zu schreien.

»Und dann der Mann in der Wüste ...«

»Hör auf, verdammt noch mal. Die Story habe ich schon tausendmal gehört. Sie hängt mir zum Hals heraus.«

Tabea guckte ganz erschrocken. Dann stand sie abrupt auf, brachte ihre Tasse zur Geschirrrückgabe und verließ die Kantine, ohne auf ihn zu warten.

Pierre ließ sich Zeit. Was war bloß in ihn gefahren? Sicher, er kannte Tabeas Geschichten in- und auswendig, so oft hatte sie die schon erzählt. Aber musste er deswegen gleich ausrasten und sie so anfahren? Er seufzte leise. Er würde sich bei ihr entschuldigen.

Abteilungsleiter Felix Latzky residierte in einem Büro, das am Ende eines langen Ganges gelegen war. An seiner Tür hing ein Schild mit der Aufschrift »Bitte nicht stören«. Noch nie hatte Pierre die Zimmertür ohne dieses Schild gesehen. Er klopfte und trat ein.

Latzky saß an seinem Schreibtisch und blickte ihm über den Rand seiner Brille entgegen. »Herr Ritter, Sie kommen genau richtig. Tabea Schopp hat Ihnen wohl Bescheid gesagt?«

Zurück im Büro, hatte Tabea ihn informiert, dass er zum Chef kommen solle. Den Grund hatte sie ihm nicht sagen wollen, vielleicht hatte sie ihn wirklich nicht gewusst. Latzky sprühte manchmal geradezu vor Ideen, reif für die Tonne, allesamt. Wer weiß, was ihm diesmal eingefallen war.

Eine Antwort schien Latzky jedenfalls nicht zu erwarten, denn er starrte schon wieder auf die Tageszeitung, die auf seinem ansonsten leeren Schreibtisch lag. Leer, abgesehen von einer Akte. Pierre hätte sie überall erkannt. Er setzte sich auf den Besucherstuhl.

»Böse Sache, Ritter, wirklich böse. Hier, lesen Sie.« Latzky schob ihm die Zeitung zu.

Pierre faltete sie auseinander und schlug die Lokalseite auf.

Leichenfund im Friedenspark. Die Schlagzeile war unübersehbar. Er vertiefte sich in den Bericht.

»Was hat das mit mir zu tun?«, fragte er schließlich und ließ die Zeitung sinken.

»Der Tote ist Kai Dissel.« Latzky tippte auf die Akte, die vor ihm lag. Sie hatte links unten einen Kaffeefleck, ein Andenken an die Geburtstagsfeier im Büro, als Tabea Kaffee und Kuchen spendiert hatte. Pierre hätte es nicht gewundert, wenn Latzky eine Flasche Weinbrand aus seinem Schreibtisch geholt und sich ein Glas genehmigt hätte. Jeder in der Abteilung wusste, dass der Chef gerne trank. Vorzugsweise freitags ab zwölf, in schwierigen Situationen auch schon mal früher. Der tote Dissel war gewiss solch eine schwierige Situation. Sonst würde Latzky nicht so auf seinem Stuhl herumhampeln.

»Er war bei uns versichert.« Latzky kratzte mit dem Daumennagel auf der Akte herum, als könnte er den Kaffeefleck entfernen.

»Ich erinnere mich nicht an ihn.«

»Dieser Dissel hat Anfang des Jahres die Versicherungssumme herabgesetzt. Eigentlich hatte er kündigen wollen, sich dann aber doch anders entschieden.« Latzky nahm die Brille ab und rieb sich die Augen. Sie hatten rote Ränder, vermutlich hatte er zu wenig geschlafen. »Es wird nicht lange dauern, bis in der Zeitung steht, dass er unser Kunde war.«

»Wen interessiert das schon?«

»Ritter, Sie haben ja keine Ahnung.« Latzky schob die Brille auf seine Nase zurück. »So etwas ist kein normaler Tod. Da kommt eine ganze Maschinerie ins Laufen. Polizei, Presse, weiß der Geier, was noch alles passiert. Der Vorstand sieht es nicht gern, wenn in unseren Akten herumgeschnüffelt wird.«

Latzky übertrieb mal wieder. Seit in einem anderen Versicherungsfall herausgekommen war, dass ein Kollege einem Versicherungsnehmer zu viel Geld abgebucht hatte, witterte er überall Unregelmäßigkeiten. Die Medien hatten den Fall damals ausgeschlachtet, die Geschäftsleitung hatte den Kollegen gefeuert. Später hatte man ihn tot auf dem Bahnhofsklo gefunden.

Latzky war überzeugt davon, dass er sich umgebracht hatte, weil er den Rauswurf nicht ertragen konnte. Die Versicherungsgesellschaft hatte den Schaden wiedergutgemacht. Nur der Ruf der Vicanz-Versicherung, der hatte allerdings gelitten, und Latzky, in dessen Abteilung der Mitarbeiter damals gearbeitet hatte, kassierte deshalb eine Abmahnung. Wegen unzureichender Führungsqualitäten, so die Begründung der Geschäftsleitung, die natürlich nach der Pfeife des Vorstands tanzte.

»Ich habe mir nichts vorzuwerfen«, sagte Pierre. »Dissel wurde bearbeitet, wie jeder andere Fall auch.«

Latzky guckte kläglich. »Ich habe mir den Vorgang angeschaut.« Er reichte die Akte über den Tisch. »Trotzdem möchte ich, dass Sie die Unterlagen noch einmal überprüfen. Vorsichtshalber.«

Wem sollte das nützen? Pierre unterdrückte ein genervtes Stöhnen. Dem Toten ganz sicher nicht.

Die Akte starrte ihn an wie ein vergiftetes Buch. *Nimm mich und du stirbst.* Pierre schlug sie auf und überflog die Personendaten: Kai Dissel, geboren am 14.05.1986 in Leipzig, männlich, ledig, wohnhaft Aurelienstraße 8. Das war in Lindenau, gleich um die Ecke seiner eigenen Wohnung. Vielleicht schaute er nach Feierabend dort vorbei. Er suchte schon länger eine neue Wohnung. Da er das Viertel nicht verlassen wollte, hatte er noch nichts gefunden.

Vor Jahren hatten sich in Lindenau überall Künstler eingenistet. Wie Kuckuckskinder hockten sie in ihren kunterbunt gestrichenen Buden und erzählten allen, dass sie den Stadtteil aus dem Arbeitermief holen wollten. Jeder musste sich diesen Quatsch anhören, ob er wollte oder nicht. Die Presse war nur zu gern darauf angesprungen, und auch die Stadt ließ sich das was kosten. Kulturförderung nannten die das. Mittlerweile waren selbst die ärmlichsten Häuser besetzt. Da fand man nicht so schnell eine Wohnung. Die von Dissel war jetzt frei, das war allemal einen Versuch wert.

Sein Blick suchte die Zeile, in der Dissels Beruf stand. Informatiker, kein Risikoaufschlag.

Na schön, als Informatiker hatte Dissel kaum gefährlich gelebt. Oder vielleicht doch?

Pierre lehnte sich in seinem Schreibtischstuhl zurück und verschränkte die Arme hinter dem Kopf. Selbst die gewieftesten

Ermittler brauchten eine Weile, ehe sie alles über einen wie Dissel herausfanden.

Tabea schaute von ihrer Arbeit auf. »Was ist?« Offenbar hatte sie ihm vergeben, dass er sich nicht von ihrem Selbstsuggestionswahn anstecken ließ.

»Kennst du einen Informatiker?«, fragte er.

»Nein. Warum?«

»Ich wüsste gern, was so einer den ganzen Tag lang macht.« Eigentlich konnte er es sich denken, doch das brauchte er Tabea nicht auf die Nase zu binden.

»Was schon, arbeiten vermutlich. Und das solltest du auch endlich tun.« Sie nickte in Richtung der Briefe, die noch immer ungelesen auf seinem Schreibtisch lagen.

Pierre seufzte. Tabea mangelte es eindeutig an Phantasie.

»Nimm dir den Arbeitgeber deines Toten vor. Von dem erfährst du alles, was du wissen musst.« Tabea vertiefte sich in ihre eigene Arbeit.

Der Arbeitgeber, natürlich. Das übliche Prozedere. Pierre blätterte den Antrag durch. Da stand es: Dissel hatte bei Terraworld gearbeitet, einem Callcenter-Unternehmen, das deutschlandweit operierte. Terraworld hatte in allen größeren Städten eine Niederlassung. Die Fernsehzuschauer von Shoppingkanälen wollten versorgt sein. Es musste verdammt nervig sein, sich nachts von Einsamen und Verrückten anrufen zu lassen. Erwachsene Typen mit kindlichen Seelen. Sonst glaubte ja niemand den Mist, den die Profiverkäufer an den Mann bringen wollten.

»Träumst du?«, fragte Tabea.

Bloß das nicht. Er hatte schlecht geträumt in der Nacht, und die Traumbilder rumorten noch immer in ihm herum. Müde war er, und der Kaffee aus der Cafeteria hatte ihn kein bisschen munterer gemacht. Was für ein beschissener Tag.

FÜNF

»Ich muss etwas herausfinden und dazu brauche ich deine Hilfe.« Henne stand neben dem am Vortag ausgewählten Baum, einer knorrigen Eiche und telefonierte mit Kienmann. Über seiner Schulter hing eine aufgerollte Wäscheleine.

Kienmann lachte leise, er schien sich zu amüsieren. »Worauf wartest du noch? Schwing dich zu mir in die Direktion. Ich habe einen besonders feinen Schokoladenlikör, ganz frisch, den solltest du dir nicht entgehen lassen.«

»Später vielleicht. Ich bin im Scheibenholz, wir treffen uns am Eingang der Pferderennbahn. Jetzt.« Ehe Kienmann sich weigern konnte, unterbrach Henne die Verbindung. Gemächlich schlenderte er am Zaun der Rennanlage entlang. Ein Schild verkündete, dass das nächste Rennen erst im Mai angesetzt war. Winterpause. Trotzdem trieben auf dem Geläuf ein paar Jockeys ihre Pferde in den Galopp. Henne verfolgte das Rennen, bis sie hinter einer Kurve aus seinem Blickfeld verschwanden. Ein Kaffee wäre jetzt genau das Richtige, doch die Rennbahngaststätte in der kürzlich erst sanierten Tribüne war noch nicht in Betrieb. Wenn er Glück hatte, konnte er auf dem Rückweg im Glashausrestaurant einkehren.

Ein Auto brauste heran und hielt. Kienmann stieg aus. »Mensch, Henne, das nächste Mal lasse ich mich nicht von dir überrumpeln, klar?«

»Nette Begrüßung, komm mit.« Henne zog ihn zum Wirtschaftshof der Rennbahn. Vor dem Baum, den er sich ausgesucht hatte, machte er halt und nahm das Seil von der Schulter.

Kienmann runzelte die Stirn. »Was soll das werden?«

»Ein Versuch. Gleich wissen wir, ob Dissel die Möglichkeit gehabt hat, sich aus der Schlinge zu befreien.«

»Das kapier ich nicht.«

»Es ist ganz einfach. Wir stellen seine Strangulierung nach.«

»Spinnst du? Da kann alles Mögliche passieren. Du könntest dabei draufgehen.«

»Deswegen sollst du mir helfen.«

»Ich fasse es nicht, er ist verrückt.« Kienmann hob mit einem Schulterzucken die Arme.

Henne hatte schon das Seil um einen Ast geschlungen. »Pass auf, ich stecke jetzt den Kopf durch die Schlinge und lasse mich auf die Knie fallen. Danach versuche ich, die Schlinge zu lockern. Falls es nicht klappt, gebe ich dir ein Zeichen.«

»Was für ein Zeichen, verdammt noch mal? Willst du mich unglücklich machen?«

»Reg dich ab, alles wird gut. Mir passiert nichts. Bevor ich ersticke, schneidest du das Seil durch.« Henne gab Kienmann sein Taschenmesser.

»Völlig durchgeknallt.« Kienmann schüttelte den Kopf. Er schaute nach rechts, dann links über den Hof. »Was ist, wenn jemand kommt?«

»Hier stört uns niemand«, knurrte Henne. »Sei jetzt still, ich fange an.«

Langsam schob er sich die Schlinge über den Kopf. Als sie seinen Hals umfasste, ging er in die Knie. Der Aufprall war hart, Henne fluchte. Das Seil hing schlapp auf dem Boden.

»Es ist zu lang. Du hast es versucht, und nun lass uns abhauen.« Kienmann steckte das Messer weg und wandte sich zum Gehen.

»Verdammt, warte noch einen Moment.« Henne stand auf. Vom nahe gelegenen Elsterflutbecken klangen Rufe durch die Büsche. Vermutlich ein Trainer, der den Kanuten Anweisungen gab. Die Ruderer waren jeden Tag auf dem Wasser unterwegs. Henne knüpfte das Seil ein Stück weiter oben an den Baum. Wieder steckte er den Kopf durch die Schlinge und ließ sich fallen. Im ersten Moment spürte er nichts, doch dann lag die Schlinge um seinen Hals. Allerdings nicht fest genug, noch konnte er atmen. Das Experiment war missglückt. Henne wollte aufstehen und verlagerte sein Gewicht auf das rechte Bein, sein Sprungbein, doch plötzlich zog sich der Knoten zu. Das Seil schnitt in seine Haut, er bekam keine Luft, wollte hoch, aber seine Füße scharrten über den sandigen Boden und fanden keinen Halt. Immer wieder rutschte er ab.

Kienmann säbelte an dem Seil herum. Henne röchelte. Erika,

schoss es ihm durch den Kopf. Sie hasste schwarz, weil sie fand, dass sie die Farbe blass aussehen ließ. Er konnte sie unmöglich zur Witwe machen, nicht so. Unter Aufbietung aller Kräfte stemmte er die Fersen auf den Boden, und endlich fasste er Fuß.

In diesem Moment hatte Kienmann das Seil zertrennt, und Henne kippte nach vorn auf die Knie.

»Mensch, Henne, zum Glück warst du klug genug und bist nicht von dem dämlichen Baum heruntergesprungen. Du hättest dir das Genick brechen können.«

Hatte Kienmanns Stimme tatsächlich gezittert, oder bildete er sich das nur ein? »Schon gut.« Henne rappelte sich hoch und räusperte sich einige Male, um den Frosch aus seinem Hals zu vertreiben. Seine Beine waren wie taub, und überhaupt war ihm übel. So musste sich auch Dissel gefühlt haben, kurz bevor er gestorben war.

»Jetzt fahren wir ins Büro, keine Widerrede.« Kienmann war noch immer ganz blass und wickelte das Seil auf. Henne fing seinen Blick auf. Der dachte doch nicht etwa, er würde ernsthaft versuchen, sich aufzuhängen? Um nichts in der Welt. Hennes Hals schmerzte, als hätte er mit Reißzwecken gegurgelt, trotzdem grinste er. »Schokoladenlikör, hast du gesagt?«

Kienmann grinste zurück. »Ich überlege mir noch, ob ich dir etwas davon abgebe.«

»Stell dich nicht so an. Wir haben soeben bewiesen, dass Dissel ermordet wurde.«

»Ach ja?«

»Was sonst? Dissel hätte sich durchaus aus der Schlinge befreien können. Ich hätte es ja auch aus eigener Kraft geschafft, wenn du das Seil nicht zerschnitten hättest.«

»Vielleicht wäre Dissel tatsächlich in der Lage gewesen, die Schlinge zu lösen. Falls er es gewollt hätte. Und genau da liegt der Hase im Pfeffer. Selbstmörder möchten sterben. Dissel hätte sich einfach fallen lassen, er wäre nicht aufgestanden.«

Kienmanns Argumentation war nicht von der Hand zu weisen. Aber dennoch war Henne froh, dass er das Experiment unternommen hatte. Er wollte einfach nicht daran glauben, dass sich Dissel selbst getötet hatte. Ein junger Mann auf der Suche nach dem sexuellen Kick würde sich in seinem privaten Umfeld strangulieren, in der Wohnung vielleicht, aber kaum in einem öffentlichen Park, wo er befürchten musste, entdeckt zu werden, ehe es ihm kam. Henne würde es beweisen. Irgendwie. Er sollte sich am Fundort der Leiche umschauen, unbedingt. »Kein Wort zu Uta Trettau, verstanden?«

Vom Wasser her tönte ein langer Pfiff. Trainingsende für die Kanuten. Die Jockeys auf der Rennbahn hingegen schienen einen neuen Lauf gestartet zu haben. Die Schreie, mit denen sie ihre Pferde anfeuerten, waren bis in den Wirtschaftshof zu hören.

Professor Carlo Trischmeyer kam mit ausgreifenden Schritten durch die Halle des Marriott-Hotels auf Uta Trettau zu. Er trug eine ausgewaschene Jeans und ein eng anliegendes weißes T-Shirt. Um die Schultern hatte er einen Pullover gelegt, dessen Ärmel auf der Brust zu einem Knoten geschlungen waren.

Nicht übel, dachte Trettau und ging ihm entgegen. Sie schätzte ihn auf höchstens vierzig und fragte sich, wie er es angestellt haben mochte, dass er schon in diesem Alter als Kapazität in seinem Fachgebiet galt. Als sie vor ihm stand, sah sie jedoch, dass er weit älter sein musste. Die Falten um die Augen verrieten ihn.

»Frau Trettau?«

Seine Stimme erinnerte sie an ihren Vater, der als Bariton im Opernchor sang. Sie nickte, und ehe sie es verhindern konnte, zog Trischmeyer ihre Hand an seine Lippen und schaute ihr in die Augen. »Was verschafft mir die Ehre?«

»Kommissarin Trettau, Kriminalpolizei.« Trettau lächelte verhalten. Sollte Trischmeyer ruhig auf Kavalier der ersten Stunde machen. Davon ließ sie sich nicht beirren.

»Kriminalpolizei?«, fragte der Professor, als hätte sie einen Scherz gemacht.

»Setzen wir uns doch.« In einer Ecke nahmen sie auf roten Ledersesseln Platz.

Professor Trischmeyer winkte dem Kellner und bestellte zwei Tassen Kaffee. Offenbar hielt er es nicht für nötig, sie zu fragen, ob sie auch Kaffee trank.

»Es geht um Herrn Dissel. Er ist ein Mitglied der Rheno-Nicaria, wie Sie.«

»Kai.« Trischmeyer nickte. »Wir haben uns für morgen Abend zum Essen verabredet. Was ist mit ihm?«

»Er ist tot.«

Trischmeyers Augen weiteten sich. »Tot?«

»Möglicherweise ein Selbstmord. Man hat ihn gestern gefunden.«

»Unmöglich.« Trischmeyer saß da, als hätte er einen Stock verschluckt. Kerzengerade, die Finger ineinander verkrampft. Entweder war er ein guter Schauspieler, oder er war wirklich erschüttert.

»Warum sagen Sie das?«

Der Kellner brachte den Kaffee, doch Trischmeyer beachtete ihn nicht. Er hatte schlanke Finger mit manikürten Nägeln. Am Ringfinger der rechten Hand trug er einen viereckigen dunklen Siegelring, auf dem etwas eingraviert war. Kurz nahm Trischmeyer doch die Kaffeetasse auf, stellte sie jedoch sogleich wieder auf dem Unterteller ab. Es klirrte leise.

»Weshalb schließen Sie einen Selbstmord aus?«, fragte Trettau noch einmal.

»Welchen Grund sollte er gehabt haben, sich umzubringen?«, antwortete der Professor. »Wir sind eine große Gemeinschaft in der Rheno-Nicaria. Freunde, gewissermaßen. Wenn einer in Not ist, stehen ihm die anderen zur Seite. Es gibt kein Problem, das nicht gelöst werden könnte. Kai wusste das.«

»Erzählen Sie mir von ihm.«

»Ich habe Kai unterrichtet. Er war sehr intelligent und aufgeschlossen. Er hätte seinen Doktor machen können, doch er wollte sich erst in der Wirtschaft beweisen. Ein liebenswerter junger Mann.«

»Sie sagten, dass Sie sich nicht vorstellen können, weshalb er sich umgebracht haben sollte. Kannten Sie ihn wirklich so gut?«

»Wie meinen Sie das?« Trischmeyer beugte sich zu ihr herüber.

»Sie haben von seinem Intellekt gesprochen, doch was ist mit seinem Charakter? Was für ein Mensch war er? Hatte er Hobbys? Hatte er enge Freunde? Eine ungewöhnliche Beziehung vielleicht, über die er mit seinen Eltern nicht sprechen wollte.«

Trischmeyer lehnte sich zurück. »Ich verstehe nicht, worauf Sie hinauswollen.«

»Das Rheno-Nicaria ist ein reiner Männerbund. Ich habe mich gefragt, ob Kai vielleicht homosexuell war?«

Trischmeyer lachte, und Trettau hielt inne. Das Lachen erstarb genauso abrupt, wie es gekommen war.

»Denken Sie wirklich, wir sind alle schwul? Es mag sein, dass einige von uns Männer statt Frauen lieben. Na und? Wir sind kein antiquierter Haufen, der seinen Mitgliedern vorschreibt, wie sie ihr Liebesleben zu gestalten haben. Wir sind tolerant und offen. Für uns zählen andere Werte. Treue, Zuverlässigkeit.« Um Trischmeyers Mund lag ein schmerzlicher Zug. »Kai war immer pünktlich. Wir wollten uns morgen treffen. Hätte er sich töten wollen, hätte er abgesagt.«

Würde jemand, der sich umbringen wollte, wirklich daran denken, Termine abzusagen? Schwer vorstellbar. »Hatte Herr Dissel Feinde? Vielleicht unter den Corpsmitgliedern?«

»Ich bekomme nicht alles mit, aber Streitigkeiten legen wir normalerweise schnell bei.«

»Mit dem Schwert?«

Trischmeyer winkte ab. »Wir sind denkende Menschen, Persönlichkeiten. Wir diskutieren und einigen uns. Das gehört zu unserer Auffassung von Gemeinschaft.«

»Aber Sie schlagen sich auch. Das Schwert ist unser Rächer, steht auf Ihrer Webseite.«

»Was Sie *schlagen* nennen, heißt Mensur. Es ist ein Zweikampf unter ebenbürtigen Fechtern, es gibt Regeln und Schutzvorkehrungen. Niemand wird dabei verletzt.«

»Trotzdem scheint es mir ein altertümliches Relikt zu sein.«

»Eher eine Tradition.« Trischmeyer verschränkte die Arme vor der Brust.

»Hat sich Kai Dissel auch an diesen Fechtduellen beteiligt?«

»Selbstverständlich. Doch so intelligent wie er auch war, bei der Mensur war er eher mittelmäßig. Leider.«

Trettau fragte sich, was daran schade sein sollte. Trischmeyer musste ihr den Gedanken angesehen haben, denn er setzte hinzu: »Das Fechten dient einem höheren Zweck, als sich einfach nur zu schlagen. Ein Fechter muss sich dem Kampf stellen, ganz bewusst. Das ist keineswegs leicht, man muss seine Ängste beherrschen, sich überwinden. Gleichzeitig darf man sich im Duell nicht mitreißen lassen. Kontrolle und Fairness – darauf kommt es an.«

»Und das ging Dissel ab?«

Trischmeyer schüttelte den Kopf. »Er war nur nicht so gut, wie er hätte sein können.«

»Können Sie mir das bitte erläutern?«

»Kai war einfach zu introvertiert, um bei einem Kampf aus sich herauszugehen. Das hat ihn von den anderen unterschieden. Deshalb ist er auch im Corps ziemlich allein geblieben.«

»Darauf wollte ich eben zu sprechen kommen«, sagte Trettau. »Was wissen Sie über seine Freunde, die Familie?«

»Soviel ich weiß, leben seine Eltern hier in Leipzig. Ich habe sie nie kennengelernt.« Trischmeyer rieb sich das Kinn. »Bei den Studenten galt er als Einzelgänger. Natürlich hatte er Kontakte, das haben alle. Doch bestimmt keine engen Freundschaften.«

»Aber es gab Leute, mit denen er sich getroffen hat? Wer war das? Können Sie mir Namen nennen?«

Wieder schüttelte Trischmeyer den Kopf. »Tut mir leid, das kann ich wirklich nicht. Am besten, Sie lassen sich eine Liste der Corpsmitglieder schicken und fragen sich durch.«

Trettau reichte ihm ihre Visitenkarte. »Falls Ihnen noch etwas einfällt, rufen Sie mich bitte an.«

Trischmeyer deutete auf ihre Tasse. Sie hatte sie bislang nicht angerührt. »Trinken Sie doch noch Ihren Kaffee.«

In diesem Moment klingelte Trettaus Handy. Im Display stand Maries Name. Wegen einer Nichtigkeit würde Marie nicht anrufen.

Sie entschuldigte sich und ging beiseite, um das Gespräch anzunehmen. »Ja?«

»Die Obduktion ist abgeschlossen«, sagte Marie.

»Endlich. Ich hole den Bericht gleich selbst ab.«

Trettaus Blick wanderte zu Trischmeyer zurück. Der saß auf der Sesselkante und spielte mit seinem Siegelring. Sein linkes Bein zappelte. Entweder war der Professor hochgradig nervös, oder irgendetwas an ihren Fragen hatte ihn beunruhigt.

Sie beschloss, sich zu verabschieden. Vielleicht ergaben sich aus Schemkelers Bericht neue Hinweise.

Henne parkte sein Auto vor dem Botanischen Garten, direkt vor einem Halteverbotsschild, und stieg aus. Die letzten Meter bis zum Friedenspark wollte er laufen, genau wie an dem Tag, als er Dissel gefunden hatte. Es hatte geregnet, nicht allzu stark, und vor einer halben Stunde hatte es aufgehört. Trotzdem stand der Weg am Eingang des Parks unter Wasser. Henne erinnerte sich, dass da eine Kuhle im Sand gewesen war. Er suchte nach einer Stelle, an der er um die Pfütze herumgehen konnte, ohne dass seine Füße nass wurden.

Eine Frau kam den Gehweg entlang. Der Wind zerzauste ihr langes dunkles Haar. Immer wieder strich sie ihre ins Gesicht wehenden Strähnen hinter die Ohren zurück.

Die Bewegung kam ihm vertraut vor, ebenso der forsche Schritt, und unvermittelt erkannte er sie: Uta Trettau. Zu spät, um zu verschwinden. Bestimmt hatte sie ihn längst gesehen. Da winkte sie ihm auch schon zu, und er wartete, bis sie ihn erreicht hatte.

»Ich nehme an, du gehst spazieren?«, begrüßte sie ihn und lächelte, als hätte sie einen schlechten Scherz gemacht.

Sollte sie ruhig, das brachte ihn nicht aus dem Gleichgewicht. »Ich kann dir den Baum zeigen, an dem Dissel gehangen hat.«

»Jetzt nicht, Henne, Schemkeler erwartet mich.«

»Prima, da komme ich gleich mit.« Schemkeler musste den Obduktionsbericht fertig haben. Das war die Chance, einen Blick hineinzuwerfen.

»Du bist krank.« Trettau wollte an ihm vorbei.

Henne trat ihr in den Weg. »Das spielt keine Rolle. Lass mich dich einfach begleiten, ja?«

»Und die Vorschriften?«

Natürlich, er war nicht im Dienst, also hatte er sich aus allen Fällen herauszuhalten. »Ich pfeife auf die Vorschriften. Das muss ich dir sicher nicht erklären, oder?« Sie liefen über die Straße zu dem Gebäude, in dem sich das rechtsmedizinische Institut befand.

Schemkeler empfing sie an der Pforte. Falls er über Hennes Anwesenheit verwundert war, ließ er es sich nicht anmerken. Mit schnellen Schritten geleitete er sie das hellgelb gestrichene Treppenhaus hinauf in die Bibliothek. Oben angekommen hielt er ihnen die Tür auf. »Hier sind wir ungestört.«

Henne schaute sich um. Die Regale waren ungewöhnlich leer. Nur wenige Fächer waren gefüllt, und selbst die wiesen Lücken zwischen den Buchrücken auf.

Schemkeler musste seinen Blick bemerkt haben. »Die meiste Literatur ist auf Microfiche verfilmt.«

»Das spart bestimmt eine Menge Platz. Nur lesen lassen sich die Dinger schwer.« Auch die Polizei archivierte eine Vielzahl von Unterlagen auf Fiche. Leonhardt hatte ihm einmal einen Vorgang herausgesucht und ausgedruckt. Er selbst war mit dem Lesegerät nicht zurechtgekommen.

»Haben Sie den Bericht dabei?«, fragte Trettau.

»Gewiss.« Schemkeler zeigte auf den Tisch, wo eine dünne Mappe lag. »Doch ich möchte Ihnen zunächst eine Zusammenfassung geben. Es gibt da verschiedene Sachen, sie sind sehr – nun ja – ungewöhnlich.«

Henne spürte, wie sich die Härchen auf seinen Unterarmen aufrichteten. Hatte er es doch geahnt, dass mit Dissels Tod etwas nicht in Ordnung war.

»Zunächst einmal ist die Todesursache klar. Die Strangmarken am Hals sind deutlich genug«, sagte Schemkeler.

»Selbstmord?« Offensichtlich wollte auch Trettau endlich Gewissheit haben.

»Das könnte möglich sein, allerdings glaube ich nicht, dass er allein am Tatort war.«

Trettau wollte die Mappe an sich nehmen, aber Schemkeler war schneller, öffnete die Akte und nahm einige Blätter heraus.

»Haben Sie Hinweise auf einen Helfer gefunden?«, wollte Trettau wissen.

»Ein Selbstmörder würde sich vermutlich nicht an einem jedermann zugänglichen Ort umbringen. Dort würde er auch keine zweite Person einbeziehen.«

Schemkeler wich nie ohne Grund einer klaren Antwort aus. Er musste etwas entdeckt haben. Hennes Blick starrte auf die Papiere, die der Doktor in der Hand hielt.

»Zuerst habe ich vermutet, dass es auch ein autoerotischer Unfall gewesen sein könnte«, fuhr Schemkeler fort.

Henne konnte sich denken, worauf er anspielte. Dissels Hosenstall hatte offen gestanden. »Falls Dissel nicht alleine war, kann man kaum von Unfall sprechen.«

»Tatsächlich bauen Menschen, die auf diese Art Befriedigung finden, gewöhnlich Rettungsmechanismen ein. Schlingen, die sich durch einen Ruck von selbst lösen. Oder ein griffbereites Messer. Aber wenn der Tote einen Vertrauten dabeihatte, konnte er auf so etwas verzichten. Nehmen wir an, dieser Vertraute bekommt plötzlich kalte Füße und setzt sich ab. Oder er verschwindet aus einem anderen Grund.«

»Dann wäre Dissel auf sich allein gestellt gewesen«, ergänzte Trettau.

Henne fand, dem Ganzen fehlte die Logik. Das Experiment mit Kienmann hatte eindeutig gezeigt, dass sich Dissel hätte befreien können, wenn er es gewollt hätte. Ein Helfer war dazu nicht nötig gewesen.

»Sein Genitalbereich wies übrigens keine Auffälligkeiten auf«, sagte Schemkeler. »Und falls sich der Tote zum Zwecke der Befriedigung selbst stranguliert hat, finden Sie vermutlich in seiner Wohnung entsprechende Hinweise.«

Was sollte denn das nun wieder heißen? Allmählich verlor Henne die Geduld. »Bitte, woran ist Kai Dissel wirklich gestorben?«

»Wie ich schon sagte, wurde er stranguliert. Ob es Mord oder Selbstmord war, kann ich nicht genau sagen. Ich möchte noch weitere Untersuchungen vornehmen.«

»Wann liegt das Ergebnis vor?«

»Fragen Sie mich in zwei Wochen danach. Bis dahin können Sie schon mal über folgende Sache nachdenken: Der Tote ist ein Meter siebzig groß und hat etwa sechzig Kilo gewogen. Ein Mann von seiner Größe und seinem Gewicht dürfte fünf bis sechs Liter Blut haben. Dieser Leichnam hier hatte nur viereinhalb.«

»War er verletzt? Hatte er eine offene Wunde?«, fragte Trettau. Das würde den Blutverlust erklären, dachte Henne. Er hatte jedoch keine Wunde an Dissels Körper entdeckt. Aber er hatte den Leichnam auch nicht gründlich untersucht.

»Nein«, erwiderte Schemkeler. »Jemand hat ihm Blut abgezapft, und zwar eine ganze Menge.«

Trettau wiegte den Kopf. »Er könnte Blutspender gewesen sein.«
»Niemand spendet so viel. Das wird streng kontrolliert.« Schemkeler klopfte auf die Papiere. »An seinem Körper gibt es weitere Einstichstellen. Er wurde kurz vor seinem Tod tätowiert, die Tätowierfarbe fehlt jedoch. Stattdessen wurde eine rotbraune Flüssigkeit verwendet. Ich tippe auf Blut, aber das untersuche ich noch.«
»Vielleicht hat er sich selbst …«
»Ausgeschlossen. Das Tattoo ist auf dem Rücken.« Schemkeler zog ein Foto aus dem Umschlag.
Henne warf einen Blick darauf und schnappte nach Luft.

Kienmann hatte schon zwei Gläser auf den Tisch gestellt. Als Henne hinter Trettau zur Tür hereinkam, holte er ein weiteres Glas aus dem Schrank. »Menschenskind, Henne, was verschlägt dich denn schon wieder hierher?«
»Ich hatte Sehnsucht.« Henne hatte Trettau auf der Treppe hoch in den dritten Stock zum Büro von Kienmann getroffen und sich ihr angeschlossen.
Kienmann hob seine grauen Augenbrauen und füllte die Gläser. »Quittenschnaps.«
Vorsichtig roch Henne an dem Getränk. Er mochte die harten, bitteren Früchte nicht, aber vielleicht waren sie als Schnaps genießbar.
Sie prosteten sich zu. Kienmann kippte sein Glas in einem Zug, Trettau tat es ihm gleich und hustete prompt.
Henne nippte nur. »Wie weit seid ihr mit dem Fall Dissel?«
»Pallauer ist krankgeschrieben«, sagte Trettau.
Das wusste Henne schon von Marie. »Hat er wieder mal einen arglosen Arzt gefunden?« Schon lange hatte Henne Pallauer im Verdacht, sich durch Krankschreibungen vor der Arbeit zu drücken.
Trettau verzog keine Miene. »Er hat sich das Bein gebrochen.«
Darüber hatte Marie kein Wort gesagt. »Wie ist das denn passiert?«
»Er ist auf dem Gang ausgerutscht und gestürzt. Ein Arbeitsunfall.«

Dass sich Pallauer absichtlich auf dem Gang hingelegt hatte, traute Henne ihm dann doch nicht zu. »Weißt du etwas Neues über Dissel?«

Trettau nickte. »Mit hoher Wahrscheinlichkeit wurden die Einstiche auf Dissels Rücken kurz vor seinem Tod vorgenommen.«

»Wären sie älter, wäre die Haut unter dem Schorf wieder zusammengewachsen«, erklärte Kienmann. »Wir reden hier von einer Vielzahl von Einstichstellen. Rotbraune Pünktchen, die die Ziffer Sieben bilden. Ein echtes Blut-Tattoo. Als ob das nicht schon sonderbar genug wäre, fehlt Dissel fast ein Liter Blut.«

Henne ließ Kienmann in dem Glauben, dass er ihm etwas Neues erzählte. Die Schmerzen in seiner Brust waren schon den zweiten Tag hintereinander wie weggeblasen. Er war wieder voll einsatzfähig, keine Frage. »Gehen wir mal davon aus, dass die Sieben eine gewisse Bedeutung für den Toten oder seinen Mörder hat.«

»Oder für beide«, sagte Trettau. »Was wisst ihr über die Zahl?«

»Da gibt es jede Menge Märchen. Die sieben Raben, der siebenköpfige Drache, Siebenmeilenstiefel, die sieben Geißlein, Sieben auf einen Streich.« Henne nieste. Die Kälte zwickte in seinem Hals. Draußen war es immer noch windig, die Pfützen waren über Nacht zugefroren. Vielleicht wärmte ihn der Alkohol ja auf.

Trettau angelte sich ein Blatt Papier von Kienmanns Schreibtisch und teilte es in zwei Spalten.

Henne fühlte sich an ein Spiel aus seiner Kinderzeit erinnert: Stadt, Name, Land. Allerdings hatte es da mehr als zwei Spalten gegeben. »Was soll das werden?«

»Links kommt der Oberbegriff hinein, rechts schreibe ich alles auf, was uns dazu einfällt.«

»Okay, den ersten Hinweis hast du schon.«

Trettau nickte und notierte die Märchen, die Henne aufgezählt hatte. Nach kurzem Überlegen setzte sie *Schneewittchen und die sieben Zwerge* hinzu.

Kienmann beugte sich zu ihr hinüber. »Nächste Kategorie: Redewendungen und Sprichwörter. Im siebten Himmel sein, sieben Leben hat die Katze.«

»Zerbricht man einen Spiegel, hat man sieben Jahre Pech.«

»Das verflixte siebte Jahr, pack deine Siebensachen.« Damit hatte

Henne Erfahrung. Vor einigen Jahren war Erika ausgezogen, sie hatten sich sogar scheiden lassen. An diese Zeit dachte er ungern zurück, manchmal arbeitete es noch in ihm. In solchen Momenten überkam ihn Angst, dass Erika ihn noch einmal und dann für immer verlassen könnte.

»Die sieben Todsünden«, sagte Trettau und kritzelte etwas auf den Rand des Blattes. Henne reckte den Hals, um das Wort zu entziffern. *Internet.* Darauf hätte er auch kommen können.

»Ich nehme an, du willst später alle möglichen Religionen recherchieren.«

Trettau nickte. »Das übernimmt Marie.«

»Ein Kopf hat sieben Öffnungen«, sagte Kienmann nachdenklich, »zwei Augen, zwei Ohren, zwei Nasenlöcher und einen Mund.«

Trettau schaute auf. »Oberbegriff Medizin?«

»Klar, und vergiss nicht die sieben Sinne. Sehen, Hören, Riechen, Tasten, Gleichgewicht, Orientierung und Schmecken.«

»Das klingt, als ob unser Löcherstecher Arzt oder Biologe sein könnte.« Henne drehte sein Glas hin und her.

Kienmann nahm es ihm aus der Hand. »Jeder Mediziner lernt schon im Studium, dass die Sieben etwas Besonderes ist. Das Leben spielt sich in siebentägigen Zyklen ab.«

»Die Wochentage?«

»Die auch. Auf jeden Fall gehört der cirkaseptane Rhythmus zu den am häufigsten untersuchten Perioden in der Chronobiologie.«

»Wie bitte?«

»Der menschliche Körper wird als ein System miteinander verflochtener und aufeinander abgestimmter Rhythmen aufgefasst. Kein einziger physiologischer Vorgang verläuft statisch. Nimm zum Beispiel eine Krankheit. Die kann durch eine bestimmte zeitliche Konstellation zustande kommen und auch wieder abklingen. Oder durch ein rhythmisches Auf und Ab. Die Chronobiologie erforscht diese Rhythmen, und unter anderem hat sich die Sieben als ein solcher herausgestellt.«

»Wenn ich dich richtig verstanden habe, ist die Sieben also für jeden Mediziner von Bedeutung, oder?«

»Genau«, sagte Kienmann.

»Na ja, Ärzte.« Henne hatte schon in einigen Fällen ermittelt, in denen Ärzte gemordet hatten. Aber nie waren die Hinweise so auffällig gewesen. Er blickte zu Trettau. Die hatte die Stirn in Falten gelegt. »Spuck es schon aus.«

»Ich denke gerade an mein Studium.«

»Du und Medizin?« Soweit er wusste, hatte Trettau Jura studiert und war danach zur Polizeihochschule gegangen.

Trettau wandte sich an Kienmann. »Hast du das Einkommenssteuergesetz parat?«

Vor zwei Tagen war Henne ein Steuerbescheid ins Haus geflattert. Vierhundert Euro sollte er nachzahlen und das nur, weil er vergessen hatte, in der Steuererklärung Erikas Honorar als Zeichenlehrerin an der Volkshochschule anzugeben. Dabei kümmerte er sich sonst gründlich um solche Dinge. Kienmann hingegen hatte noch nie Probleme mit dem Finanzamt gehabt. Umso mehr wunderte Henne sich jetzt, als Kienmann ein Buch aus dem Regal zog und es Trettau reichte. Eine Ausgabe der Abgabenordnung, Beck-Texte im Taschenbuchformat. Das weiße Cover mit den bunten Druckbuchstaben, die die Abkürzung des Gesetzes darstellten, war unverwechselbar.

Trettau schlug das Inhaltsverzeichnis auf. »Da steht es. Sieben Steuerarten: Land- und Forstwirtschaft, Gewerbe, selbstständige Arbeit, nichtselbstständige Arbeit, Kapitalvermögen, Vermietung und Verpachtung, sonstige. Unser Typ könnte also auch Steuerberater sein. Oder Finanzbeamter. Oder Mitarbeiter in einer öffentlichen Verwaltung.«

»Unwahrscheinlich. Denkst du wirklich, die wissen, dass es sieben Steuerarten gibt?« Henne nahm ihr das Buch aus der Hand und legte es auf den Tisch.

In den nächsten zwei Stunden füllte sich das Blatt Papier, bis kein Platz mehr war. Henne hätte nie gedacht, dass es so viele Dinge gab, bei denen die Sieben eine Rolle spielte. Sie hatten verschiedene Kategorien gewählt: Märchen, Redewendungen, Medizin, Staatswesen und Religion. Trettau und die SoKo würden sie nach und nach vervollständigen und Einzelheiten recherchieren. Auch nach anderen Fällen würden sie suchen müssen. Solchen, die Ähnlichkeiten aufwiesen, zum Beispiel Tote mit einer tätowierten

Sieben. Möglicherweise hatten sie es hier mit einem Serienkiller zu tun.

Als Henne die Polizeidirektion verließ, schritt er kräftig aus. Er hatte sich lange nicht mehr so gut gefühlt. Mannheimer konnte sich nicht länger sträuben, er musste ihn endlich gesundschreiben.

SECHS

»Das Gleiche noch mal.« Carlo Trischmeyer zeigte auf das vor ihm stehende, leere Glas. Die Bardame beugte sich über den Tresen und gönnte dem Professor einen Blick auf den Ansatz ihrer Brüste. Eine billige Geste, doch Trischmeyer ließ sich nicht anmerken, was er dachte. Sein Blick schweifte durch den Raum. Um diese Zeit war die Bar leer. Gut so, Götz Bernstock würde ihn auf Anhieb sehen. Seit der junge Mann die Uni verlassen hatte, waren sie in Kontakt geblieben. Trischmeyer konnte es kaum erwarten, ihn zu treffen.

Fünf Minuten später nahm Bernstock neben ihm Platz. Seit ihrem letzten Treffen hatte er sich kaum verändert. Vielleicht war er ein wenig fülliger um die Hüften geworden, doch bei seiner Größe fiel das kaum auf. Noch immer trug er die Haare zu einer kurzen Bürste geschnitten. Trischmeyer gewahrte ein paar helle Stellen. In der Hinsicht schien Bernstock nach seinem Vater zu kommen, der schon Anfang dreißig grau gewesen war.

»Wie lange ist es jetzt her, dass wir uns gesehen haben? Zwei Jahre?« Bernstock winkte der Bardame und bestellte ein Bier.

»Neunzehn Monate, um genau zu sein.« Trischmeyer musterte Bernstocks Bauch. »Du hast zugenommen. Das Leipziger Essen scheint dir zu schmecken.«

»Mir gefällt es hier tatsächlich. Nette Leute, ein gutes Einkommen – was will man mehr?«

»Weißt du schon, dass Kai gestorben ist?«

Bernstock, der gerade im Begriff war, sein Glas an den Mund zu führen, hielt inne. »Was sagst du da? Kai ist tot?«

»Die Kripo war bei mir, eine junge Kommissarin.«

»Was wollte sie?«

Trischmeyer schaute sich schnell um. »Sprich leiser. Das Hotel muss nicht erfahren, was die Polizei zu mir treibt.«

»Schon gut. Also, warum hat sie dich verhört?«

»Kein Verhör, sie hat nur Fragen gestellt, ganz unverbindlich. Jedenfalls hat sie keinen Verdacht geäußert. Das sollte ihr auch schwerfallen. Ich habe nichts mit Dissels Tod zu tun.«

»Wie ist er gestorben?«

»Das weißt du nicht?« Bernstock konnte noch so lange tun, als hätte er keine Ahnung, dass Dissel nicht mehr lebte. Doch Trischmeyer nahm ihm das nicht ab.

»Was soll die Frage? Bis eben habe ich nicht einmal gewusst, dass er tot ist.«

Nun gut, Bernstock wollte also weiterhin eine Show abziehen. »Dissel wurde ermordet«, sagte Trischmeyer. Vielleicht stimmte das sogar, auch wenn diese Kommissarin sich nicht auf einen Mord oder Selbstmord hatte festlegen wollen. Er suchte in Bernstocks Gesicht nach einer Regung, aber er konnte nichts entdecken. Die Wangen glatt rasiert, das markante Kinn nach vorn gestreckt – er sah aus wie immer.

»Ich habe täglich mit dem Tod zu tun.« Bernstock trank sein Bier in langen Zügen aus und bestellte sofort ein neues.

»Ach ja, die Lebensversicherungen, korrekt?«

Bernstock nickte.

»Mir musst du nichts vorspielen. Ich weiß, wie sehr du Dissel gehasst hast.«

»Das ist lange her.«

»Dissel war dir haushoch überlegen. Ein brillanter Kopf, mit links hätte er seinen Doktor gemacht. Du dagegen hattest keine Chance. Männer wie du, die keine Konkurrenz dulden, verkraften so etwas nie.«

Bernstock richtete sich auf. »Alte Kamellen. Kai hat sich anders entschieden, Carlos. Er wollte einen normalen Job, den hat er hier in Leipzig gefunden. Du hingegen hättest dich nur zu gern mit einem Doktoranden wie Kai geschmückt. Deine besten Zeiten sind längst vorbei, das weiß jeder. Du tingelst von Uni zu Uni und hältst dich mit sinnlosen Vorträgen über Wasser, um ein Mindestmaß an Anerkennung zu bekommen.«

»Was ist daran falsch? Arbeit schadet nicht.«

»Du und Arbeit?« Bernstock lachte. »Wenn du einen wirklich anspruchsvollen Job suchst, sage ich meinem Alten Bescheid. Versicherungsvertreter, die gut reden können, nimmt er immer.«

Trischmeyer packte sein Glas fester. Er musste an sich halten, um Bernstock den Inhalt nicht ins Gesicht zu kippen. »Wetten, dass dir dein Lachen vergeht, wenn ich der Kommissarin erzähle, wie oft du Dissel erniedrigt hast? Du hast den armen Kerl flachgelegt. Es war eine reine Vergewaltigung. Unter dem Vorwand, dass die Schweinereien zu den Einführungsritualen des Corps gehören, hast du deine schmutzigen Phantasien befriedigt.«

»Na und? Kai hat nie Nein gesagt. Wir leben in einer modernen Zeit. Sexspiele sind völlig normal. Dafür interessiert sich kein Bulle, und deine Kommissarin schon gar nicht.«

»Und dein Herr Papa? Oder noch besser: dein Schwiegervater? Die werden wenig amüsiert sein, wenn sie hören, was ihr Musterknabe außerhalb des Ehebetts treibt.«

Bernstocks Grinsen gefror. »Wenn du das tust, kannst du am nächsten Tag in der Zeitung lesen, dass ein bekannter Professor seine Urlaube regelmäßig in Thailand verbringt. Ein Grund dafür findet sich.«

»Ich liebe das Land, nur darum bin ich oft dort.«

»Klar, nur wird das niemand glauben. Die Leute wollen Skandale.«

Trischmeyer verwünschte seine Idee, sich unbedingt mit Bernstock zu treffen. Dem Kerl war es direkt zuzutrauen, dass er einen Reporter auf ihn ansetzte. Am Ende würde sich so ein Schreiberling auf der Suche nach einer großen Story noch auf das Corps einschießen. Womöglich kam dann auch heraus, dass Dissel ihn auf einer seiner Thailandreisen begleitet hatte, im letzten Semester. Natürlich zu Studienzwecken. In Pattaya war ihm dann dieser Ladyboy über den Weg gelaufen. Ein als Mädchen herausgeputzter Junge, verlockend und viel zu jung, als dass er tatsächlich schon eine Geschlechtsumwandlung hinter sich haben konnte. Das war Trischmeyer von Anfang an klar gewesen. Im Grunde stand er nicht auf Kerle und schon gar nicht auf Jungs. Doch er hatte zu viel thailändisches Bier getrunken, und der Kleine war wirklich hübsch gewesen. Er war neugierig geworden und mit dem Jungen in das Zimmerchen hinter der Küche des Wellblechrestaurants gegangen. Der Koch hatte nicht einmal aufgeschaut, sondern weiter in seinem Wok herumgerührt. Später war Dissel hereingestürmt und hatte ihn nach draußen gezerrt. Die Polizeirazzia war da schon in vollem Gange gewesen, dank Dissel hatte er unauffällig im Getümmel verschwinden können. Nun war Dissel tot. Die Erleichterung, dass er nie mehr über den leidigen Vorfall in Pattaya würde reden müssen, war mit Bernstocks Drohung verflogen. Hoffentlich gelang es ihm, Bernstock zu besänftigen.

»Also gut, Frieden.« Er reichte ihm die Hand.

Bernstock schlug ein. »Ich habe wirklich keine Ahnung von Kais Tod gehabt. Seit er in Leipzig lebt, haben wir uns nur zweimal getroffen. Einmal auf meiner Hochzeit, das zweite Mal beim Abschluss seiner Lebensversicherung.«

Eine Weile redeten sie noch über gemeinsame Bekannte aus Bernstocks Studentenzeit. Trischmeyer wusste von beinah allen Corpsmitgliedern, wohin es sie verschlagen hatte. München, Frankfurt, Berlin, auch ins Ausland. Paris, die Staaten.

»Meine Güte«, sagte Bernstock, als Trischmeyer eine Pause machte. »Wie schaffst du es bloß, zu allen Kontakt zu halten.«

»Ich tue es gern.« Obwohl er vieles dazugedichtet hatte, glaubte ihm Bernstock anscheinend jedes Wort. Zumindest war er nicht noch einmal auf Kai Dissel zurückgekommen, sein Ablenkungsmanöver hatte also funktioniert. Er zückte seine Geldbörse und gab der Bardame ein Zeichen, dass er zahlen wollte. Es wurde langsam Zeit, dass er sich verabschiedete.

»Du willst schon gehen?«, fragte Bernstock. Es klang nicht, als würde er es bedauern.

»Morgen früh muss ich zeitig raus, es wird ein anstrengender Tag für mich.«

»Ach ja, dein Vortrag an der Uni.«

Die Bardame kam, und Bernstock zahlte ebenfalls.

In der Halle des Hotels verabschiedeten sie sich. Bernstock verschwand durch die Ausgangstür. Trischmeyer wandte sich zum Fahrstuhl, überlegte es sich dann aber doch anders und folgte Bernstock nach draußen. Er sah ihn um die Ecke biegen und rannte ihm nach.

Bernstock schaute sich nicht um. Das machte es Trischmeyer leicht. Im Schutz der Hauswände lief er ihm hinterher, bis er nach etwa dreihundert Metern in einem modernen Bürohaus verschwand. Trischmeyer las den Namen auf dem imposanten Schild an der Fassade. *Terraworld*. Das war die Firma, bei der Dissel gearbeitet hatte. Bernstock hatte gesagt, er hätte Dissel nur zweimal gesehen, seit er in Leipzig wohnte. Wenn das mal stimmte. Vielleicht sollte er der reizenden Kommissarin doch einen Tipp geben. Anonym, am besten.

SIEBEN

Knut Reinboldts Blick schweifte zu Korndörfer und Müller, die gelangweilt am Türrahmen lehnten. Bei dem athletischen Korndörfer konnte man vielleicht noch über das offensichtliche Desinteresse an ihrer Arbeit hinwegsehen, so angespannt, wie der dastand. Der Müller mit seiner dicken Wampe jedoch hing herum, als würde er jeden Moment zu Boden rutschen. »Was ist los, Jungs? Wir sind nicht in der Sommerfrische, das hier wird eine Wohnungsdurchsuchung.«

Korndörfer verdrehte die Augen, doch immerhin nahmen die beiden etwas Haltung an.

Reinboldt selbst machte das nasskalte Wetter zu schaffen. Er hatte das Gefühl, als hätte sich sein gesamter Körper gegen ihn verschworen. Alles schmerzte – Kopf, Nacken, Beine.

Kienmann hatte ihm Tropfen verschrieben, dazu Bäder mit einem Zusatz aus getrockneten Ringelblumen. Reinboldt traute dem Naturkram nicht und hatte sich stattdessen am Morgen zwei Aspirin eingeworfen. Geholfen hatten sie bis jetzt nicht. Sein Kopf dröhnte, als würde er jeden Moment zerspringen.

Am liebsten hätte er sich ein oder zwei Wochen ins Bett gelegt, doch im Augenblick war das ausgeschlossen. Die Trettau war viel zu grün hinter den Ohren, als dass sie den neuen Fall ohne seine Hilfe lösen konnte.

Den Schlüssel zu Dissels Wohnung hatten sie in den Sachen gefunden, die in der Rechtsmedizin sichergestellt worden waren. Er hatte in Dissels Jackentasche gesteckt. Entweder hatte der junge Mann alles ordentlich hinterlassen wollen und deshalb abgesperrt und den Schlüssel mitgenommen. Oder er war davon ausgegangen, dass er in seine Wohnung zurückkehrte. Falls Letzteres zutraf, war er daran gehindert worden, und das wiederum hieß, er war einem Mord zum Opfer gefallen.

»De Spusi is noch am Werk.« Korndörfer steckte sich eine Zigarette an.

»Mach die Kippe aus, oder es knallt.« Reinboldt schüttelte

den Kopf über so viel Blödheit. Was lernten die jungen Spunde heutzutage bloß? Die Ausbildung war früher besser gewesen, das sagte er schon lange, allerdings wollte es niemand hören.

Er schaute ins Wohnzimmer. Die Bude seines Sohnes sah ähnlich aus. Quadratisch, praktisch, gut. Als ob die Jungs keinen Wert auf Gemütlichkeit legten. Kein Bild, keine Pflanze. Aber ein Computer, der durfte natürlich nicht fehlen. Bestimmt war der voll von diesen dämlichen Ballerspielen, genau wie bei seinem Sohn.

Fischer von der Spurensicherung kam in den Flur und stieß Reinboldt an. »Rück mal, du stehst im Weg.«

»Schon gut.«

Der sollte sich gefälligst beeilen. Reinboldt wollte nicht ewig in dieser kalten Hütte herumlungern. Im Fernsehen wurde ein Pokalspiel übertragen. Arminia Bielefeld gegen Bayer Leverkusen, das versprach spannend zu werden, er wollte es auf keinen Fall verpassen.

»Wie lange braucht ihr?«

Fischer wandte den Kopf. »Dreißig Minuten, höchstens.«

Weiß der Geier, warum die Suche nach Fingerabdrücken so viel Zeit in Anspruch nahm. Hier musste es doch von Dissels Prints wimmeln. Wenn er Glück hatte, dann war er rechtzeitig zum Anstoß zu Hause.

»Wir gönnden ja derweile Gaffeedrinken gehn«, sagte Korndörfer, der wie immer breit sächselte.

»Nee, ihr packt schon mal den Kram ein.« Reinboldt deutete auf den PC nebst Schreibtisch. Die Schubladen standen offen, in ihnen war jede Menge Papier. Wie es aussah, hatte der tote Dissel wenig von Ordnern gehalten, in denen Unterlagen übersichtlich abgeheftet werden konnten. Das stützte Reinboldts Annahme, dass der Junge ermordet worden war. Der war nicht pedantisch genug, um auf eine verschlossene Bude zu achten, ehe er sich erhängte.

»Wir gehen ins Schlafzimmer.« Fischer winkte Reinboldt zu.

Wenn Dissel ein Sexleben gehabt hatte, würde Fischer Spuren finden. Auch die von einem eventuellen Partner. Spucke, Sperma, Haare.

»Nehm wir etwa des ganzen Gelumbe mit?«, fragte Korndörfer.

»Nur den Schriftkram und den PC.« Das fehlte noch, dass er sich mit diversen Klamotten und persönlichem Kleinkram abschleppte. Die Trettau konnte sich selbst durch Dissels Habseligkeiten wühlen. So, wie er sie kannte, würde es nicht lange dauern, bis sie sich in der Wohnung umsah. Das hatte sie von Heine gelernt, diesem Klugscheißer. Reinboldt nieste.

Fischer schaute in die Stube und guckte grimmig. »Du hast Glück, dass wir hier schon durch sind. Dein Rotz hätte mir alle Spuren versaut.«

»Man wird ja wohl noch atmen dürfen.« Reinboldt glaubte nicht daran, dass es in dieser Wohnung irgendetwas Verwertbares gab. Dazu wirkte die viel zu kahl.

Blöd, dass der Typ gestorben war. Reinboldt hatte eigentlich den Rest des Jahres Urlaub nehmen wollen. Ganze sechs Wochen nichts tun, nur ausruhen, schlafen und an kein Verbrechen denken. Nächstes Jahr wurde er pensioniert, und wenn es nach ihm ginge, würde er schon jetzt alles hinschmeißen. Er war ausgebrannt, und manchmal fragte er sich, wie es nur gekommen war, dass er angesichts einer Leiche weder Trauer noch Mitleid empfand.

»Chef, wir sinn fertsch«, meldete sich Korndörfer.

»Wir rücken ab«, sagte Fischer.

Reinboldt nickte. Als alle die Wohnung verlassen hatten, klebte er das Polizeisiegel an die Tür.

»Bringt das Zeug ins Büro«, wies er Müller und Korndörfer an. »Wir sehen uns morgen.«

Das Pokalspiel wartete, das ließ er sich nicht verderben.

Die Praxis von Dipl.-Med. Peter Obermann, Facharzt für Allgemeinmedizin, befand sich im Erdgeschoss eines vierstöckigen Hauses, das aus der Gründerzeit stammte. Die Fassade war mit steinernen Verzierungen geschmückt, die sich hell von dem ansonsten grauen Haus absetzten. Über der Eingangstür prangte der Kopf einer Medusa. Außer Obermanns Praxisschild hingen drei weitere Schilder an der Wand. Neben einer Steuerkanzlei und einem Anwaltsbüro im ersten Stock gab es eine Physiotherapie, die wie Obermanns Praxis im Erdgeschoss war. Obermann war Dissels Hausarzt, so hatte es zumindest im Antrag der Lebensversicherung gestanden. Trettau meldete sich bei der Sprechstundenhilfe, und nach einigen Minuten bat eine Lautsprecherstimme sie in das Behandlungszimmer.

Obermann war ein Mann mit langen grauen Haaren, die er am Hinterkopf zu einem Zopf zusammengebunden hatte. Statt eines weißen Kittels trug er eine Lederhose, in die er ein gelb-türkis kariertes Hemd gestopft hatte. Der Bund der Hose schnitt in seinen Bauch.

Trettau ließ sich nicht anmerken, was sie dachte. Obermann schien jedenfalls anders zu sein als die Ärzte, mit denen sie sonst zu tun hatte.

»Guten Tag, Herr Doktor.« Sie streckte ihm die Hand entgegen.

Obermann wusste anscheinend nicht, was er damit anfangen sollte. Er betrachtete sie argwöhnisch, als ob Trettau versuchen könnte, ihm die Pest an den Hals zu hexen. Als Arzt war er vermutlich vorsichtig. »Wo fehlt es denn?«

Trettau schaute auf die Stelle zwischen seinen Augen und bemühte sich, ihr Gesicht ausdruckslos erscheinen zu lassen. Sie hatte keine Ahnung, ob es ihr gelang. Wieder einmal beneidete sie die Schauspieler in diversen Krimiserien, die auf Knopfdruck ein Pokerface aufsetzen konnten. Manchmal übte sie heimlich vor ihrem Spiegel im Badezimmer.

Obermann machte keine Anstalten, das Schweigen zu brechen.

»Ich komme wegen eines Patienten von Ihnen, Kai Dissel«, sagte sie schließlich.

»Ich darf Ihnen ohne Entbindung von meiner Schweigepflicht keine Auskünfte geben.«

»In diesem Fall schon.« Der Staatsanwalt war nicht sofort bereit für eine richterliche Anordnung gewesen. In einem langen Gespräch hatte Trettau ihn aber dann doch davon überzeugt, dass Dissel vermutlich nicht das einzige Opfer seines Mörders war. Die tätowierte Blutsieben war einfach zu auffallend. So lange sie den Killer nicht geschnappt hatte, würde der weiter morden, davon war sie fest überzeugt. Trettau legte die Anordnung auf den Tisch, daneben ihren Ausweis.

Obermann nahm den Ausweis mit spitzen Fingern auf und drehte und wendete ihn, als würde er an seiner Echtheit zweifeln. Auf dem Foto trug sie ihr Haar kürzer, aber es war eindeutig ihr

Bild. Auf die richterliche Anordnung warf er nur einen schnellen Blick.

»Also gut, setzen Sie sich«, sagte er dann. Er klang ergeben.

Trettau nahm Platz und entspannte sich. »Kommen wir also zur Sache. Ich hätte zunächst gern gewusst, was für ein Patient Herr Dissel war. Hatte er eine schwere Krankheit? Etwas Chronisches vielleicht? Oder war er wegen kleineren Sachen bei Ihnen: Husten, Schnupfen – Sie wissen schon.«

Obermann rollte mit seinem Arbeitsstuhl zu einem halb geöffneten Schrank, einem Ungetüm mit Löwenpatzen, das den linken Fensterflügel verdeckte. Der Platz bis zur gegenüberliegenden Zimmerwand reichte gerade für Obermann und seinen Arbeitsstuhl aus.

»Das haben wir gleich.« Er zog eine Kladde aus einem Fach und schlug sie auf. Stumm blätterte er eine Weile darin herum, dann rollte er an den Schreibtisch zurück.

»Und?«

»Nichts Besonderes. Vor drei Jahren war er das erste Mal bei mir, dann kam er jeden Herbst zur Impfung. Grippeschutz, die biete ich zwischen September und November an. Wenn Sie eine Immunisierung möchten«, er schaute hoch und lächelte sie an, »es ist noch nicht zu spät.«

»Danke, vielleicht später. Hat sich Herr Dissel auch dieses Jahr impfen lassen?«

»Selbstverständlich. Eine vernünftige Entscheidung, wenn Sie mich fragen.«

»Wieso? War er besonders anfällig?«

»Nun, die Impfung ist vernünftig. Das meine ich ganz allgemein. Herr Dissel war kerngesund. Außer zu den Impfterminen habe ich ihn nicht bei mir gesehen.« Er blickte in die Akte. »Dieses Jahr ist er spät gekommen, erst Ende Oktober.«

Trettau konnte sich nur schwer vorstellen, dass sich ein potenzieller Selbstmörder kurz vor seinem Suizidversuch noch so um seine Gesundheit sorgte, dass er sich impfen ließ. »Haben Sie an Herrn Dissel Anzeichen bemerkt, die darauf schließen lassen, dass er unglücklich war? Erste Anzeichen einer Depression vielleicht?«

»Wie meinen Sie das?« Obermann schaute zum Telefon. Es

blinkte. Vielleicht hatte er den Anruf erwartet, doch er nahm das Gespräch nicht an, sondern zupfte an einer Strähne herum, die sich aus seinem Zopf gelöst hatte.

Trettau hatte schon mehrfach mit Ärzten gesprochen. Gewöhnlich wurden die hellhörig, wenn sie als Polizistin nach möglichen Depressionen bei ihren Patienten fragte. Zu nah lag der Gedanke an deren Tod. Entweder war Obermann schwer von Begriff, oder er wollte sie einfach nicht verstehen. »Würden Sie ihn als suizidgefährdet einschätzen?«

»Nein.« Obermann schüttelte heftig den Kopf. »Ich kenne Herrn Dissel als einen jungen, gesunden Mann. Ein wenig untergewichtig, aber das tut seiner Gesundheit keinen Abbruch. Warum fragen Sie so etwas?«

»Er ist tot.«

Obermann holte tief Luft. »Solange ich ihn kenne, war er nie krank. Was ist passiert?«

»Tut mir leid, das darf ich Ihnen nicht sagen.«

»Tot also. Das überrascht mich nun wirklich.« Obermann setzte ein Datum unter die Beschriftung auf Dissels Patientenakte und einen dicken roten Punkt dahinter. Seine Handbewegung hatte etwas Endgültiges. »Zwar bin ich kein Psychologe, trotzdem kann ich nicht glauben, dass er sich selbst getötet haben sollte. Was sagt denn der Rechtsmediziner dazu?«

»Es gibt verschiedene Hinweise.« Obermann konnte bohren, wie er wollte. Trettau würde sich an die Vorschriften halten und ihm keine Einzelheiten verraten.

»War es ein Unfall? Oder wollen Sie damit andeuten, dass er umgebracht wurde?«

»Wie ich schon sagte – kein Kommentar.«

»Na gut.« Wieder schaute Obermann zum Telefon. Es blinkte noch. Der Anrufer musste hartnäckig sein.

»Hatten Sie außerhalb Ihrer Praxis mit Herrn Dissel Kontakt?«

»Ich kannte ihn nur als Arzt, und auch das nicht besonders gut.« Über Obermanns Nasenwurzel hatte sich eine tiefe Falte gebildet.

Trettau stand auf. »Dann war es das wohl. Bei Bedarf melde ich mich noch einmal bei Ihnen.« Sie reichte ihm die Hand. Obermanns Händedruck war schlaff wie ein toter Fisch. Schnell zog Trettau ihre Hand zurück und wies auf das Bild, das hinter ihm hing. Es war ein Kunstdruck, der wild durcheinander angeordnete Ziffern zeigte. »Das gefällt mir.«

»Das ist von meinem Sohn. Moderne Kunst.«

»Wirklich hübsch, ich mag Zahlen. Man kann so viel hineindeuten, finden Sie nicht auch?«

Obermann wandte sich um und betrachtete das Bild, als hätte er es noch nie gesehen. »Stimmt«, sagte er dann.

»Die hier zum Beispiel.« Uta zeigte auf eine liegende Drei. »Die erinnert mich an einen stilisierten Vogel. Oder einen Drachen, einen dreiköpfigen.«

»Im Grunde haben alle Zahlen eine mystische Bedeutung. Ihr dreiköpfiger Drache stammt aus der Märchenwelt, und Märchen sind immer gespickt mit Symbolik. Ob drei Brüder, drei Könige oder drei Köpfe – das ist egal.« Obermann wandte sich zu seinem Schreibtisch zurück. »Übrigens spielen Zahlen auch in der Medizin eine große Rolle. Wissen Sie, wie Sie gesund und vital bleiben?« Er wartete ihre Antwort nicht ab. »Sorgen Sie für gute Energie, viel Bewegung und eine ausgewogene Ernährung. Das sind die drei entscheidenden Elemente.«

»Klingt einleuchtend. Doch ich will Sie nicht länger aufhalten. Und wenn ich es mir recht überlege, sieht diese Drei dort mehr nach zwei Hügeln als einem Drachen aus. Berge, sozusagen.« Trettau lächelte.

»Berge? Dann müssten es schon sieben sein, sonst klappt es mit Ihren Märchen nicht.«

Wie so oft in den vergangenen Tagen sah Trettau die Tätowierung auf Dissels Rücken vor sich. »Klar, hinter den sieben Bergen, bei den sieben Zwergen.«

Jetzt lächelte auch Obermann. »Medizinisch betrachtet ist die Sieben sogar relevanter als die Drei. Eine Vielzahl von Prozessen unterliegt einem siebentägigen Intervall. Im Krankheitsverlauf tritt eine Krise oder auch die Erleichterung meist nach sieben Tagen ein. Wobei es natürlich auch andere Zyklen gibt, manche erstrecken sich über vierundzwanzig oder dreißig Tage. Eine entscheidende Rolle spielt unsere innere Uhr. Hormonspiegel,

Stoffwechsel, Körpertemperatur, auch Blutdruck und Puls, je nach dem persönlichen Tagesrhythmus.«

»So, wie Sie das sagen, scheint die Sieben etwas ganz Besonderes zu sein.«

»Natürlich ist sie das, und nicht erst seit heute. Ein gewisser Sykes – ein Genetikforscher – will herausgefunden haben, dass alle Europäer von nur sieben Müttern respektive deren Töchtern abstammen. Er nennt es *die Sieben Töchter Evas*. Ich weiß nicht, ob er recht hat, aber es klingt plausibel.«

Trettau kam das eher unwahrscheinlich vor, doch sie sagte nichts.

»Sieben Urmütter, sieben Weltwunder, sieben Meere, und spätestens seit dem Mittelalter finden sich auch immer wieder Darstellungen der sieben Todsünden. Darüber gibt es sogar einen Thriller. Sie wissen schon: Ein Serienkiller ermordet sieben Menschen. Jeder von ihnen hat sein eigenes Laster.«

Trettau dachte daran, dass Marie die religiösen Zusammenhänge längst recherchieren sollte. Vermutlich war sie noch nicht dazu gekommen. Sie alle waren überlastet, das fehlende Personal machte sich immer stärker bemerkbar. Dabei mussten sie den Täter so schnell wie möglich finden.

ACHT

Felix Latzky, der Abteilungsleiter der Vicanz-Versicherung, telefonierte mit seinem Chef. Nebenbei malte er mit dem Füllfederhalter Kringel auf ein Blatt Papier.

»Natürlich, Herr Dr. Kynast.« Ein Tintenklecks breitete sich zwischen zwei Kringeln aus. Latzky schmierte mit der Feder darin herum, bis ein fetter Kreis entstand.

»Gewiss, Herr Dr. Kynast.« Der Kreis bekam Beine und Arme.

»Selbstverständlich sorge ich dafür. Sie können sich auf mich verlassen, Herr Dr. Kynast.« Er legte den Hörer auf, betrachtete sein Werk und seufzte. Kynast, Generaldirektor der Vicanz, erwartete, dass die Versicherung nicht in diesen Todesfall hineingezogen wurde. Dabei war klar, dass die Kripo früher oder später hier auftauchen würde. Dissels Lebensversicherung wurde routinemäßig überprüft. Wenn er Glück hatte, war ein Kommissar mit dem Fall beschäftigt, den er schon kannte. Pallauer, zum Beispiel. Der hasste Journalisten und würde sich eher die Zunge abbeißen, als auch nur das kleinste Detail an die Presse zu geben.

Latzky zerknüllte das Blatt und beförderte es in den Papierkorb neben der Tür. Sein Magen knurrte, seit gestern hatte er nichts mehr gegessen. Das Telefonat mit Kynast hatte seinen Tagesablauf vollkommen durcheinandergebracht.

Aber selbst wenn Kynast ihn nicht angerufen hätte, wäre ihm der Appetit verdorben gewesen. Er war gezwungen, sich mit einem Todesfall zu beschäftigen, so etwas schlug ihm immer auf den Magen.

Es musste sich furchtbar anfühlen, wenn das Leben verrann. War Dissel das Sterben leicht geworden, oder hatte er im letzten Moment gezögert?

Womöglich war gar ein Dritter involviert.

Dieser Dissel war bei Terraworld beschäftigt, so stand es zumindest in seiner Akte. Die Firma war ein einflussreiches Unternehmen, und wie er wusste, war Generaldirektor Kynast einer der größten Geldgeber. Man munkelte, dass Terraworld ins Visier der

Steuerfahndung geraten sei. Wegen Geldwäsche und unerlaubter Geschäfte, hieß es. Kynasts großartiger Schwiegersohn, dieser Bernstock, sollte angeblich auch mit drinhängen. Als Vermögensberater. Vielleicht hatte dieser Dissel zu viel geredet.

Latzky verbot sich, den Gedanken bis zum Ende zu verfolgen. Ihm war heiß, sein Hemd hatte unter den Achseln feuchte Flecke. Er erwog, das Fenster zu öffnen, doch er konnte sich nicht aufraffen, seinen Schreibtisch zu verlassen. Der Tisch und die Gegenstände darauf, die braune Lederschreibunterlage, die dazu passende Stiftschale, Locher, Lineal und Stempelkarussell, gaben ihm den Halt, den er plötzlich nötig hatte.

Als es an der Tür klopfte, zuckte er zusammen. Gleich darauf öffnete sich die Tür. Der Anblick der eintretenden Frau beunruhigte Latzky, obwohl er nicht hätte sagen können, weshalb. Sie hatte lange dunkle Haare und wirkte eigentlich harmlos, wäre da nicht ihr herausfordernder Blick gewesen. Bestimmt wollte sie sich nach einer Versicherung erkundigen, die Kleine. Sie hätte ruhig sein *Herein* abwarten können, aber die jungen Leute von heute hatten allesamt keine Manieren. Das hätte es früher nicht gegeben.

Er erhob sich von seinem Sessel. »Sie wünschen, bitte?«

Es irritierte ihn, dass das Mädel nicht an der Tür stehen blieb, sondern direkt auf ihn zukam und ihm einen Ausweis vor die Nase hielt.

»Kriminalpolizei, Kommissarin Trettau.«

Polizei. Latzky sank in seinen Stuhl zurück. Genau so etwas hatte er befürchtet. »Was führt Sie zu mir?«

»Kai Dissel, der Tote aus dem Friedenspark. Sie haben vielleicht in der Zeitung darüber gelesen. Lothar Dissel, der Vater des Toten, hat mich informiert, dass sein Sohn bei Ihnen versichert war.«

Latzky nahm die Brille ab, hauchte auf die Gläser und wischte sie mit einem Taschentuch blank. Verstohlen musterte er die Besucherin. Kripo, er hatte es kommen sehen. Aber mussten die ausgerechnet so eine schicken? So jung, wie die war, brannte die bestimmt darauf, den Fall zu zerpflücken. Die war ehrgeizig, keine Frage, die wollte sich und ihrem Chef etwas beweisen. Pallauer hätte so etwas nicht nötig gehabt. »Aha.«

»Stimmt das? War er bei Ihnen Kunde?«

»Der Name sagt mir nichts.« Latzky setzte die Brille wieder auf.

»Sie haben sicher Dateien und Unterlagen. Schauen Sie bitte mal nach.«

»Das geht nicht so schnell, aber Sie müssen nicht warten. Wenn ich Herrn Dissel in unserem Bestand finde, informiere ich Sie. Per Post.«

»Ich hätte die Auskunft lieber jetzt gleich.«

»Wie Sie wünschen. Also, ich sehe mal in unserem Datenbestand nach.«

»Tun Sie das bitte, ich warte.«

Die biss sich tatsächlich fest wie ein Terrier, er hatte es ja gleich gewusst. Betont langsam zog Latzky die Computertastatur zu sich heran. Während er wahllos einige Buchstaben in das Feld der Kundendatei tippte, spürte er einen Schweißtropfen seinen Rücken hinabrinnen. Die Dissel-Akte lag bei Ritter auf dem Tisch. Hoffentlich hatte der alles noch mal gecheckt.

»Entschuldigen Sie mich einen Moment, ich muss mal eben nachfragen.« Er wählte Ritters Nummer, wartete ein paar Sekunden, doch niemand ging ans Telefon. Wer weiß, wo Ritter wieder herumwanderte. Allmählich trieb es der Bursche zu weit.

Latzky fuhr sich über die Oberlippe. »Hier haben wir ihn. Kai Dissel. Der zuständige Sachbearbeiter ist Herr Ritter. Den Flur rechter Hand entlang und dann das vorletzte Zimmer links. Der Name steht draußen dran.«

»Vielen Dank.«

Wenigstens war sie freundlich, die Kripotante. Doch falls sie Ritter nicht antraf, würde sie nicht mehr so nett lächeln. Darauf würde Latzky wetten.

Pierre registrierte langes rabenschwarzes Haar über dunklen Augen. Er wagte kaum zu atmen, so schön fand er diese Frau. Sie sah aus wie Schneewittchen, rot wie Blut, weiß wie Schnee, schwarz wie Ebenholz. Ein Lächeln teilte ihre Lippen, als ob sie ihm Mut machen wollte.

»Kommissarin Trettau«, sagte die Schöne und zeigte ihren Ausweis. »Sie sind also der Herr Ritter.«

Pierre nickte. Sie mussten im gleichen Alter sein, und er

grübelte, ob sie sich schon einmal irgendwo in der Stadt begegnet sein könnten. Doch nein, eine Frau wie Kommissarin Trettau hätte er bestimmt nicht übersehen. Er deutete auf den Besucherstuhl.

Die Kommissarin nahm Platz und schlug die Beine übereinander. Sie trug eine eng anliegende Jeans und kniehohe Stiefel.

Die Dissel-Akte lag unter dem Stapel mit der Tagespost. Ein Stück schaute heraus, es war die Ecke, auf der der Kaffeefleck prangte. Pierre zog die Akte hervor und öffnete sie. »Herr Latzky hat mich informiert, dass ich Ihnen Auskünfte über unseren Versicherten geben darf. Normalerweise legt Herr Latzky großen Wert darauf, dass unsere Daten geschützt sind.«

»Das geht schon in Ordnung, ich habe eine richterliche Anordnung. Kann ich die Akte mal sehen?«

»Meinetwegen.« Pierre reichte ihr die dünne Mappe. »Den Antrag finden Sie auf Seite eins, die Police ist weiter hinten.« Er erwog, sich neben sie zu setzen. Nähe schaffen sollte bei Frauen angeblich gut ankommen. Die Kommissarin jedoch sah nicht aus, als ob sie viel von vertraulicher Nähe hielt. Sie vertiefte sich sofort in die Akte und hatte ihn offensichtlich darüber schon wieder vergessen.

»Wer bekommt denn das Geld?«, fragte sie unvermittelt.

»Seite drei, Zeile fünf. Hanne Dissel, das ist seine Mutter.«

»Hm.«

»Sie wird bestimmt kein Interesse am Tod ihres Sohnes haben.«

»Nein.« Die Trettau schaute nicht mal hoch von der Akte.

Warum war sie so einsilbig? Er wollte ihre Stimme hören, die rauchig war und sanft zugleich.

Sie klappte die Akte zu. »Ich hätte gern eine Kopie davon. Geht das?«

»Natürlich.« Pierre packte die Akte und trat auf den Gang. Rasch kopierte er die paar Seiten im Kopierraum nebenan. Wenigstens würden ihre Finger über Papier streifen, das er zuvor berührt hatte. Wieder zurück, reichte er ihr die Kopie, wobei er sich überwinden musste, die Blätter loszulassen. Am liebsten hätte er ihre Hände gestreichelt.

»Vielen Dank, Herr Ritter.«

»Pierre.« Diesen einen Versuch zumindest musste er unternehmen.

Ihre Augen weiteten sich kaum merklich, dann verabschiedete sie sich. Pierre meinte, er hätte ein kleines, geschmeicheltes Lächeln auf ihren Lippen gesehen.

Lange nachdem sie gegangen war, starrte er noch immer auf die Tür.

»He, schläfst du mit offenen Augen?« Jemand stieß ihn an.

Tabea.

»Was?« Pierre blinzelte einige Male, bis er registrierte, dass er in seinem Büro war.

»Latzky will wissen, wie es mit dem Dissel-Fall steht«, sagte Tabea.

»Ich gebe ihm morgen Bescheid.«

»An deiner Stelle würde ich nicht damit warten. Der Chef ist echt mies drauf.«

Pierre schaute auf die Uhr. Kurz nach zwei, da hockte Latzky längst bei seinem Busenfreund Knobel. Freitags ab eins hielten die beiden gewöhnlich in Knobels Büro ihre Arbeitsbesprechung ab, Tagesordnungspunkt Merlot. Jeder wusste, dass sich dahinter die übliche Flasche Rotwein verbarg, mit der die beiden sich offensichtlich den Frust über ihre erbärmlichen Jobs hinabspülten. Latzky war in dieser Zeit für niemanden erreichbar. Tabea hatte das wohl noch nicht geschnallt.

»Ich mache Feierabend.« Sie packte ihre Tasche.

Je eher sie verschwand, umso besser. Dann konnte er ungestört weiter von Schneewittchen träumen. Wie damals, als er klein gewesen war und Schneewittchen bei ihnen im Haus gelebt hatte …

»Wo bist du? Komm sofort her, Pierre!« Die Stimme von Oma Tilly klang grell. Sie musste wütend sein. Dabei wollte er doch nur gucken, was Rosa machte. Deshalb war er oben auf dem Speicher.

Der Dachboden hatte ein Geheimnis, ganz hinten, wo alle ihren Sperrmüll lagerten. Ein Stuhl, ausrangierte Töpfe und ein Wäschekorb voller Lumpen hatten auf einer fleckigen Matratze gestanden. Als er eines Tages in dem Haufen herumgestochert hatte, war der umgekippt. Beim Aufräumen hatte er unter der

Matratze ein Loch im Fußboden entdeckt. Es war klein, gerade groß genug, dass er hindurchschauen konnte, wenn er sich flach auf den Boden legte. Man hätte es leicht übersehen können, ihm jedoch war es aufgefallen.

Das Loch eröffnete Pierre ganz neue Perspektiven. Denn von dort konnte er in Rosas Zimmer gucken. Rosa mit den schwarzen Haaren und den roten Lippen, wie Schneewittchen aus dem Märchenbuch, aus dem ihm Oma Tilly manchmal vorlas. Von hier oben konnte Pierre sehen, wie Rosa putzte oder bügelte. Oder in einem ihrer Bücher las.

Heute schien Rosa nicht zu Hause zu sein. In ihrem Zimmer herrschte Stille. Sonnenstäubchen tanzten im Licht, das durch die Fenster auf das weiß lackierte Fußteil des Bettes fiel. Auf dem Dielenboden davor lag die rote Wolldecke, die Rosa tagsüber über das Federbett breitete. Vielleicht war sie herabgerutscht.

Oma Tilly musste zurück in die Wohnung gegangen sein. Ihre Stimme war erst leiser geworden, dann verstummt. Vielleicht sollte er lieber auch hinuntergehen.

Noch während Pierre überlegte, hörte er Schritte. Sie waren unregelmäßig, kurz, lang, dazwischen ein Scharren. Das konnte nur der alte Schorn sein. Beim Laufen zog er das rechte Bein nach. Er kam die Treppe herauf. Was wollte er hier oben?

Pierre duckte sich hinter den Wäschekorb auf der alten Matratze. Aber Schorn kam nicht auf den Dachboden, sondern ging in Rosas Wohnung. Keine Gefahr, dass er ihn entdeckte. Pierre linste durch das Loch. Etwas Graues schob sich in sein Blickfeld, Schorns Kopf. Die Haare waren in der Mitte ausgedünnt. Pierre könnte ihm direkt auf die kahle Stelle spucken. Er unterdrückte ein Kichern.

Schorn schlurfte weiter in Richtung des Betts, dabei trat er achtlos auf die Decke. Pierre presste den Kopf enger an das Loch, sodass sich der ausgezackte Rand in seine Wange bohrte. Es tat weh, aber so konnte er auch den übrigen Teil des Bettes sehen.

Rosa hatte ihre Lieblingsbettwäsche aufgezogen, die mit dem hellrot-weißen Rosenmuster. Pierre erkannte es an dem Zipfel, der über die Bettkante ragte.

Dann sah er sie, Rosa, sein Schneewittchen. Sie lag auf dem Bett und trug das hellgelbe Kleid, das normalerweise wie eine luftige Gardine an ihr herumflatterte. Jetzt klebte es an ihrem Körper und war voller Flecken von Erde und Gras. Pierre fragte sich, warum sie es beim Zubettgehen nicht ausgezogen hatte. Wenn er schlafen ging, tauschte er die Straßensachen immer gegen seinen gestreiften Schlafanzug.

Schorn stöhnte, als er sich neben Rosa auf das Bett setzte. Vielleicht war Rosa krank und brauchte Hilfe. Er konnte sich nicht erinnern, ob Schorn etwas von Medizin verstand, aber wahrscheinlich wusste der Alte, was er tat, denn er hielt ihre Hand.

Rosa hatte die Augen geöffnet, sie war ganz starr und bewegte sich nicht. Als wäre sie aus Eis. Auch ihre Haut war schon ganz weiß.

Pierre hörte ein Schluchzen. Weinte der alte Schorn etwa? Stand es so schlimm um Rosa? Schorn streichelte ihre Wangen, dann den Hals, die Beine. Pierre hörte ihn flüstern, es klang, als sagte er: *Das hab ich nicht gewollt.* Aber bestimmt hatte Pierre sich verhört. Schorn liebte Rosa, das wusste jeder im Haus. Er selbst hatte die beiden am Vormittag hinter dem Gartenhaus beieinanderstehen sehen. Schorn hatte Rosa an sich gedrückt, sie aber hatte ihn von sich gestoßen. Pierre war zu ihr gerannt. »Wir spielen nur, geh zurück ins Haus«, hatte sie zu ihm gesagt und gelächelt. Jetzt lag sie stumm da und rührte sich nicht. Doch auf einmal hatte Schorn ein Messer in der Hand.

Pierre wollte schreien: *Tu ihr nichts.*

Noch ehe ein Ton über seine Lippen kam, holte Schorn aus und stieß sich selbst das Messer in die Brust. Da war Blut, spritzendes, tropfendes Blut. Schorn schwankte, er röchelte, dann fiel er vornüber auf das Kissen. Die rosa Rosen auf der Bettwäsche färbten sich rot.

An die darauffolgenden Stunden konnte sich Pierre nur schemenhaft erinnern. Irgendwann verkroch er sich in Oma Tillys Wohnung, da war das Haus schon voller Menschen. Aus seinem Versteck heraus hörte er, was sie redeten, aber er verstand nichts davon. Erst als er und Oma Tilly wieder allein in der Wohnung waren, erzählte er ihr alles.

»Ungehorsamer Bengel«, schimpfte Oma Tilly. »Du sollst nicht lügen, habe ich dir das nicht oft genug gesagt? Achtest du so Gottes Gebot?«

»Der alte Schorn …«

»Er ist tot, kapiert?« Oma Tilly bekreuzigte sich. »Toten sagt man nichts Schlechtes nach.«

»Aber die Männer haben dich doch gefragt, ob du etwas bemerkt hast.«

»Die Polizisten machen nur ihre Arbeit, mehr nicht. Du hast mit ihnen nichts zu schaffen.«

»Aber sie wollten doch wissen, wo du und ich waren, als …« Pierre schluchzte. Als sich der alte Schorn über Rosa geworfen und sie unter sich begraben hatte, wollte er sagen, brachte es aber nicht über die Lippen. Seine Brust fühlte sich an, als würde sie von einem Schraubstock zusammengepresst. Bestimmt war es Rosa genauso gegangen, Schorn war ein schwerer Mann. Der hatte sie doch zerquetscht.

Oma Tilly schlug so kräftig zu, dass Pierres Kopf nach rechts flog.

»Bete! Bitte den Herrn um Vergebung für deine Sünden.«

Pierre kniete sich rasch vor dem Kruzifix nieder. Er musste durch und durch schlecht sein, denn sonst hätte er Oma Tilly niemals derart gegen sich aufgebracht. Sie hatte ihm noch nie eine Ohrfeige gegeben.

Vater unser im Himmel …

Er murmelte vor sich hin. Sosehr er auch in sich hineinhorchte, er kam nicht darauf, was er Schlimmes getan haben könnte. Gut, er hatte durch das Loch geguckt. Heimlich. Aber er war nicht in Rosas Zimmer gewesen, und er hatte auch nicht mit den Polizisten gesprochen, die durch das ganze Haus gelaufen waren, treppauf, treppab. Obwohl er noch immer nicht wusste, weshalb er nicht mit den Polizisten sprechen durfte.

Oma Tilly hatte gewiss ihre Gründe. Sie verriet ihm nur wenig, er war ja noch so klein.

Hastig wischte sich Pierre die Tränen von den Wangen. Mit acht Jahren weinte man nicht. Oma Tilly weinte nie, sie stöhnte nur. Jede Nacht, wenn sie schlief, hörte er es. Einmal hatte sie im Schlaf gesprochen. *Hilfe* und *Nein*, die zwei Worte hatte er deutlich verstanden. Dabei konnte er sich beim besten Willen nicht vorstellen, dass es etwas gab, wovor Oma Tilly Angst haben könnte.

In der Nacht hatte er nach ihr geschaut. Ihre knochigen Hände waren über die Bettdecke gehuscht und plötzlich hatte sie ihn am Schlafanzug gepackt und an sich gerissen. Starr vor Angst hatte er ihr ins Gesicht gestiert, genau in Oma Tillys weit aufgerissene Augen, aber sie hatte ihn nicht erkannt. Wer weiß, wen sie gesehen hatte, ihn jedenfalls hatte sie unvermittelt losgelassen.

Ob Rosa mittlerweile aufgestanden war? Die Polizisten hatten den alten Schorn bestimmt schon weggebracht. Vielleicht sollte er nach Rosa sehen. Vielleicht brauchte sie Hilfe.

Pierre schielte zu Oma Tilly hinüber, die vor dem Tischchen mit der Madonna kniete. Sie hielt den Kopf gesenkt.

Leise stand Pierre auf und streifte die Sandalen von den Füßen. Barfuß machte er zwei, drei Schritte, ohne Oma Tilly aus den Augen zu lassen. Anscheinend hatte sie nichts gemerkt. Mutiger geworden, tappte er auf Zehenspitzen hinter Oma Tillys Rücken hinaus. Im Treppenhaus zog er die Sandalen an und machte sich daran, nach oben zu Rosa zu steigen.

An Schorns Wohnung im ersten Stock prangte ein Aufkleber, der vorher noch nicht da gewesen war. Pierre schlich näher, da hörte er von oben Geräusche. Schnell trat er von der Tür zurück. Niemand sollte denken, er würde herumschnüffeln.

Zwei Männer kamen die Treppe hinab. Sie trugen etwas Längliches. Pierre drückte sich eng an die Wand des Treppenhauses, damit sie vorbeikonnten. Jetzt erkannte er auch, was die Männer trugen: eine Bahre, auf der ein heller Sack lag, unter dem sich die Umrisse eines Menschen abhoben. Am Kopfende hing eine Haarsträhne heraus. Sie war schwarz.

»Rosa«, flüsterte Pierre.

»Geh beiseite, Junge.« Der Mann, der den Vorderteil der Trage hielt, schob ihn mit dem Ellenbogen fort.

Pierre wollte protestieren, wollte rufen: *Das ist Rosa, ich bin ihr Freund*, aber die Männer waren schon an ihm vorbei und am nächsten Treppenabsatz angelangt.

Ein Polizist nahm ihn am Arm. Er musste direkt hinter der Trage gelaufen sein. Pierre hatte ihn bislang nicht bemerkt.

»Komm mit.« Der Polizist strich ihm übers Haar. Er schien zu wissen, wo Pierre wohnte, denn vor Oma Tillys Tür blieb er stehen. »Deine Freundin kann dich nicht mehr hören, verstehst du?«

Pierre schüttelte den Kopf.

Der Polizist klingelte, und Oma Tilly öffnete so schnell, als hätte sie die ganze Zeit hinter der Tür gestanden.

Pierre fing ihren bösen Blick auf. Es kümmerte ihn kaum. Rosa, was war mit ihr passiert? Irgendetwas war nicht in Ordnung.

»Der Junge war oben. Ich hab ihn gerade noch erwischt.« Der Polizist lächelte traurig und schob Pierre zu Oma Tilly.

Oma Tilly schubste ihn weiter in den Flur hinein. »Lauf in die Stube und rühre dich nicht von der Stelle.«

Er drehte sich um. Die beiden hatten ihn offenbar nicht aus den Augen gelassen. Stumm schauten sie ihn an, als hätte er ein Verbrechen begangen. Er zog den Kopf zwischen die Schultern, als könne er so ihren Blicken entgehen, und beeilte sich, ins Wohnzimmer zu kommen. Dort wartete er einen Augenblick. Im Flur war es ruhig, und vorsichtig öffnete er die Tür einen Spalt.

»Vermutlich hat sich Rosemarie Engler vergiftet«, hörte er den Polizisten sagen.

Was bedeutete das? Hatte Rosa wie Schneewittchen einen Apfel gegessen?

»Denken Sie, dass Herbert Schorn etwas damit zu tun hat?« Oma Tilly klang gehetzt.

»Möglicherweise.«

»Vielleicht hat sie sich nicht selbst getötet. Vielleicht hat jemand nachgeholfen.«

»Wir haben einen Abschiedsbrief gefunden.« Papier knisterte. »Erkennen Sie die Schrift?«

Eine Weile war Stille. Dann sagte Oma Tilly: »Das hat Rosa geschrieben.«

»Natürlich werden wir noch weitere Untersuchungen vornehmen. Halten Sie sich bitte zu unserer Verfügung.«

»Ich …« Oma Tillys Stimme brach.

»Lassen Sie mal, Frau Ritter. Frau Engler war registriert. Sie hatte mit vielen Männern Verkehr. Wir haben ihre Namen.«

»Was besagt das schon?« Oma Tillys Stimme klang hart. »Von Männern ist nichts Gutes zu erwarten. Von der Polizei auch nicht.«

»Na hören Sie mal.«

»Ich weiß nur zu gut, was Sie denken. Rosa war eine Hure, selbst schuld, wenn sie vergewaltigt wurde. Aber ich weiß, was in ihr vorgegangen ist. Ich habe das Gleiche erlebt.«

»Damals …«

»Sparen Sie sich Ihr Mitleid, ich will es nicht. Sie können nichts dafür, Sie sind nicht verantwortlich. Aber Ihre Vorgänger, die Bullenschweine damals, die hätten etwas unternehmen können. Stattdessen haben sie – hat die ganze Stadt – mich allein gelassen. Auf einmal war ich eine Sünderin. Eine Frau, die ein Balg bekam, dessen Vater sie nicht mal kannte.« Oma Tilly schnaubte. »Wenn ich meine Gebete nicht hätte, dann …«

Pierre drückte die Tür ein Stückchen weiter auf. Oma Tilly sah aus, als wollte sie dem Polizisten ins Gesicht schlagen.

»Gehen Sie«, keuchte sie. »Lassen Sie mich in Ruhe.«

Der Polizist wandte sich zur Wohnungstür. Er griff nach der Klinke und warf einen Blick zurück, genau in Pierres Richtung. Dann zuckte er mit den Schultern und trat ins Treppenhaus.

Als er weg war, sank Oma Tilly auf die Knie. »Das arme Kind.«

Ein Schluchzen ließ ihre Schultern beben. Pierre vergaß, was sie ihm befohlen hatte. Er rannte zu ihr und drückte sich an sie.

»Ich bin bei dir«, flüsterte er.

Oma Tilly umarmte ihn. »Rosa brennt. Sie hat Sünde auf sich geladen.«

»Bestimmt kommt sie bald, dann hilfst du ihr beim Beten, und Rosa wird wieder rein.«

Oma Tilly brach in Tränen aus. »Rosa ist tot, sie kommt nie mehr zurück. Alles wegen dieses Kerls. Männer bringen nur Unglück. Sieh dich vor, Pierre, dass du nicht auch mal so einer wirst.«

Das Knallen von Türen ließ Pierre aufschrecken. Oma Tillys Worte dröhnten in ihm.

Sieh dich vor!

Pierre sprang auf, sein Stuhl polterte zu Boden. Er hatte geträumt. Wieder einmal. Beim Aufspringen musste er mit dem Arm an den

Papierstapel auf seinem Schreibtisch gekommen sein. Die Post lag verstreut auf dem Boden, die Dissel-Akte war halb unter den Garderobenschrank gerutscht.

Latzky steckte seinen Kopf ins Büro. »Was machen Sie denn noch hier?« Sein Gesicht war ganz rot. Das lag vermutlich am Rotwein, den er mit Knobel gekippt hatte.

»Arbeiten, was sonst?« Pierre versuchte, ruhig zu bleiben und sich nicht anmerken zu lassen, dass sein Herz raste. Wieder dieser Traum.

»Werden Sie bloß nicht frech.«

»Schon gut, ich bin gleich weg.«

Während Pierre die Schriftstücke aufsammelte, musterte er Latzky aus den Augenwinkeln. Der Chef wirkte mitgenommen. Seine Krawatte war ein Stück aufgezogen und das Hemd klaffte auseinander, sodass man seine Brusthaare sehen konnte.

»Dieser Dissel-Fall …« Latzkys Worte hingen wie ein Fragezeichen in der Luft.

Pierre ließ ihn zappeln und stapelte die Post auf einen halbwegs ordentlichen Haufen.

»Also, der Dissel, gibt es dabei Unklarheiten?«

»Nicht, dass ich wüsste.« Kai Dissel war sein Kunde, seine persönliche Verantwortung. Aber so einer wie Latzky würde das nie verstehen. Wenn der Chef etwas über Kai wissen wollte, sollte er doch selbst die Akte studieren. Die war sauber wie ein neugeborenes Kind. Wenn es sein musste, würde Pierre dafür seine Hand ins Feuer legen.

NEUN

Henne saß auf dem Sofa und hielt die Bibel in der Hand, als Erika vom Einkaufen zurückkam.

Sie stellte die Einkaufstasche auf den Boden. »Du liest die Bibel? Seit wann interessierst du dich für Gott?«

»Warum nicht?« Die halbe Nacht hatte er wach gelegen und über den Fall Kai Dissel gegrübelt. Dabei war die Sieben immer wieder durch seinen Kopf gespukt. Sieben Leben hat die Katze, über sieben Brücken musst du gehen, sieben Weltwunder, das verflixte siebte Jahr – er hätte die Liste noch lange weiterführen können. Irgendwann in den frühen Morgenstunden war ihm eingefallen, dass in seinem Bücherschrank eine Bibel stehen musste. Es war das Erbstück seiner Großeltern, das ihm Mutter Pauline vor Jahren überlassen hatte, weil sie der Meinung war, er sollte sich um sein Seelenheil kümmern. Henne war zwar getauft, doch seit er volljährig war, ging er weder zum Gottesdienst, noch betete er überhaupt einmal.

Gleich am Morgen hatte er nach der Bibel gesucht. Mit dem Zeigefinger war er die Buchrücken entlanggefahren. Gedichte von Goethe, Reisebeschreibungen, ein asiatisches Kochbuch, ein Gartenratgeber.

Zwischen einem Band Bastelanleitungen für Tischdekoration und Fontanes »Schach von Wuthenow« hatte er dann die Bibel gefunden.

»Ich nehme dir nicht ab, dass du auf einmal Gott für dich entdeckt hast. Du kommst ja nicht einmal Weihnachten mit in die Kirche«, sagte Erika.

»Jeder Mensch glaubt doch an etwas.« Er registrierte die Falte an Erikas linkem Mundwinkel, die immer dann zum Vorschein kam, wenn sie misstrauisch war.

»Warum nur glaubst du, dass du mich so leicht abspeisen kannst?«

»Ich glaube noch mehr. Zum Beispiel, dass Eisbein ein hervorragendes Mittagessen wäre.«

»Vergiss es. Du musst an dein Herz denken.« Erika nahm die Einkaufstasche auf.

»Kein Eisbein?«

»Es gibt Fisch und Reis.« Sie verschwand mit der Tasche in der Küche.

Henne schlug die Bibel auf. In sieben Tagen hat Gott die Welt geschaffen, das schrie förmlich nach näherer Betrachtung. Religiöse Fanatiker hatte es schon immer gegeben, religiöse Mörder ebenfalls. Was lag näher, als dass Dissel einem solchen zum Opfer gefallen war? Ein normaler Mensch stach wohl kaum mit Nadeln auf dem Rücken eines anderen herum. An einen Selbstmord mochte Trettau glauben, er hingegen nicht, dafür gab es viel zu viele Ungereimtheiten. Hätte sich Dissel strangulieren wollen, während er sich einen runterholte, wäre er nicht in einen öffentlichen Park gegangen, wo die Gefahr bestand, dass ihn jemand stören würde. Zu Hause hätte er es viel gemütlicher gehabt. Bis jetzt gab es auch keine Hinweise, dass sich Dissel in einer ernsten Lebenskrise befunden haben könnte. Er war jung, hatte einen Job, der ihm gefiel, ein sicheres Einkommen. So einer brachte sich nicht einfach um. Auch hatte Schemkeler bei der Obduktion keine körperlichen Krankheitssymptome gefunden. Chronische Schmerzen, Depressionen oder auch Suchterkrankungen spielen bei Suiziden oft eine Rolle, doch dafür gab es laut Schemkeler keine Anhaltspunkte. Sein Bauchgefühl hatte Henne von Anfang an gesagt, dass der Fall stank, und bislang hatte ihn sein Bauch noch nie getrogen. Er vertiefte sich in den Text.

Am Anfang schuf Gott Himmel und Erde. Und die Erde war wüst und leer, und es war finster auf der Tiefe; und der Geist Gottes schwebte auf dem Wasser. Und Gott sprach: Es werde Licht! Und es ward Licht.

Ein paar Seiten später blätterte Henne zum Inhaltsverzeichnis zurück. Die Genesis beschrieb die sieben Schöpfungstage gründlicher, als er es in Erinnerung hatte, doch einen Hinweis auf das Motiv eines fanatischen Mörders fand er nicht. Das Inhaltsverzeichnis der Bibel war lang, allein das Alte Testament umfasste mehr als neunhundert Seiten. Wenn er alles lesen wollte, würde er tagelang damit beschäftigt sein. Er musste sich auf das Wichtigste konzentrieren, die Grundsätze, nur hatte er keine Ahnung, was das überhaupt war. Leise seufzte er. Am besten, er fing mit den Geschichtsbüchern an. Die Lehrbücher und Psalmen konnten warten. Henne hoffte, dass er das Richtige tat und schlug das zweite Buch Mose auf, den Exodus.

Exodus war griechisch und bedeutete Auszug. In den Bibelstunden, die er als Kind besucht hatte, hatten sie den Auszug besprochen, aber die Einzelheiten wusste er nicht mehr. Es war zu lange her. Henne rieb über die Narbe in seinem Gesicht. Sie juckte, wie immer, wenn er angestrengt nachdachte. Er schaute zum Fenster. Es musste geregnet haben, das Dach des gegenüberliegenden Hauses war nass. Es sah aus wie frisch gewaschen, so glänzend und rein, und unvermittelt fiel ihm ein, was er in der Bibelstunde gehört hatte. Von Befreiung war die Rede gewesen: Befreiung und Erlösung. Es war schon für geringere Ziele getötet worden.

»Das Essen ist fertig«, rief Erika.

Es roch nach Knoblauch und zerlassener Butter, und Henne beeilte sich, an den Mittagstisch zu kommen.

Das Mahl war gut, das musste er zugeben. Außer mit Knoblauch hatte Erika den Lachs mit Dill und Basilikum gewürzt und in einer Sesamkruste gebraten. Der Fisch zerging ihm auf der Zunge, sodass Henne dem Eisbein nicht nachtrauerte. Als er aufgegessen hatte, wischte er sich den Mund ab. »Ein Nachtisch wäre jetzt gut.«

»Eiscreme ist tabu, aber einen Tee darfst du trinken.« Erika füllte Wasser in den Wasserkocher.

Henne holte derweil die Packung mit dem grünen Tee aus dem Schrank. »Es kann sein, dass ich in der nächsten Zeit viel unterwegs bin.«

»Weshalb? Hast du ein neues Hobby?« Erika presste die Lippen zusammen.

Henne hatte keine Ahnung, wie sie ausgerechnet darauf kam, er könne ein neues Hobby haben. Seit Jahren spielte er Saxophon. Das und die Arbeit füllten ihn aus. Er dachte nicht im Traum daran, etwas Neues zu machen.

»Der Tote, den ich im Friedenspark entdeckt habe, der wurde augenscheinlich ermordet.«

Erika hatte das kochende Wasser über den Tee in die Tassen geschüttet. Hart stellte sie den Wasserkocher auf den Tisch. »Du bist nicht im Dienst, Heinrich. Du bist krank, schon vergessen?«

»Schau mal«, Henne nahm ihre Hand, »ich fühle mich super. Die Schmerzen sind weg, der Stent arbeitet gut. Das hat sogar der Kardiologe, der Mannheimer, gesagt. Wenn ich noch lange zu Hause herumsitze, werde ich sauer. Ein wenig Abwechslung tut mir gut.«

»Hat dein Mannheimer auch gesagt, dass du Verbrecher jagen sollst?«

Sie wollte ihm ihre Hand entziehen, doch er hielt sie fest. »Uta Trettau hat den Fall übernommen. Ich lasse mich gesundschreiben und kann ihr helfen.«

»Heinrich, bitte.« Erika pustete in ihre Tasse, dann trank sie einen Schluck. »Du bist noch nicht auf den Beinen und schon willst du wieder Bäume ausreißen. Was ist, wenn du einen zweiten Infarkt bekommst? Denk doch mal an uns. Ich will nicht ohne dich leben müssen.«

»Das sollst du doch auch nicht.«

»Dann bleib zu Hause und kuriere dich aus, gründlich. Sonst kann ich nicht nach Spanien fliegen.«

Morgen wollte Erika die Freunde besuchen, bei denen sie in Spanien gewohnt hatte, als sie für eine Weile bei ihm ausgezogen war. Henne dachte ungern an die Zeit zurück, in der er allein in der Wohnung gelebt hatte.

Erika hatte ihn beobachtet. Wer weiß, was sie in seinem Gesicht gelesen hatte, denn plötzlich sprang sie auf und schüttete ihren restlichen Tee in den Ausguss. Mit dem Tischlappen schrubbte sie an der Tasse herum, als hätte sich der Schmutz von vier Wochen auf dem Porzellan abgesetzt.

Henne trat zu ihr und nahm ihr den Lappen aus der Hand. Er stellte die Tasse neben die Spüle und drehte Erika mit sanftem Druck zu sich herum, bis sie ihm ins Gesicht schauen musste. »Mir geht es wirklich wieder gut.«

»Das können die Ärzte besser beurteilen als du. Noch bist du krankgeschrieben, und etwas anderes zählt für mich nicht.« Ihre Mundwinkel zuckten. Bestimmt würde sie gleich anfangen zu weinen.

Henne legte seine Hände um ihr Gesicht und küsste sie. Ihre Lippen schmeckten nach dem Tee, den sie soeben getrunken hatte.

Er war genauso bitter wie Hennes Erkenntnis, dass Erika nie ganz akzeptieren würde, wie wichtig ihm seine Arbeit als Polizist war.

Am nächsten Morgen verstaute Erika die letzten Klamotten im Koffer. Henne hockte auf dem Rand seines Bettes. Er hätte ihr ewig zuschauen können, wie sie die Sachen in die Höhe hielt, einer Musterung unterzog und dann zusammenlegte, als wären es Kostbarkeiten. Das gelbe Sommerkleid liebte er besonders an ihr, sie hatten es im letzten Jahr auf Sylt gekauft. Drei Wochen hatten sie in einer Pension in Rantum gewohnt. Es war ein fantastischer Urlaub gewesen, besser als alle anderen zuvor. Endlich hatten sie mal Zeit füreinander gehabt, niemand hatte sie gestört. Hand in Hand waren sie stundenlang den Sandstrand entlanggelaufen, selbst bei Regen. Einmal waren sie ganz allein hinter den Dünen gewesen und hatten sich in einer Kuhle geliebt. Die Sandkörner hatten auf der Haut gejuckt, doch das hatte sie nicht gebremst. Wie Kinder hatten sie danach im Wasser herumgealbert. Da hatte er noch nicht geahnt, dass ein dummer Herzinfarkt sein Leben verändern würde.

»Ich hoffe, ich habe alles eingepackt, was ich brauche.« Erika schlug den Koffer zu.

Henne nickte nur. Erika war ein perfektes Organisationstalent. Noch nie hatte sie etwas vergessen, weder Zahnbürste noch Sonnencreme. Und auch keines seiner Versprechen. Zum Glück hatte er sich gestern nicht von ihr überreden lassen und geschworen, dass er sich wie ein kranker Mann ins Bett legen würde, während sie in Spanien war. Er hatte nur vor sich hin gebrummt. Damit konnte sie ihn nicht festnageln, doch ganz sicher war er sich nicht.

»Das Taxi muss jeden Augenblick da sein. Schaust du mal bitte, ob du es schon siehst?« Erika zog ihre Jeansjacke an und warf sich den Mantel über den Arm.

Henne trat auf die Terrasse und blickte auf die Straße hinunter. Soeben kam ein gelbes Auto um die Ecke gebogen, der Taxifahrer war überpünktlich. Entweder war er gerast oder hatte einfach nur Glück gehabt, dass weniger Verkehr als sonst war. Normalerweise brummte es in den Straßen um diese Zeit nur so. Rushhour.

»Du musst los«, sagte Henne. Er nahm den Koffer und begleitete Erika nach unten. Der Taxifahrer war eine zierliche Frau mit Pferdeschwanz, die sogleich ausstieg und sich am Kofferraum zu schaffen machte. Ihr dicker Rollkragenpullover schlabberte an ihr herum wie ein nasser Sack. Henne erkannte erschreckend dünne Arme und verstaute das Gepäck lieber gleich selbst. Das Dankeschön der Fahrerin erwiderte er mit einem knappen Nicken. Er wartete, bis Erika im Auto saß, dann beugte er sich zum Abschied zu ihr in den Fonds.

Erika küsste ihn auf die Nasenspitze. »Pass auf dich auf.«

»Mach ich. Und melde dich, sobald du angekommen bist.«

Erikas Lächeln ließ ihn kurz erwägen, mit ihr nach Spanien zu fliegen. Doch kaum hatte sie die Wagentür geschlossen, schüttelte er über sich den Kopf. Was sollte er in Spanien, er hatte hier genug zu tun. Wieder in der Wohnung, tauschte er seinen Jogginganzug gegen Jeans und Hemd. Beim Schuhanziehen wurde er von Dschingis wie von einem Wachhund umkreist, und Henne hegte nicht zum ersten Mal den Verdacht, dass Erika den Hund abgerichtet hatte, damit der auf ihn aufpasste.

»Lass mich durch, alter Junge. Sie wird nichts erfahren, klar?«

Als Antwort ließ Dschingis ein Knurren hören.

»Schon gut, ich bin gleich zurück.«

Dschingis bellte, als hätte er einen Einbrecher gestellt.

Zähneknirschend legte Henne ihm das Halsband um. Wenn er nicht wollte, dass der Hund das ganze Haus in Aufruhr versetzte, musste er ihn eben mitnehmen. »Du wartest im Auto, klar?«, schärfte er ihm ein.

Auf der Fahrt zum Uniklinikum musste Henne erneut an Erika denken. Der Flieger startete in einer knappen Stunde. Wenn er sich beeilte, konnte er ihn noch erreichen. Dschingis bellte ein vorbeifahrendes Auto an, und Henne riss sich zusammen. Unmöglich konnte er den Hund allein in Leipzig lassen. Und außerdem musste er Mannheimer sprechen, und zwar dringend.

An einer auf Rot geschalteten Ampel wählte er Mannheimers Nummer und wartete. Eine Weile lauschte er dem Tuten des Telefons. Auf der Nachbarspur stand das Auto, das ihn kurz zuvor überholt hatte. Der Fahrer hupte und deutete auf das Handy an

Hennes Ohr. Henne grinste ihn an. Er hatte Wichtigeres zu tun, als sich darum zu kümmern, ob es dem Typen passte, dass er am Steuer telefonierte.

Am anderen Ende meldete sich Mannheimers Sprechstundenhilfe.

»Heinrich Heine, hier«, sagte Henne. »Ich bin in zehn Minuten bei Ihnen. Halten Sie mir einen Termin beim Doktor frei, bitte.« Er wartete die Antwort nicht ab, sondern beendete das Gespräch. Die Ampel schaltete um, und Henne drückte das Gaspedal durch.

Kurz darauf kam er vor der Kardiologie zum Stehen. Als er durch die Halle rannte, erntete er verdutzte Blicke. Noch mehr musste die Leute jedoch verwundern, dass Henne nicht auf den Lift wartete, sondern zur Treppe lief. In der Kardiologie rannte man nicht, hier schleppten sich die Patienten eher dahin.

Im dritten Stock angekommen, stieß er die Tür zu Mannheimers Praxisräumen auf. »Ich habe mich eben telefonisch angekündigt. Sie erinnern sich doch noch daran, wer ich bin, oder?« Er zwinkerte der Schwester zu, die Mannheimers Patienten einteilte.

»Natürlich. Sie sind einer von denen, die besser als der Doktor wissen, was gut für sie ist.«

»Ich hab geahnt, dass Sie mich verstehen. Ist der Doktor zu sprechen?«

Die Schwester schaute in den vor ihr liegenden Kalender. »Gewiss, übermorgen um zehn.«

So lange konnte er unmöglich warten. »Wie wäre es mit jetzt gleich?«

»Ausgeschlossen, Dr. Mannheimer ist ausgelastet.«

»Aber ich bin ein Notfall.«

»Tatsächlich?« Die Schwester musterte Henne von oben bis unten. Sie sah aus, als ob sie ihn jeden Moment hinauswerfen würde.

»Ich habe es mehr innerlich, das dürfte Ihnen bekannt sein.« Henne versuchte, so liebenswürdig wie möglich zu klingen.

Dr. Mannheimer steckte den Kopf aus der Tür seines Sprechzimmers. »Schwester Monika?« Dann erkannte er Henne. »Ist etwas nicht in Ordnung?«

Henne schob sich am Tresen vorbei. »Stimmt genau. Deshalb muss ich Sie unbedingt sprechen.«

»Kommen Sie.«

Als Henne kurz darauf mit dem Befund unterm Arm ins Freie stiefelte, lächelte er. Wie ein Sportler war er vor Mannheimer herumgeturnt, hatte die Knie gebeugt und zwanzig Liegestütze gestemmt. Er hatte sogar noch zwanzig Sit-ups als Dreingabe gemacht. Henne hätte auch noch einen Handstand vorgeführt, doch ehe es dazu kam, hatte Mannheimer nachgegeben und mit einer Bemerkung über Hennes eigene Verantwortung bescheinigt, dass der fit genug war, um zumindest stundenweise wieder zu arbeiten. Hennes Hausarzt blieb nichts übrig, als sich dem Attest des Kollegen anzuschließen und die Krankschreibung aufzuheben.

»Tun Sie mir den Gefallen und schonen Sie sich. Sonst sehen wir uns in Kürze wieder«, waren seine Worte, ehe er Henne eine Korrektur des noch nicht abgelaufenen Krankenscheines in die Hand drückte.

Pfeifend machte sich Henne auf den Weg zur Dimitroffstraße.

Uta Trettau betrachtete das Haus Aurelienstraße 8. Die Fassade strahlte in einem freundlichen Gelb und war noch frei von Graffitis, wie sie die umliegenden Häuserwände zierten. Sie musste erst vor Kurzem renoviert worden sein.

Kai Dissels Wohnung lag im dritten Stock. In den Fenstern standen keine Blumen, hinter den Scheiben hingen keine Gardinen. Entweder war der Tote spartanisch eingerichtet, oder er hatte nichts für Fensterschmuck übriggehabt.

Sie schloss die Haustür auf und ging hinein. Im Treppenhaus roch es nach Sauerkraut und Bratkartoffeln. Die Tür zum Hinterhof stand offen. Trettau warf einen Blick hinaus, doch kein Mensch war zu sehen. Auf der Wäscheleine schaukelten ziemlich große rosa Schlüpfer im Wind. Trettau tippte das Alter der Trägerin auf achtzig plus. Eine junge Frau würde die Wäsche bei diesem Wetter vermutlich nicht nach draußen hängen. Wozu gab es schließlich Trockner?

Als sie nach oben ging, knarrten die Stufen, und sie fühlte sich wie ein Eindringling. Im ersten Stock wurde der Sauerkrautgeruch von Döner mit Knoblauch abgelöst, weiter oben duftete es nach Kuchen. Die Hausbewohner schienen recht unterschiedlich zu sein, zumindest, was das Essen betraf.

An der Tür zu Dissels Wohnung prangte das Siegel der Kriminalpolizei. Reinboldt und die Männer hatten die Wohnung bereits durchsucht, jedoch nichts Auffälliges gefunden. Der Computer sowie Schriftverkehr befand sich schon in den Büros in der Dimitroffstraße. Marie kümmerte sich um den PC, während Reinboldt, Müller und Korndörfer über den Papieren brüteten.

Die Wohnung war ordentlich und sauber. Vom Korridor gingen vier Türen ab. Küche, Stube, Bad und Schlafzimmer, wie Trettau schnell feststellte.

Ihr Handy klingelte. Erst wollte sie das Gespräch nicht entgegennehmen, doch als sie den Anrufer sah, meldete sie sich. »Was ist, Henne? Hast du Langeweile?«

»Ach was, ich bin dir hinterhergefahren.«

Henne und ein Zufall? Bestimmt hatte er Dissels Adresse herausgefunden und versuchte nun, auf eigene Faust zu recherchieren. Wahrscheinlich dachte er, sie würde das ohne ihn nicht hinkriegen.

»Komm hoch, in Gottes Namen.« Trettau steckte ihr Handy weg und betrat das Bad. Sie musste mal und hob den Toilettendeckel. Das Becken war sauber und verströmte einen leichten Zitronenduft. Das hätte Trettau eher einer tüchtigen Hausfrau als einem jungen Mann zugetraut. Dissel musste fleißig geputzt haben, oder es gab jemanden, der es für ihn übernommen hatte. Seine Mutter möglicherweise. Sie setzte sich und pinkelte. Noch während sie ihre Hose wieder hochzog, schellte es an der Tür. Henne war da.

Schnell wusch sie sich in dem nicht minder glänzenden Waschbecken die Hände, dann ging sie zur Wohnungstür und riss sie auf. »Ich will gar nicht wissen, woher du diese Adresse hast.«

»Du bist sauer«, stellte Henne fest.

»Was dachtest du denn? Soll ich vielleicht froh sein, dass du dich in meinen Fall einmischst?«

»Aber das tue ich doch gar nicht. Ich will mich nur ein bisschen umschauen.«

Trettau zog ihn in die Wohnung und knallte die Tür zu. »Klar, nur zu. Anscheinend hältst du mich für zu blöd, um meinen eigenen Fall zu lösen.«

»Du redest Bullschiet. Ich dachte nur, ein wenig Hilfe schadet nicht.«

»Mir reicht Reinboldt.«

»Meine Güte, Uta. Sei nicht so stur.«

Bittend schaute er sie an, und auf einmal wurde ihr klar, was ihn hergetrieben hatte. Oberkommissar Heinrich Heine hatte das Zuhausesein satt. Er suchte eine Beschäftigung, da kam ihm der Fall Dissel gerade recht.

»Meinetwegen«, sagte sie. Seine Augen leuchteten auf, und Trettau setzte schnell hinzu: »Aber lass es bloß nicht den Alten wissen. Der macht mich zur Schnecke. Du bist doch immer noch krankgeschrieben.«

Henne grinste. »Nee, bin ich nicht. Ich hab mir heute Morgen die Gesundschreibung organisiert. Schuster weiß Bescheid. Er hat mich deiner SoKo zugeteilt.«

»Wieso hat er dir nicht gleich die Leitung der SoKo übertragen?«, fragte Trettau. Sie traten beide in das Wohnzimmer von Kai Dissel.

»Das geht nicht.« Henne kratzte sich am Kinn. »Der Arzt hat mich gesundgeschrieben, doch ich soll mich noch schonen. Blödsinn, wenn du mich fragst, ich bin völlig okay. Dummerweise besteht der Alte darauf, dass ich mache, was der Arzt sagt, zum Beispiel nicht länger als sechs Stunden täglich arbeiten. Als ob man auf die Art einen Mordfall lösen könnte.«

»Keine Bange, wir anderen sind schließlich auch noch da.« Trettau zupfte an ihrem Pferdeschwanz herum. Wie die Dinge lagen, war sie jetzt Hennes Chefin. Hoffentlich kam der damit klar.

»Der Alte muss es ja nicht erfahren, wenn ich länger im Einsatz bin.«

Henne öffnete die Türen des einzigen Schranks, der im Wohnzimmer stand. Er enthielt Bücher und Gläser, die ziemlich willkürlich in den Fächern verteilt waren. »War das schon so?«

»Das will ich hoffen. Reinboldt wird nichts davon angerührt haben. Die Unterlagen hingegen, die eventuell Aufschluss darüber geben können, was für ein Mensch Kai Dissel war, die haben die Männer in die Direktion gebracht. Sie sichten sie gerade.«

Trettau trat an den Schreibtisch, der zwischen den zwei zur Straßenseite hin gelegenen Fenstern stand. Er war leer, vermutlich hatte er die beschlagnahmten Unterlagen enthalten. Auf der Tischplatte war deutlich zu erkennen, wo bis vor Kurzem noch etwas gestanden hatte. Die Stellen hoben sich sauber von der ansonsten staubigen Glasplatte ab. »Der PC samt Zubehör ist ebenfalls in der Direktion.«

»DNS? Fingerabdrücke?«

»Die Spusi hatte wenig Arbeit. Hier steht ja nicht viel herum. Fischer und seine Leute waren innerhalb kürzester Zeit fertig, sie haben einen neuen Rekord aufgestellt.« Trettau wandte sich ab. »Sehen wir mal in der Küche nach.«

Die Küche war ein Raum, dessen schlauchartiger Eindruck durch die Möbel an der einen Wand noch verstärkt wurde. Am Ende der Küchenzeile stand ein überdimensionierter silberfarbener Kühlschrank.

Trettau pfiff durch die Zähne. »Das hätte ich Dissel gar nicht zugetraut. Diese Side-by-Side-Dinger sind teuer.«

»Wozu braucht ein einzelner Mensch so ein Riesending?« Henne öffnete die Tür, und Trettau schaute ihm über die Schulter. Schinken- und Wurstpakete, Streich- und Weichkäse, mehrere Packungen Schnittkäse, Eier, Butter, Joghurt. In den Getränkehaltern standen Saftkartons. Im Gemüsefach lag eine Flasche Champagner. »Wer hätte das gedacht?« Henne griff nach einem Päckchen Wiener Würstchen.

Trettau fiel ihm in den Arm. »Finger weg. Das Zeug wird im Labor untersucht. Das ist bestimmt verdorben.«

»Ach wo. Riech mal.« Henne hielt ihr eine Wiener unter die Nase. »Erstklassige Ware.«

Ehe Trettau etwas sagen konnte, steckte er sich die Wurst in den Mund.

»Spinnst du? Du kannst doch nicht einfach Dissels Kühlschrank leer essen.«

»Eine Wurst mehr oder weniger, das ist doch wurscht.«

Trettau verdrehte die Augen. Wenn Henne geglaubt hatte, er

könne sie mit einem abgedroschenen Bonmot beruhigen, hatte er sich geschnitten.

»Der volle Kühlschrank ist ein weiteres Indiz, dass Dissel keinen Selbstmord geplant hat«, sagte Henne.

Das war nicht von der Hand zu weisen. Trettau schob ihn in den Korridor.

Henne blieb stehen. »Erzähl mal, was du über den Toten herausgefunden hast.«

»Dass sich Dissel selbst getötet hat, ist unwahrscheinlich.«

»Stimmt. Aber was kannst du mir sonst von euren bisherigen Ermittlungsergebnissen erzählen?«

»Wir haben noch nicht viel.« Trettau musterte die Schuhe, die akkurat ausgerichtet auf einem niedrigen Regal standen. Drei Paar schwarze Schnürschuhe und ein Paar Turnschuhe, die neu aussahen. Dissel musste gute Vorsätze gehabt haben. Vielleicht hatte er vor, seinen Körper mit Sport und einer eiweißhaltigen Ernährung in Form zu bringen. Mager genug war er ja gewesen, ein bisschen mehr Muskeln und Gewicht hätten ihm gut gestanden. Deshalb wahrscheinlich hatte er auch so viel Essen im Kühlschrank gebunkert. Nur der Champagner passte nicht dazu, aber womöglich hatte er die Flasche gekauft, um sich nebenbei mal etwas Gutes zu gönnen.

Die Tür neben dem Schuhregal war nur angelehnt. Henne stieß sie auf. »Das Schlafzimmer, gewöhnlich ein Ort voller Geheimnisse.«

Trettau folgte ihm. Der Raum wirkte genauso funktional wie die Wohnstube. Ein Bett, ein Schrank, auf dem Nachttisch ein Buch und ein Wecker. An den Fenstern hingen keine Vorhänge, auch die weißen Wände waren kahl. Es stand nicht einmal eine Lampe neben dem Bett. Dissel hatte im Licht der Glühbirne an der Decke lesen müssen. Persönliche Dinge fehlten ebenfalls, es gab weder Fotos, noch lagen Klamotten herum. Sie öffnete den Schrank, auch da war nichts Auffälliges zu finden. Keine Seile, keine Haken oder sonstige Utensilien, die einem Mann bei Sexspielchen dienen konnten. Enttäuscht schlug sie die Türen zu.

»Wollte Dissel verreisen?« Henne zeigte auf das Buch.

Trettau spürte ein Ziehen in der Magengegend. Es ärgerte

sie, dass sie das Buch nicht vor Henne entdeckt hatte. »Kreisstadt Borna«, las sie. »Ich werde mir die Schwarte als Abendlektüre reinziehen. Vielleicht enthält sie einen Anhaltspunkt.«

»Allein die Tatsache, dass Dissel in einem Städteführer gelesen hat, dürfte bereits genug aussagen.«

»Irrtum. Meine Mutter liest ständig Reiseführer, sie wälzt sogar die Kataloge von allen großen Urlaubsanbietern. Trotzdem fährt sie nie weg, sondern bleibt zu Hause in ihrem Schrebergarten.«

Dabei würde ihr eine Abwechslung guttun. Ihre Mutter beklagte sich viel zu oft, dass Trettau sich zu wenig um sie kümmerte. Sie konnte nicht verhindern, dass sie sich schuldig fühlte.

»Du klingst, als hättest du wenig Lust, den Reiseführer zu studieren. Soll ich das übernehmen?«, fragte Henne.

Eine verlockende Aussicht. »Bist du sicher?«

»Würde ich es dir sonst anbieten? Ich mache es gern, gib schon her.«

Henne steckte das Buch in seine Jackentasche und hielt besitzergreifend die Hand darüber. Es war zu spät für den halbherzigen Protest, der Trettau auf der Zunge lag.

Borna. Bei jedem Schritt summte der Name in seinen Ohren. Seit sich Henne von Uta Trettau verabschiedet hatte, war ihm, als würde neue Kraft durch seinen Körper strömen. Der Städteführer in der Innentasche der Jacke drückte gegen seine Brust. Doch bevor er sich damit beschäftigen konnte, hatte er noch etwas anderes vor. Da er nun schon in der Gegend war, wollte er die hier befindlichen Kirchen abklappern. Vielleicht war der Tote in einer davon bekannt. Dann hätte er wenigstens nicht umsonst in der Bibel gelesen.

In Lindenau gab es mehrere Gotteshäuser. Die Nathanael- und die Philippuskirche waren evangelisch, die Liebfrauenkirche katholisch. Die Nathanaelkirche befand sich in der Rietschelstraße und damit ein gutes Stück von der Aurelienstraße entfernt. Henne beschloss, zuerst in die näher gelegene Philippuskirche zu gehen. Die beiden anderen Kirchen hob er sich für später auf.

Er beschleunigte seine Schritte. Es war schon Nachmittag, und der wolkenverhangene Himmel ließ erahnen, dass es bald dunkel werden würde. Er erblickte den Turm der Philippuskirche, noch ehe er sie erreicht hatte. Sie war das höchste Gebäude in der Umgebung, ein Jugendstilbau.

Er drückte auf die Klinke der schweren Eingangstür, doch sie bewegte sich nicht. Henne umrundete die Kirche, fand aber niemanden, den er hätte fragen können, wann sie geöffnet war, oder wo er den Pfarrer antreffen konnte. Überhaupt machte die Kirche einen verlassenen Eindruck. Die Fenster waren teilweise mit Sperrholz vernagelt, auf den Treppenstufen wuchs Moos. Hier hatte schon lange kein Gottesdienst mehr stattgefunden.

Er schaute auf die Uhr. Unmöglich würde er es vor den Schließzeiten von hier in die Nathanaelkirche schaffen, aber wenn er sich beeilte, konnte er noch die Liebfrauenkirche aufsuchen.

Er lief zur Karl-Heine-Straße zurück, dort hatte er den Wagen abgestellt. Das Stück bis zum Lindenauer Bahnhof brauchte er ihn nicht, aber es konnte nicht schaden, kurz nach ihm zu sehen. In der Gegend trieben sich allerhand Kleinkriminelle herum, sogenannte Lebenskünstler und Autoknacker. Die hohe Diebstahlstatistik in diesem Viertel war kein Geheimnis.

Das Auto stand unbeschadet in der Parkbucht, in der er es abgestellt hatte. Henne umrundete es und prüfte, ob die Türen noch verriegelt waren. Alles war in Ordnung. Offensichtlich hatte sich niemand daran zu schaffen gemacht. Beruhigt lief er die Straße entlang. Entgegen seiner Gewohnheit wartete er an der Ampel, bis sie Grün zeigte, dann ging er zum Eingang der Liebfrauenkirche hinüber. Hinter dem Gebäude ratterte ein Zug vorbei und hielt quietschend auf dem Bahnhofsgleis.

Im Inneren der Kirche war es kühl. Henne hatte düsteres Licht erwartet. Umso erstaunter war er, dass das Kirchenschiff hell und freundlich wirkte. Links und rechts wurden die Mauern von hohen Rundbogenfenstern unterbrochen, deren Bleiglasscheiben ein geometrisches Muster aufwiesen, das überwiegend blau gehalten war. Das hereinfallende Tageslicht warf verwaschene Streifen auf den Fliesenbogen. Die Wände waren weiß gestrichen. Alles sah neu aus, wie vor Kurzem erst renoviert.

Am Altar – einem modernem Gebilde aus grauem Marmor, das teuer wirkte – stellte ein älterer, zierlich wirkender Mann Kerzen auf. Als er fertig war, drehte er sich um und kam auf Henne zu. Er hielt einen Schlüsselbund in der Hand, der bei jedem Schritt klimperte.

Henne ging ihm entgegen. »Sind Sie der Pfarrer?«

Der Mann nickte. »Mein Name ist Kleine. Sie haben Glück, dass ich noch da bin. Ich wollte gerade abschließen.«

»Glück? Ich habe einfach auf Gott vertraut.«

»Wie lobenswert.«

»Ehrlich gesagt, war ich zuerst bei der Konkurrenz in der Aurelienstraße.«

»Die Philippuskirche? Die steht seit der Vereinigung mit der Heilandskirchgemeinde leer. Nur der Saal wird noch genutzt. Er ist an die anglikanische Gemeinde vermietet.«

Deshalb also hatte Henne niemanden angetroffen.

Kleine hustete. »Was auch immer Sie vorhaben, bitte beeilen Sie sich. Wie gesagt, ich wollte gerade schließen. Aber ein paar Minuten kann ich noch warten.« Er stützte sich an der Lehne einer Kirchenbank ab. Das Holz gab ein wenig nach. Wände und Fenster der Kirche mochten in Schuss gebracht worden sein, die Bankreihen jedoch noch nicht. Vielleicht war der Gemeinde das Geld ausgegangen.

»Ich komme nicht, weil ich beten oder die Kirche anschauen will«, sagte Henne.

»Weshalb sonst?«

»Kai Dissel.«

Der Pfarrer hob die Augenbrauen, sagte aber nichts.

»Der Tote aus dem Park. Er wurde im Friedenspark gefunden«, erklärte Henne. Er zeigte seinen Ausweis vor. »Ich bin Polizist, Oberkommissar Heinrich Heine, wie der große Dichter. Allerdings halte ich es weniger mit Dichtung, sondern suche die Wahrheit.«

Kleine warf einen flüchtigen Blick auf den Ausweis. »Kai Dissel, sagten Sie?«

»Sie haben vielleicht von dem Fall in der Zeitung gelesen. Herr Dissel wohnte hier ganz in der Nähe, und ich wollte wissen, ob er vielleicht Ihrer Gemeinde angehört hat. Aber da Sie ihn nicht zu kennen scheinen, kann ich mir die Frage wohl sparen.«

»Ich bin seit fast vierzig Jahren im Dienst, und ich kenne ihn tatsächlich nicht. Jedenfalls kann ich mich an kein Mitglied unserer Gemeinde namens Dissel erinnern.«

Wieder eine Sackgasse. Henne bedankte sich für die Auskunft und wandte sich zum Gehen. An der Tür fiel ihm ein, dass sich wohl kaum jemand so gut in der Heiligen Schrift auskannte wie ein Pfarrer. Wenn Kleine ihm einen Tipp gab, konnte er sich das weitere Studium der Bibel ersparen. Schnell ging er zurück. »Sagen Sie, Herr Pfarrer, was wissen Sie über die Ziffer Sieben?«

Kleine hob die linke Augenbraue. »Was ist das denn für eine Frage?«

»Bitte, die Antwort ist wichtig für mich.«

»Die Sieben ist die Zahl der Vollkommenheit.«

Die Kirchentür knarrte und schwang auf. Ein Jugendlicher mit Rastalocken trat ein und bekreuzigte sich. Als er näher kam, sah Henne, dass er doch nicht mehr so jung war, wie er im ersten Moment gedacht hatte. Zwar ließen ihn die Frisur und die weiten Klamotten wie einen Teenager wirken, aber er war sicher schon einiges über zwanzig.

Als der junge Mann an ihnen vorbeiging, nickte er Pfarrer Kleine zu. Der erwiderte den Gruß und wartete, bis der Mann in einem der Seitengänge verschwunden war. »Wo waren wir stehen geblieben?« Er wandte sich wieder Henne zu.

»Die Sieben.«

»Richtig. Vieles im Glauben beruht auf dieser Zahl. Kennen Sie die Bibel?«

Henne nickte. »Ein wenig.«

Der Pfarrer lächelte, gleich darauf war sein Gesicht wieder ernst. »Dann wissen Sie, was ich meine.«

»Gott schuf die Welt in sechs Tagen, am siebten ruhte er sich aus.«

»Das ist längst nicht alles.«

»Wie meinen Sie das?«

»Die Bibel ist voller Gleichnisse. Die Sieben taucht dabei immer wieder auf.«

»Sie spielen auf andere Stellen an? Ich weiß zum Beispiel, dass Jakob sieben Jahre diente, ehe er Rahel heiraten konnte.« Henne bezweifelte, dass er selbst auch so viel Ausdauer gehabt hätte. Allerdings, für Erika vielleicht doch.

»Denken Sie an Joseph.« Kleine sah Henne auffordernd an.

Joseph? Auch dessen Lebensgeschichte war in den Büchern Mose enthalten. Am Morgen hatte er diesen Teil entweder übersprungen, oder er war noch nicht bis dahin gekommen.

Der Pfarrer sah wohl, dass er sich nicht erinnerte. »Joseph hat dem ägyptischen Pharao einen Traum gedeutet.«

In diesem Zusammenhang hatte Henne mal irgendetwas von Kühen und Ähren gehört. »Sieben Kühe …«

»… stehen für sieben Jahre«, sagte Kleine. »Und es gibt noch mehr.«

»Die Bundeslade«, fiel Henne ein. »Die Geschichte habe ich erst heute im Exodus gelesen.«

»Geschichte? Ich würde es anders nennen. Sieben Mal umrunden sieben Priester an sieben Tagen mit der Bundeslade Jericho.«

»Dann blasen sieben Posaunen, und die Stadtmauern stürzen ein.«

»So ist es.« Kleine nickte. »Es lohnt sich, das Alte Testament hin und wieder zu lesen. Das gilt übrigens auch für das Neue Testament.«

»Verraten Sie mir, wo die Sieben dort auftaucht?«

Kleine betrachtete seinen Schlüsselbund, dann legte er ihn neben sich auf die Bank. »Studieren Sie die Evangelien. Es gibt unzählige Sinnbilder, in denen die Sieben auftaucht. Übrigens nicht nur im Christentum.«

»Auch im Koran, meinen Sie?«

»Genau. Allah schuf sieben Himmel und Höllen. Aber denken Sie auch an die Juden. Waren Sie schon einmal in einer Synagoge?«

Henne schüttelte den Kopf.

»Gehen Sie hin und zählen Sie die Arme der Leuchter.«

»Sieben?« Schwer war der Tipp nicht.

»Genau.« Kleine wurde von einem Hustenanfall geschüttelt. Er fingerte an seiner Hosentasche herum, zerrte ein Taschentuch heraus und presste es an seinen Mund. Seine schmalen Schultern bebten, das Husten ging in ein Röcheln über. Haltsuchend tastete er nach der Lehne der Bank.

Aus dem Dunkel des Seitenganges eilte der junge Mann mit den Rastalocken herbei.

»Helfen Sie mir, schnell«, rief er.

Er hakte den Pfarrer links unter, Henne übernahm die rechte Seite, und gemeinsam setzten sie ihn auf die Bank. Wahrscheinlich wäre es gut gewesen, wenn der Pfarrer sich hingelegt hätte, doch der machte sich energisch von Henne und dem jungen Mann los.

»Lassen Sie nur. Es geht schon wieder.« Kleines Gesicht war rot angelaufen. Er rang immer noch um Luft.

»Sie sollten einen Schluck Wasser trinken«, sagte Henne.

Kleine nickte und stemmte sich hoch. »Ich werde mich ein Weilchen ausruhen. Sie können sich an den jungen Mann hier wenden. Er kennt die Bibel fast besser als ich. Vielleicht kann er Ihre Fragen beantworten.« Auf wackeligen Beinen strebte er dem Ausgang zu.

Henne blickte ihm nach. »Der alte Herr sollte besser nicht alleine loslaufen.«

»Er lässt sich nur ungern helfen.«

Henne warf dem Jungen einen Blick zu. Seine Jeans war an mehreren Stellen zerrissen. Der Hosenboden war ausgeblichen, doch zumindest schien er gewaschen zu sein. Das Gestrüpp auf seinem Kopf hingegen sah nicht so aus, als würde es oft mit Wasser in Berührung kommen.

»Ich heiße Pierre Ritter, Sie können mich Pierre nennen. Und keine Angst, die Dreads sind sauber.« Er fuhr sich kurz über die Locken, dann verschränkte er die Arme vor der Brust.

Dieser Pierre musste ihm angesehen haben, was er gedacht hatte. Henne trat einen Schritt nach vorn und gab ihm die Hand. »Heinrich Heine, wie der Dichter, doch ich halte es mehr mit der Wahrheit als der Dichtung.«

»Sind Sie ein neues Mitglied der Kirchgemeinde?«

»Ich höre mich nur um.«

»Weshalb? Kommen Sie vielleicht vom Kirchenvorstand?«

Henne lachte. »Sehe ich so aus?«

Pierre hob nur die Schultern.

»Ich bin auf der Suche nach einem Mann. Besser gesagt, nach den Spuren, die er hinterlassen hat. Sein Name ist Kai Dissel. Er hat hier in der Gegend gewohnt.«

Bei Dissels Nennung runzelte Pierre die Stirn.
»Kannten Sie ihn?«, fragte Henne.
»Nicht direkt.«
»Aber?«
»Was wollen Sie eigentlich? Sind Sie ein Schnüffler?«
»So ähnlich. Kripo.«
Pierre zog die Kapuze seines Parkas über den Kopf. Er hatte Mühe, seine Haare darunter zu stopfen, und Henne fragte sich, wie man solche Zotteln zustande bringen mochte.
»Ziemlich unpraktisch, die Locken, was?«
»Ich hasse es, wenn ich angelogen werde«, sagte Pierre. Er wandte sich ab und machte Anstalten, im Seitengang zu verschwinden.
Henne verstand nicht die Bohne. »Warum sollte ich lügen?«
Pierre drehte sich um und kam zurück. »Zufällig weiß ich, dass eine Frau die Ermittlungen beim Tod von Kai Dissel führt.«
»Wir arbeiten im Team.«
»Davon hat sie aber nichts gesagt.«
»Kommissarin Trettau und ich ermitteln in der gleichen Sonderkommission. Sie können sie fragen, wenn Sie mir nicht glauben.«
»Hm.«
Das klang alles andere als überzeugt. »Gibt es hier eine Kneipe? Ich lade Sie ein.« Wenn dieser Pierre Ritter tatsächlich etwas über Dissel wusste, würde er es herausbekommen.
»Die Kneipen sind weiter vorn auf der Straße. Das ›Weineck‹ liegt näher.«
Dann eben das »Weineck«. Henne hatte von dem Lokal noch nie gehört, in Lindenau kannte er sich nicht aus.
Nach zehn Minuten hatten sie das »Weineck« erreicht, eine Kneipe, die für und vom Rebensaft lebte. Künstliche Weinranken über dem Tresen, Weinranken auch an der Holzvertäfelung der Wände. Der Gastraum war noch leer, der Wirt hatte soeben erst geöffnet.
Pierre bestellte einen Schoppen Freyburger Dornfelder, und Henne schloss sich an. Ein Bier wäre ihm lieber gewesen, aber Bier gab es nicht.
»Woher wissen Sie, dass Kommissarin Trettau die Ermittlungen führt?«

»Sie war bei mir. Ich arbeite bei einer Versicherung. Herr Dissel war unser Kunde.«

»Deshalb also ist er kein Unbekannter für Sie.«

»Ich kenne ihn nur dem Namen nach. Er hatte bei uns eine Versicherung abgeschlossen.«

»Interessant, erzählen Sie mal.«

»Über interne Sachen rede ich mit niemandem.«

»Ich bin Polizist, schon vergessen?«

»Bis jetzt habe ich nur Ihr Wort. Ich habe noch nicht einmal Ihren Ausweis gesehen.«

Mist. Der lag zu Hause in der Tasche mit den Sachen, die er im Krankenhaus dabeigehabt hatte. Er hätte sie längst auspacken sollen, hatte das aber immer wieder verschoben.

»Ich zeige ihn Ihnen bei Gelegenheit«, sagte Henne.

»Warum nicht jetzt?«

»Ich habe ihn nicht dabei.«

Augenblicklich verschloss sich Pierres Miene. Obwohl Henne alles versuchte, konnte er ihn nicht dazu bringen, weiter über Kai Dissel zu sprechen. Er sagte kaum mehr ein Wort, sondern ließ Henne einfach ins Leere laufen.

Schließlich gab er auf. Wenn dieser Ritter jetzt und hier nicht reden wollte, musste er eben in die Direktion vorgeladen werden. Bevor Henne ging, hinterließ er Pierre seine Handynummer, doch er war sich sicher, dass der ihn nie anrufen würde.

Pierre war der Appetit auf den Wein vergangen. Kaum war der Kommissar weg, verließ auch er das »Weineck«. Vor der Tür blieb er unschlüssig stehen. Eigentlich wollte er so schnell wie möglich zu dem Haus gehen, in dem Kai gewohnt hatte. Die Adresse hatte er im Kopf, und Kais Name stand bestimmt noch am Klingelschild. Er würde die Wohnung leicht finden. Aber falls dieser Kommissar noch nicht abgezogen war, könnte der ihn beobachten. Zuzutrauen wäre es ihm.

Pierre schaute nach links und rechts. Die Straße war menschenleer.

Er musterte die dunklen Ecken der schräg gegenüberliegenden Hauseingänge so lange, bis seine Augen vor Anstrengung tränten.

Endlich war er sich sicher, dass ihn von dort niemand beobachtete, und lief los.

Vor dem Haus Aurelienstraße 8 blickte er sich erneut um. Alles war ruhig. Am Gehsteig parkten nur wenige Autos. Pierre stellte sich zwischen einen Audi und den Lieferwagen eines türkischen Schnellimbisses und musterte die Fensterfront des Wohnhauses. Die meisten Fenster zierten Gardinen und Zimmerpflanzen. Im ersten Stock prangte eine gelbe Satellitenschüssel an der Wand. Das Gelb war auf die Farbe des Hauses abgestimmt. Die Mieter schienen pingelig zu sein, und Pierre fragte sich, ob das wohl die richtigen Nachbarn für ihn wären. Er trat an die Haustür und drückte auf die Klinke. Wie erwartet war die Tür verschlossen. Linker Hand befand sich das Klingeltableau, es enthielt sechs Namen. Einer davon war mit Hand auf die Plastikabdeckung des Namensschildes geschrieben und mit der arabischen Aufschrift auf dem Lieferwagen identisch. Auf dem Schild oben rechts stand Kais Name.

Pierre trat wieder zwischen die Autos zurück und starrte nach oben. Die Fenster zu Kais Wohnung gähnten leer. Auch die Nachbarwohnung schien leer zu sein, doch dann entdeckte Pierre die Fensterbilder, kitschige bunte Pferdchen. Das Haus, die Leute und bestimmt auch Kais Wohnung passten wohl doch nicht zu ihm.

Er wandte sich ab und lief ziellos die Aurelienstraße entlang. Sein Magen knurrte, und Pierre beschloss, sich beim Italiener auf der Karl-Heine-Straße eine Pizza zu kaufen.

Wenig später hielt Pierre einen Karton mit einer dampfenden Calzone in der Hand. Da er keine Lust auf das Gedränge in dem kleinen Gastraum verspürte, ging er zum Fluss. Dort gab es Bänke, auf denen man sitzen und den Fluss betrachten konnte.

Das Gespräch mit diesem Kommissar spukte ihm noch immer im Kopf herum. Entweder hatten ihn die Bullen im Verdacht, dass er sich über Kais Tod freute, weil er sich für dessen Wohnung interessierte, oder ein unglücklicher Zufall hatte diesen Heinrich Heine ausgerechnet heute in die Kirche geführt.

Der Bulle war ein wahrer Riese, dazu die dunkle Haut und die Narbe auf seiner Wange – damit sah er richtig furchteinflößend aus. Vermutlich war das Absicht.

Pierre erreichte die erste Bank und wollte sich setzen. Da bemerkte er jedoch einen Haufen Unrat unter der Sitzfläche, in dem Krähen herumpickten.

Mit einem Blick zurück vergewisserte er sich, dass er alleine war. Niemand traute sich im Dunkeln hierher. Am Kanal war es unheimlich, obwohl die Stadtverwaltung eine Menge dafür getan hatte, dass der Uferstreifen heller und sicherer erschien. In den letzten Jahren war der Weg zu einer befestigten Wanderstrecke ausgebaut worden. Es gab sogar einen gesonderten Teil für die Radfahrer, die im Sommer am Wasser entlangfuhren. Früher hatte hier nur eine schmale Spur existiert.

Pierre schaute über das träge fließende Wasser zur anderen Seite hinüber. Dort erhob sich das Stelzenhaus, eine ehemalige Fabrik, in der sich jetzt ein Restaurant befand.

Er wandte sich um und setzte sich nun doch auf die Bank. Die Krähen krächzten protestierend und hüpften ein paar Meter weiter. Eine von ihnen beäugte ihn mit schräg gelegtem Kopf. Ihr Gefieder schimmerte im Schein der Laternen dunkelblau, fast schwarz.

»Hau ab«, schrie Pierre. Die Lehne der Bank drückte ihn in den Rücken, und er rutschte ein wenig höher.

Die Krähe flatterte davon. Die Wärme der Pizza drang durch den Karton und erinnerte Pierre, dass er eben noch Hunger gehabt hatte. Doch jetzt war sein Hals wie zugeschnürt.

ZEHN

»Schemkeler hat den Abschlussbefund fertig.« Marie drehte sich zu Henne um, der am Schrank lehnte und seinen Kaffee schlürfte.

Etwas in ihrer Stimme ließ Henne aufhorchen. »Ja?«

»Ab sofort können wir offiziell davon ausgehen, dass Kai Dissel ermordet wurde.«

»Super.« Mein Gott, was redete er da nur? Ein Mord war überhaupt nicht super. »Weshalb ist sich Schemkeler sicher?«

»Die rotbraunen Punkte auf Dissels Rücken, diese Tätowierung – sie ist mit Blut gefärbt. Genau gesagt, mit Blut der Gruppe A, Rhesusfaktor positiv.«

»Und Dissel?«

»Der hatte Gruppe Null.«

»Hm.«

»Das ist noch nicht alles. Am Ende des Seiles wurden noch mehr DNS-Spuren identifiziert, die ebenfalls nicht von Dissel stammen. Die gleichen Spuren waren auf Dissels Rücken, direkt neben den Einstichstellen.«

»Auch von Blut?«

»Nein, Hautpartikel und Schweiß.« Marie sah Henne vielsagend an. »Wir haben einen Mord.«

Wie er es vermutet hatte. »Wir überprüfen alle Personen, die mit ihm Kontakt hatten. Irgendwo muss es eine Verbindung geben, eine Vorgeschichte.«

»Könnte er zufällig von seinem Mörder ausgewählt worden sein? Vielleicht ist er dem Mörder im Friedenspark in die Arme gelaufen.«

»Das kann ich mir nicht vorstellen. Die Spurensicherung hat keinen Hinweis auf einen Kampf oder ein Gerangel festgestellt. An Dissels Händen sind keine Abwehrspuren sichtbar. Er muss seinen Mörder gekannt haben, sonst hätte er sich gewehrt.«

Marie nickte. »Da wäre als Erstes das Studentencorps, dann die Arbeitsstelle.«

»Sieh zu, dass du so viel wie möglich über dieses Corps herausfinden kannst. Trischmeyers Aussage hast du bereits, die anderen Mitglieder sollten wir auch befragen.«

»Das wird lange dauern. Die sind bestimmt quer über die Republik verstreut, womöglich sogar in der ganzen Welt.«

Trettau stürzte herein. »Verdammte Kacke.« Die Haare, die sie mal nicht zu einem Zopf gebunden hatte, waren zerzaust. Mit einem Fußtritt beförderte sie die Tür ins Schloss, dass der Schrank bebte und Hennes Kaffee beinah aus der Tasse schwappte.

»Was ist los? Hat dich der Alte zusammengeniest?« Henne warf Marie einen Blick zu.

»Das auch, aber es kommt noch schlimmer. Müller hat sich krankgemeldet. Jetzt müssen Korndörfer und Reinboldt die Sachen aus Dissels Wohnung zu zweit sichten. Das kann ewig dauern.«

»Dissel wurde ermordet. Du musst Verstärkung anfordern«, sagte Marie.

Trettaus Lachen kam zu schrill, als dass es echt sein konnte. »Ausgeschlossen, wir sind hoffnungslos unterbesetzt.« Dann schien ihr aufzugehen, was Marie eben gesagt hatte. »Woher weißt du, dass er ermordet wurde?«

»Schemkeler hat Spuren entdeckt, eine fremde DNS an der Leiche, Haut und Speichel. Demnach hat jemand an dem Seil gezogen, das um Dissels Hals gelegen hat. Dieselbe DNS findet sich auf seinem Rücken, dort, wo er tätowiert war. Auch da hat Schemkeler Speichelspuren gefunden.«

»Jemand sollte sich in den Tattoo-Studios der Stadt umsehen.« Henne stand auf.

Trettau nickte. »Übernimm du das. Ich fühle in der Zwischenzeit den Herren bei Terraworld auf den Zahn. Die Firma ist in aller Munde.«

»Wegen Dissel?« Henne konnte sich nicht erinnern, dass der Pressesprecher Dissels Arbeitsstelle gegenüber den Journalisten erwähnt hatte, aber manchmal konnte man Einzelheiten in den Zeitungen lesen, die angeblich niemand freigegeben hatte. Schon seit einer ganzen Weile kursierten die Gerüchte, dass in der Dimitroffstraße ein Maulwurf sein Unwesen trieb, der die Leipziger Medien mit Internas fütterte, die nicht an die Presse gehen durften.

»Nee, die haben die Steuerfahndung am Hals. Hoffentlich

kommen die Kollegen uns nicht in die Quere. Marie, setz dich schnellstens mit denen in Verbindung. Solange wir in der Firma ermitteln, sollen die sich heraushalten.«

»Das wird schwer.« Marie wiegte den Kopf. »Wenn die einen Durchsuchungsbeschluss haben, warten die nicht, bis alle Eulen weggeflogen sind.«

»Ich will ja nur die Personalunterlagen sichten. Dann können sie meinetwegen in dem Laden alles auseinandernehmen.«

»Soll ich dem Alten Bescheid sagen?« Henne suchte in Trettaus Gesicht nach einer Regung. Bestimmt wollte sie nicht, dass ihr Onkel dachte, sie bekäme Terraworld nur mit seiner Hilfe in den Griff. Allerdings hatte der Polizeidirektor weit bessere Kontakte als sonst jemand in der Direktion, auch zum Zoll und zum Innenministerium.

»Ich rede selbst mit ihm«, sagte Trettau.

Die Entscheidung war gefallen. Es widerstrebte Henne abzuwarten, bis der Alte irgendein hohes Tier beim Zoll informiert hatte. Er hatte der schönen Uta mehr Biss zugetraut.

»Ich statte Terraworld trotzdem jetzt gleich einen Besuch ab.« Trettau schaute Henne an.

Henne schaute einen Moment lang zurück, dann wandte er sich zu Marie. Die zog die Augenbrauen nach oben, dann schmunzelte sie. Ein Blick auf Trettau zeigte Henne, dass auch die lächelte. Sie wussten alle, dass sie keine Zeit hatten und der Steuerfahndung zuvorkommen mussten. Henne grinste. Da hatte er sich doch nicht getäuscht in Uta Trettau.

Terraworld residierte in einem neu gebauten Geschäftshaus, das direkt gegenüber dem Bahnhof lag. Eine erstklassige Adresse. Anfang der Neunziger war die Firma von einer Handvoll engagierter Universitätsabsolventen gegründet worden. Im Laufe der Jahre hatte sie sich zu einem weltweit agierenden Unternehmen entwickelt, das inzwischen dabei war, seinen Gang an die Börse vorzubereiten. So viel wusste Uta mittlerweile, dennoch war sie überrascht, als sie vor dem Gebäude stand. Eine drei Meter hohe Stele zeigte eine Gruppe von Männern: die Gründer. Seite an Seite standen sie da und schauten über die Passanten hinweg in die Ferne. Auf einem der Köpfe prangte ein Vogelschiss, direkt über dem linken Auge. Die Stele war aus Stein gehauen und glänzte im Sonnenlicht. Am Sockel entdeckte Trettau einen Riss. Vielleicht war das Ding doch nicht aus Stein, sondern aus Beton und anschließend poliert. Sie blickte an dem Denkmal nach oben. Wie größenwahnsinnig mussten Männer sein, die sich solch ein Monstrum errichten ließen, noch dazu vor der eigenen Tür?

Trettau betrat das Haus. Die Eingangshalle machte ihrem Namen alle Ehre. Riesige Blumenkübel teilten eine Fläche, auf der ein Fußballfeld Platz gefunden hätte. Dagegen nahm sich die Rezeption geradezu winzig aus.

Als Trettau nach dem Geschäftsführer fragte, wurde sie von einer jungen Frau informiert, dass ein Gespräch ohne Terminvereinbarung ausgeschlossen sei.

»Kriminalpolizei, ich bin Kommissarin Uta Trettau.« Trettau hielt ihr den Ausweis vor die Nase und die Kriminaldienstmarke gleich dazu.

Die junge Frau starrte auf den Ausweis. Beim Lesen bewegte sie stumm die Lippen. Dann griff sie nach der Marke, doch Trettau hatte nicht vor, sie aus der Hand zu geben.

»Die Nummer stimmt überein.« Sie kniff die Augen zusammen und betrachtete das Namensschild am Revers der Frau. Es wies sie als Tanja Ewald aus. »Frau Ewald, wenn ich nicht sofort mit Ihrem Chef sprechen kann, lade ich ihn in die Polizeidirektion vor. Ich schätze, das wird ihn wenig erfreuen.«

Tanja Ewald griff zum Telefon und zog sich in den hinteren Bereich des Empfanges zurück. Während sie in den Hörer sprach, ließ sie Trettau nicht aus den Augen. Womöglich befürchtete sie, er könnte auch für sie eine Vorladung zücken.

Trettau konnte nicht verstehen, was sie sagte, doch Tanja Ewald musste mit ihrem Gesprächspartner einer Meinung sein, denn sie nickte mehrere Male.

Als sie zurückkam, sagte sie: »Der erste Geschäftsführer ist außer Haus. Sein Vertreter, Herr Kauning, wird Sie empfangen.«

Herr Kauning war ein Mann um die vierzig mit grauen Schläfen und ansonsten schwarzen Haaren, die er nach vorn gekämmt hatte, sodass sie seine hohe Stirn kaschierten. Lässig wies er auf die Sitzecke in seinem Büro und rückte Trettau den Stuhl zurecht. Sie registrierte die Micky Maus auf seiner Krawatte.

»Ein Angestellter Ihrer Firma wurde ermordet«, sagte Trettau. Sie hatte keine Zeit für Höflichkeiten.

»Wie bitte?« Kauning guckte, als hätte sie einen schlechten Scherz gemacht.

»Herr Dissel ist das Opfer eines Gewaltverbrechens geworden. Er hat bei Ihnen gearbeitet, zumindest steht das in unserer Akte.«

»Dann wird es wohl stimmen.« Kauning klang erleichtert. Vielleicht war er froh, dass sie nicht von der Steuerfahndung kam. Aber vielleicht bildete sich Trettau das auch nur ein. In den letzten Tagen hatte sie viel zu wenig geschlafen. Kein Wunder, dass sie überreizt war.

»Können Sie mir seine Personalunterlagen zeigen?«

»Sicher. Ich lasse sie Ihnen schicken.«

»Mir wäre es lieber, ich könnte sofort einen Blick hineinwerfen. Zeit ist Geld, auch für die Polizei. Wir werden schließlich von Steuergeldern bezahlt, eine Verschwendung wäre wirklich schade.« Trettau lächelte ihn an. Sie hatte keinen Durchsuchungsbeschluss. Falls Kauning sich querstellte, musste sie unverrichteter Dinge abziehen.

»Also gut, ich lasse die Personalunterlagen herbringen. Aber das wird ein Weilchen dauern. Wie wäre es in der Zwischenzeit mit einem Kaffee?«

Das konnte er haben. »Gern, Herr Kauning.«

Sie zog ihren Anorak aus und warf ihn über die Lehne des Stuhles. Aus den Augenwinkeln bemerkte sie, wie Kauning sie dabei beobachtete, und zupfte an ihrem Pullover herum, sodass er sich über ihren Brüsten straffte. Kaunings Zungenspitze lugte aus seinem rechten Mundwinkel. Trettau verkniff sich ein Lachen. Männer waren wirklich leicht zu durchschauen.

Die Sekretärin, mit blonden Haaren, die ihr bis zum Po reichten, brachte den Kaffee. Als sie einschenkte, beugte sie sich so weit nach vorn, dass man in ihren Ausschnitt gucken konnte.

Kauning ließ erneut seine Zungenspitze sehen. Der Mann schien leicht empfänglich für weibliche Reize zu sein. Wahrscheinlich war das Erscheinungsbild seiner Angestellten ein entscheidendes Auswahlkriterium für die Beschäftigung in dem Unternehmen.

Bei Dissel mochte die Sache anders liegen. Der war ein Mann, und Kauning machte nicht den Eindruck, als ob er auf Männer abfuhr.

Trettau hatte kaum von dem Kaffee genippt, da tauchte die Sekretärin erneut auf. Diesmal hatte sie eine blassblaue Akte dabei. Kauning machte sich nicht die Mühe, einen Blick hineinzuwerfen, sondern reichte sie sofort an Trettau weiter. Es war Dissels Personalakte.

Es klopfte, und eine junge Frau, nicht minder hübsch als die Sekretärin, trat ein. Ihr schwarzes Kostüm ließ eine Taille erahnen, die so schmal war, dass sie zerbrechlich wirkte.

»Frau Mirkl, unsere Personalleiterin«, sagte Kauning. Er lehnte sich in seinem Sessel zurück und hielt es offenbar nicht für nötig, Trettau vorzustellen.

»Trettau von der Kripo Leipzig, angenehm«, sagte Trettau. Allmählich ärgerte sie sich über Kauning, der dasaß, als ginge ihn das alles nichts an, abgesehen von den reizvollen Frauen, mit denen er sich umgab.

Frau Mirkl hatte sich wahrscheinlich längst an sein Verhalten gewöhnt. »Was wollen Sie über Herrn Dissel wissen?«

»So viel wie möglich. Was er für ein Mensch war, zum Beispiel.« Trettau klopfte auf den Aktendeckel. »Einiges dürfte hier drinstehen.«

»Unsere Personalakten enthalten die formalen Unterlagen. Bewerbungsschreiben, Lebenslauf, Ausbildungsnachweise, Vorsorgedinge.«

»Er brachte gewiss alle Voraussetzungen mit, um bei Ihnen eingestellt zu werden.«

»Selbstverständlich. Außerdem wurde er von einem Bekannten empfohlen.«

»Können Sie mir sagen, wer dieser Bekannte ist?«

»Das ist kein Geheimnis. Sein Name ist Götz Bernstock, er ist unser Versicherungsberater.«

Den Namen hatte Trettau auch auf dem Antrag der Versicherungspolice der Vicanz gelesen, in dem Feld, in dem der Name des Versicherungsvermittlers stand. Diesen Bernstock würde sie sich später vornehmen.

»Da er Ihnen empfohlen wurde, muss er besonders gut gewesen sein.«

»Seine Fachkenntnisse waren größer als die manch anderer. Herr Dissel gehörte zu den besten seines Studienjahrganges an der Mannheimer Universität.«

»Hat er sich auch später noch hervorgetan? Sich für Weiterbildungen interessiert oder andere Stellen in der Firma?«

Frau Mirkl hob die Schultern. »Eigentlich nicht. Er hat sich vieles selbstständig angeeignet. Natürlich hätte er früher oder später eine Gehaltserhöhung bekommen. Das ist bei uns üblich. Zumindest, wenn sich ein Mitarbeiter bewährt.«

»Wissen Sie, ob er in der Firma Freunde hatte?«

Frau Mirkl schüttelte den Kopf.

»Und Feinde?«

»Feinde? Ich weiß nicht recht. Das klingt so nach Krieg, so etwas gibt es bei uns nicht. Wir achten sehr auf ein gesundes Betriebsklima, ein gutes Miteinander ist uns besonders wichtig.« Frau Mirkl warf Kauning einen hilfesuchenden Blick zu. Der betrachtete seine Fingernägel.

»Na gut.« Trettau runzelte die Stirn. »Aber Sie können doch bestimmt einschätzen, ob Herr Dissel beliebt war. Oder war er ein Einzelgänger?«

»Weder noch. Er war ein ganz normaler Mitarbeiter, er fiel nicht auf, hat sich nicht in den Vordergrund gedrängt, aber er war auch nicht zurückhaltend. Und er war pünktlich und hat Aufgaben immer zur Zufriedenheit erledigt. Es gab mit ihm keine Probleme.«

Als ob das etwas über einen Menschen aussagte. Vielleicht wussten die anderen Mitarbeiter mehr. Unter Kollegen sprach man eher über persönliche Angelegenheiten. Über Familie, Hobbys, vielleicht sogar über das Liebesleben. In der Personalakte stand mit Sicherheit nicht, ob Dissel schwul gewesen war oder besondere Sexpraktiken bevorzugt hatte.

»Können Sie mir einen Kollegen nennen, der eng mit ihm zusammengearbeitet hat?«

»Unsere Informatiker arbeiten nicht in festen Teams. Es gibt wechselnde Projekte, in die sie eingebunden werden.«

»Woran und mit wem hat Dissel zuletzt gearbeitet?«

»Das dürfte die Präsentation für das Dekanat gewesen sein«, warf Kauning ein.

Sieh an, er hatte also doch zugehört. Trettau wandte sich zu ihm. »Wie das? Ich dachte, Ihr Unternehmen betreibt ein Callcenter.«

Kauning legte die Fingerspitzen beider Hände aneinander, sodass sie eine Pyramide bildeten. »Das stimmt auch. Aber die katholische Kirche in Sachsen beabsichtigt eine Großkampagne. Kennen Sie die Fernsehsender der Kirchen? GodChannel, Bibel-TV und so? Etwas Ähnliches soll auch in Leipzig gesendet werden. Gott regional, sozusagen. Herr Dissel war an den Vorbereitungen beteiligt.«

»Wer noch?«

Kauning schaute zu Frau Mirkl hinüber.

»Von unseren Leuten sind Franzke und Tauscher im Team«, sagte die Mirkl schnell.

»Ich hätte gern mit beiden gesprochen. Sind sie im Haus?«

»Ich sage an der Rezeption Bescheid. Frau Ewald wird nachfragen und Ihnen sagen, wo Sie die Herren finden.«

Anders als bei Utas Eintreffen vor einer Stunde war Frau Ewald diesmal richtig entgegenkommend. Clemens Franzke war bei einem Außentermin und wurde erst am nächsten Tag zurückerwartet. Ungefragt zeigte Frau Ewald Trettau den Weg zu dem Büro, in dem sie Tauscher finden würde.

Manuel Tauscher schien nicht so recht zu wissen, was er von einer Kommissarin der Leipziger Mordkommission halten sollte. Die Hände über dem rundlichen Bauch gefaltet, wippte er auf seinem Drehstuhl vor und zurück. Die Blicke, die er Trettau aus seinen braunen Augen zuwarf, huschten unstet über ihr Gesicht. Immer wieder wich er ihren Fragen aus.

Schließlich hatte Trettau genug davon. »Ich schlage vor, Sie kommen nachher in die Direktion. Zwanzig Uhr hätte ich wieder Zeit für Sie. Bis dahin können Sie sich überlegen, ob Ihnen nicht doch Antworten auf meine Fragen einfallen.«

Tauscher guckte, als hätte er in eine Zitrone gebissen. »Je länger ich darüber nachdenke, umso eher wird mir klar, wie wenig ich über Kai weiß.«

»Immerhin arbeiteten Sie zusammen. Da kommt man sich doch näher.«

»Er war niemand, der besonders viel quatscht.«

»Aber er war auch kein ausgesprochener Einzelgänger.« Dieser Tauscher sollte nicht glauben, dass er sie zum Narren halten konnte.

»Stimmt.« Tauscher nagte an seiner Lippe. »Eigentlich war er ein netter Typ.«

»Eigentlich?«

»Na ja, früher sind wir manchmal zusammen ins Kino gegangen oder haben uns auf ein Bier getroffen. In letzter Zeit aber wollte er nicht mehr mitkommen«

»Vielleicht hatte er etwas anderes vor.«

»Was sollte das gewesen sein? Kai hat sich immer beklagt, dass er sich alleine fühlte. In Leipzig hat er lediglich seine Eltern, und die hat er nur besucht, wenn er unbedingt musste, zu Geburtstagen und so. Freunde gab es keine. Er hat immer noch seiner Studienzeit hinterhergetrauert. In Mannheim war sein Zuhause, das hat er oft betont.«

Trettau atmete tief ein. Also hatte Dissel doch mehr von sich preisgegeben, als Tauscher ihr anfänglich weismachen wollte. Gut, dass sie nicht lockergelassen hatte.

»Warum ist er dann nach Leipzig gezogen?«

Tauscher zeigte mit einer ausholenden Armbewegung in die Runde. »Wegen dem hier, nehme ich an.«

Das Büro war modern eingerichtet, der Schreibtisch bestand aus zwei Teilen, von denen das eine so hoch war, dass man daran stehen konnte. In Blickrichtung hing moderne Kunst über einem Wasserspender. Vielleicht waren die Bilder sogar echt, Trettau bemerkte die Funkalarmanlage neben der Tür.

»Ein Job ist nicht alles.«

»Stimmt, aber Kai hat da anders gedacht. Er wollte unbedingt Geld verdienen, um sich von seinen Alten unabhängig zu machen. Terraworld zahlt gut, besser als sonst in der Branche. Und außerdem kann man hier noch echt Karriere machen.«

»Könnte es sein, dass Herr Dissel deswegen nicht mehr mit Ihnen um die Häuser ziehen wollte?«

»Was?« Tauscher riss seine braunen Augen auf.

Wie ein Kalb sah er aus, fand Trettau. »Herr Dissel hat sich womöglich in seiner Freizeit weiterbilden wollen. Die Karriere … Sie haben es selbst gesagt.«

Tauscher schüttelte den Kopf. »Nee, nee. So einer war Kai nicht. Der musste nicht viel lernen, der hatte die Technik im Blut. Ein Naturtalent, das war der.«

»Tja.« Trettau fischte ihre Visitenkarte aus der Tasche.

Tauscher hörte auf, mit dem Stuhl zu wippen. »Er war wirklich nett. Abgesehen von seiner blöden Marotte natürlich.«

Trettau war gerade im Begriff, Tauscher die Visitenkarte zu reichen, doch bei seinen Worten stockte sie. »Welche Marotte?«

»Vor zwei oder drei Monaten ungefähr hat er damit angefangen.« Tauscher wischte imaginäre Krümel von der Tischplatte. »Er hat ständig von Sünde gequatscht und Erlösung und solchen Sachen.«

»Eine Sekte?« Am Ende hatte Dissels Mutter recht und das bloß mit dem Studentenkorps verwechselt.

»Davon hat er nichts gesagt. Nur eben, dass wir alle gefährdet sind und erlöst werden müssen.«

»Das interessiert mich nun wirklich. Erzählen Sie doch mal, bei welchen Gelegenheiten Herr Dissel davon angefangen hat.«

Tauscher fuhr sich mit den Händen durch die Haare, sodass sie in alle Richtungen vom Kopf standen. Wären sie länger gewesen, hätte man ihn für eine Inkarnation des Struwwelpeters halten können. So allerdings ähnelte er eher einem Stachelschwein.

»Ich glaube, zum ersten Mal hat er bei McDonald's davon gesprochen. Ich habe mir zwei Big Mac gekauft, dazu Pommes mit Mayo und eine große Coke. Kai dagegen hat sich nur einen Salat geholt. Kaum hatte ich in den Hamburger gebissen, fing er schon an, mich vollzutexten. Von wegen Völlerei, und dass mich meine Maßlosigkeit noch umbringen würde.«

»Das klingt erst mal nicht besonders religiös.«

»Ich dachte mir schon, dass Sie auch so eine Gesundheitsfanatikerin sind, bei Ihrer Figur.« Tauschers Blick wanderte von

Trettaus Gesicht zu ihrem Busen und weiter zu ihrer schlanken Taille.

»Die hätte ich kaum, wenn ich Hamburger essen würde.«

»Den Kalorien-Blödsinn glauben Sie doch nicht im Ernst, oder? Mäces hat die Produktion umgestellt. Die sind sich ihrer Verantwortung echt bewusst.«

»Mäces?«

»Na, McDonald's eben.«

Manuel Tauscher konnte keine fünf Jahre jünger als sie sein, und doch hatte Trettau das Gefühl, dass sie ihn nicht verstand. Er sprach eine völlig andere Sprache. Trettau kam sich auf einmal alt vor. Schnell schob sie den Gedanken beiseite. Mit jemandem, der Fast Food als gesunde Nahrung betrachtete, wollte sie sich nicht vergleichen.

»Richten Sie Herrn Franzke bitte aus, dass er mich morgen anrufen soll.«

Tauschers Miene wurde starr. »Da gibt es noch etwas.«

»Ja?«

»Bevor Kai mit seinem Sündengequatsche angefangen hat, war er besessen davon, Freimaurer zu werden.«

ELF

Knut Reinboldt saß auf der Couch im Wohnzimmer vor dem ausgeschalteten Fernseher. Die Couch war durchgesessen, seit Langem wollten sie sich eine neue kaufen, doch bislang hatte er nie Zeit gefunden, mit Ulrike zum Möbelhaus zu fahren. In der Küche hörte er einen Topfdeckel auf die Fliesen poltern.

»Der Junge war heute da«, rief Ulrike. Normalerweise hatte sie ihre Töpfe im Griff. Sie war eine gute Köchin, kochte mit Leidenschaft, und dabei brachte sie nichts so schnell aus der Ruhe. Heute jedoch schien sie unaufmerksam zu sein.

»Was wollte er denn?«, fragte Reinboldt, während er sich ein Kissen in den Rücken stopfte.

Ulrike steckte den Kopf durch die Tür. »Er braucht ein neues Auto.«

»Aha.«

»Einen Škoda, der wäre günstig zu haben, von einem Freund.«

»Hm.« Reinboldt ahnte, worauf es hinauslief.

Ulrike faltete das Geschirrtuch zusammen. »Dann könnte er seine Kiste endlich verschrotten. Ich stehe jedes Mal Ängste aus, wenn er damit herumfährt. Die ist schon seit Jahren nicht mehr verkehrssicher.«

»Der neue Wagen wird nicht umsonst zu haben sein.« Es wurde Zeit, dass der Junge sich eine ordentliche Arbeit suchte. Nach dem Studium hatte er in einer Werbeagentur angefangen, den Job aber bald hingeschmissen. Zu wenig Kohle, hatte er gemeint. Lieber hing er mit den obskuren Typen herum, die er in der Szenekneipe kennenlernte, in der er seitdem aushalf. Da verkehrten ausschließlich Kerle, die ihren Eltern auf der Tasche lagen. Kein Wunder, wenn Malte da mithalten wollte. Aber so lief das nicht, nicht mit ihm. Er war nur ein Bulle, kein Millionär. »Hat er gesagt, wovon er das Auto bezahlen will?«

»Er hat sich bei einer großen Firma beworben. Wir müssten ihm das Geld für das Auto nur vorschießen. Er würde es später abstottern.«

»Das glaube ich erst, wenn ich es sehe.«

»Diesmal scheint es ein guter Job zu sein, bei einer Firma, die auf Wachstumskurs ist.«

Aus der Küche drang das Schrillen der Zeitschaltuhr.

»Meine Güte, die Schweinelendchen.« Ulrike verschwand an den Herd.

Reinboldt schaltete den Fernseher ein und zappte zu dem Sender, auf dem das Pokalspiel zwischen Arminia Bielefeld und Bayer Leverkusen übertragen wurde. Das Spiel hatte noch nicht begonnen.

»Was soll das für eine Firma sein?«, rief er Ulrike hinterher.

»Terraworld heißen die. Die haben irgendwas mit Werbung zu tun.«

Reinboldt trank einen Schluck Bier, direkt aus der Flasche. Terraworld suchte nach Arbeitskräften, das wusste er. Fast täglich stand in der Zeitung, dass das Unternehmen mit über eintausend neuen Arbeitsplätzen rechnete, und er fragte sich, wo so viele Leute untergebracht werden sollten. Schon jetzt platzte das Stammhaus in der Leipziger Innenstadt aus allen Nähten, auch das hatte er aus der Zeitung. Hätten sie ihn gefragt, er wüsste, wo die bauen konnten. Das alte Messegelände lag seit Jahren brach, eine Schande war das. Die Stadtverwaltung sollte endlich etwas dafür tun, dass der Verfall aufgehalten wurde. Eine Firma wie Terraworld könnte dabei hilfreich sein. Aber offenbar hatte die eine Menge Probleme. Sie sollten Steuern hinterzogen haben. Auch das hatte in der Zeitung gestanden. Einer der Geschäftsführer war verhaftet worden. Fluchtgefahr, hieß es.

Der Sportreporter kam ins Bild, und Reinboldt schaltete den Ton an. Wegen Erkrankungen sah sich das Trainerteam von Bayer Leverkusen gezwungen, vier Spieler zu ersetzen, auch der Torhüter war darunter. Das Spiel versprach spannend zu werden. Er holte sich eine zweite Flasche Bier aus dem Kühlschrank.

Ulrike schüttelte geröstete Weißbrotwürfel aus der Pfanne auf ein Stück Küchenkrepp und formte Klöße aus der Kartoffelmasse. »Das Essen ist bald fertig.«

Reinboldt brummte und kehrte ins Wohnzimmer zurück. Gleich liefen die Mannschaften ein. Er wählte eine bequemere Sitzposition auf der Couch und verfolgte die Hinweise auf die nachfolgenden Sendungen. Der Sprecher kündigte in dramatischem Ton den bevorstehenden Weltuntergang an. Am 21. Dezember war es so weit, wollte man der Interpretation des Mayakalenders Glauben schenken.

Reinboldt rülpste. Was für ein Schnulli. Wie konnte man nur derart mit den Ängsten von Menschen spielen? Das war unverantwortlich, und dafür zahlte er auch noch Gebühren. Ach, zum Teufel. Ohne die Flasche abzusetzen, ließ er das Bier in seine Kehle laufen.

Der Programmsprecher wurde ausgeblendet, der Sender schaltete in die Bielefelder Schüco-Arena um. Die Bandenwerbung kam in Sicht: Versicherungsgesellschaften, Firmen aus der IT-Branche, eine Unternehmensberatung. Reinboldt hätte sich kaum gewundert, wenn auch Terraworld dort aufgetaucht wäre. Rührig genug waren die Firmeninhaber ja. Ein Kameraschwenk zeigte das Publikum, Beifall brandete auf, als sich die Mannschaften begrüßten. Der Schiedsrichter warf eine Münze, Platzwahl, dann der Anpfiff. Die Spieler stürmten über das Feld, und Reinboldt vergaß seinen Ärger und Terraworld.

Trettau hatte erwartet, Henne alleine im Büro anzutreffen. Umso erstaunter war sie, als sie Frank Diener neben ihm am Fenster stehen sah. Seine schwarzen Haare waren wie immer viel zu lang für Trettaus Geschmack, obwohl sie zugeben musste, dass ihm der Haarschnitt stand. Frank sah wie ein Rockstar der Achtziger aus. »Nanu, ich dachte, du bist auf Weiterbildung. Was für ein Glück, dass du zurück bist.«

»Es gibt kein Glück – es gibt nur den Willen zur Macht. ›Dr. Mabuse‹, der Spieler, falls du es nicht wissen solltest.« Seit Frank seine Liebe zu Kino und Filmen entdeckt hatte, zitierte er ständig irgendwelche Sprüche.

»Du ziehst dir wohl jeden Spielfilm rein, was?« Sie lächelte ihn an. Einen Moment lang glaubte sie, im Dunkel seiner Augen zu versinken.

»Mabuse habe ich schon viermal geguckt. Wenn du willst, schaue ich ihn dir zuliebe auch ein fünftes Mal an. Vorausgesetzt, du leistest mir dabei Gesellschaft.« Frank setzte sich auf Leonhardts

Schreibtisch, direkt zwischen zwei Papierstapel. Geschickt fing er die rutschenden Blätter ab und legte sie ordentlich übereinander.

»Können wir jetzt endlich zu unserem Mordfall kommen?«, fragte Henne.

»Klar.« Frank grinste.

Es gab Trettau einen Stich, dass Henne Franks Flirtversuch so schnell abbrach und zur Tagesordnung überging. Allerdings hatte er natürlich recht. Erst die Arbeit, dann das Vergnügen.

»Schön. Machen wir uns über das Persönlichkeitsprofil des Täters Gedanken.« Henne klang fast gelangweilt, als hätte er längst eine Meinung.

»Okay«, sagte Trettau. »Zuvor aber lasst uns die Tatmerkmale erörtern.« Sie ließ sich auf Leonhardts Schreibtischsessel fallen. »Unser Täter hat sein Opfer im Friedenspark erhängt. Der Tatort ist jedermann frei zugänglich. Offenbar hatte er trotzdem keine Angst, überrascht zu werden. Das bringt uns zur Tatzeit. Schemkeler meint, Kai Dissel war schon sieben bis zehn Stunden tot, als du ihn gefunden hast, Henne.«

»Die Tatzeit lag demnach gegen Mitternacht. Um diese Stunde ist der Friedenspark menschenleer.«

Trettau spielte mit ihrem Kuli herum. »Was ist mit Nachtschwärmern?«

»Vergiss es. Ich hab mir letzte Woche die Nächte im Park um die Ohren gehauen, nur um herauszubekommen, wer sich nachts dort herumtreibt. Niente, nada, nix. Da sagen sich Fuchs und Hase Gute Nacht.«

Frank stieß sich von der Schreibtischkante ab und lief herum. »Lasst uns mal davon ausgehen, dass das Opfer manipuliert und an den Tatort gelockt wurde. Vielleicht wurde Dissel dann bedroht und gefesselt.«

»Schemkeler hat nichts entdeckt, das diese Annahme rechtfertigt.«

»Der Täter könnte alles beseitigt haben, was eine solche These stützt.«

»Dann hätte er auch das Seil mitnehmen müssen, mit dem er Dissel erdrosselt hat. Und Dissels Körper hätte Abwehrspuren aufweisen müssen. Hautabschürfungen an den Handgelenken zum Beispiel«, sagte Trettau. Kein Mörder verwischte nur einen Teil seiner Spuren, um gleichzeitig sein Mordwerkzeug liegen zu lassen. Außerdem hatte sich Dissel nicht gewehrt. Das wäre Schemkeler sonst aufgefallen.

»Sie hat recht.« Henne zwinkerte ihr zu.

Trettau grinste zurück. »Der Täter hat das Beweismaterial am Tatort zurückgelassen. Er wollte offensichtlich zeigen, dass Dissel geopfert wurde.«

»Statistisch gesehen, besteht in achtzig Prozent aller Tötungsdelikte zwischen Opfer und Täter eine Vorbeziehung«, dozierte Frank und blieb neben Henne stehen. »Stimmt doch, oder?«

Henne nickte. »Das untersuchen wir gerade.«

»Eine Freundin? Ein Liebhaber?«

Trettau schüttelte den Kopf. »Seine Eltern glauben, er hatte keine Freunde. Und Familienmitglieder als Täter dürften ausscheiden. Da gibt es nur Mutter und Vater.«

»Was ist mit dem Studentencorps?« Frank strich seine Haar zurück.

Das konnte er nur aus der Akte erfahren haben. Er musste sie gelesen haben, kaum dass er aus Dresden zurückgekommen war. Gut, dass er keine Zeit verloren hatte. Je schneller er sich in den Fall hineinversetzte, umso besser konnte er ihr helfen. Trettau korrigierte sich: nicht ihr, der SoKo würde Franks Hilfe zugutekommen. »Das Rheno-Nicaria ist noch nicht abgegrast. Vermutlich ist es irrelevant. Dissel war ein Mitläufer, mehr nicht. Er ist dem Corps beigetreten, weil es ihm sein Professor empfohlen hat. Im Grunde waren ihm die Werte des Corps wohl egal.«

»Seine Mutter sieht das anders. Sie bildet sich ein, ihr Junge sei in einer Sekte gewesen.« Auch das stand in der Akte. Frank war gründlich gewesen.

»Das Corps ist eine Studentenverbindung und hat nichts mit Sekten gemein.«

»Du glaubst diesem Trischmeyer«, sagte Henne.

Es klang wie eine Feststellung, doch Trettau ahnte, dass er eine Antwort erwartete und nickte. »Ich habe keinen Grund, ihm zu misstrauen.«

»Oh Mann, dein Glaube an das Gute im Menschen bringt mich noch zum Verzweifeln.« Frank verdrehte die Augen.

Was sollte daran nun wieder schlecht sein? Wenn sie überall nur Verbrechen sehen würde, wäre das Leben unerträglich. »Ich vertraue eben meinem Instinkt.« Trettau merkte selbst, wie grantig sie sich anhörte und setzte versöhnlicher hinzu: »Bis jetzt bin ich damit gut gefahren.«

Henne öffnete das Fenster. Von draußen drang der Lärm eines Presslufthammers herein. Seit dem Morgen befand sich zwischen Leuschnerplatz und Peterssteinweg eine neue Baustelle. Er knallte das Fenster wieder zu und setzte sich an seinen Tisch. »Das könnt ihr ausdiskutieren, wenn der Fall aufgeklärt ist.«

»Schon gut.« Trettau atmete tief ein. Alles an Frank weckte ihren Widerspruch. Da war die Art, wie er die Schultern beim Sprechen hob. Die weit ausholenden Schritte, mit denen er durch die Gegend spazierte, als gehöre ihm die ganze Welt. Und wie er sie manchmal musterte. Als ob er in ihr wie in einem offenen Buch lesen könnte. Sie schaute zu ihm hin. Als er ihren Blick erwiderte, drehte sie sich schnell weg. Unwillig schüttelte sie den Kopf.

»Wenn man das Unmögliche ausgeschlossen hat, dann muss das, was übrig bleibt, die Wahrheit sein. Criminal Minds.« Frank ließ sich wieder auf der Schreibtischplatte nieder, als wäre das sein angestammter Platz.

Weiß der Geier, warum Frank den Stuhl neben dem Tisch verschmähte. Trettaus Blick fiel auf seine Hände. Sie waren groß und kräftig. Hände, die zupacken konnten, und unwillkürlich fragte sie sich, wie es wäre, von ihnen gestreichelt zu werden. Sie wandte sich ab und schob an dem Papierstapel herum, als würde der erneut gleich kippen. »Das ist ein Zitat von Sherlock Holmes.«

»Deshalb kam es mir so bekannt vor, als ich es gehört habe.« Frank lächelte sie offen an.

Trettau zuckte mit den Schultern. »Ich habe Marie gebeten, die Datenbank des Bundeskriminalamts zu durchforsten. Vielleicht ist woanders ein ähnlicher Fall bekannt.« Eigentlich war das unwahrscheinlich. Ein Mordfall, in dem der Mörder sein Opfer mit einer Zahl tätowierte, noch dazu mit Blut, hätte sich längst auch in Leipzig herumgesprochen. Trotzdem wollte sie nichts unversucht lassen.

»Katastrophenfilme«, sagte Frank und sprang plötzlich auf. Der Papierstapel rutschte mit Getöse auf den Boden. Frank entschuldigte sich hektisch. Trettau seufzte nur und bückte sich, um die Blätter einzusammeln.

»Was wolltest du sagen mit *Katastrophenfilme*?«

»Die Sieben. Das schreit nach Apokalypse.«

»He Zwerge, he Zwerge, he Zwerge, ho?« Trettau lachte den Kloß in ihrem Hals weg.

Frank verdrehte die Augen. »Sehr komisch.«

Freundlich klang das nicht mehr. Eher genervt. Na bitte, er mochte sie also doch nicht.

»Hört auf, ihr zwei.« Henne kam hinter seinem Schreibtisch hervor. »Wenn sich jemand mit Filmen auskennt, dann Frank. Lass hören, woran du denkst.«

Trettaus Wangen brannten wie Feuer. Wieder beobachtete Frank sie. Über seiner Nasenwurzel hatte sich eine tiefe Falten gebildet. Schnell senkte sie den Kopf.

»›Armageddon‹, ›The Day After Tomorrow‹, ›Independence Day‹, ›Twister‹, ›2012‹ – alles Filme, in denen es um den Untergang der Menschheit geht.« Frank lehnte sich an die Schreibtischkante.

Trettau war froh, dass er sie nicht länger anschaute.

Henne setzte sich wieder und nahm ein Blatt Papier. »Etwas genauer bitte.«

»In ›Armageddon‹ zum Beispiel geht es um einen Meteoriten. Ein Riesenteil, das droht, die Erde zu zerstören.«

»Warte mal, ich schreibe das auf.«

»Wozu das denn?«, fragte Trettau und legte die aufgesammelten Blätter auf das Sideboard. Sie hoffte, dass sie dort sicher waren.

»Wenn unser Mörder etwas für die magische Sieben übrighat, dann dürften Weltuntergangstheorien auf ihn ebenso anziehend wirken«, sagte Henne.

»Du willst so eine Art Profiling von ihm machen. Seine Persönlichkeit, Vorlieben, seine Macken, ja? Für mich ist das ein gestörter Typ, der sich in eine fixe Idee verrannt hat.«

»In ›Twister‹ ist es ein Wirbelsturm«, sagte Frank. Seine Augen blitzten. »Ein Tornado vernichtet Häuser, ganze Ortschaften und Menschen.«

»Wie der, der vor Kurzem in den Staaten unterwegs war?«, fragte Trettau.

»So ähnlich, allerdings viel schlimmer. In ›The Day After Tomorrow‹ werden Städte in Eis gepackt. Versteht ihr, New York friert ein, vollkommen. Eine geniale Idee.«

Trettau fragte sich, was daran genial sein sollte. »›Independence Day‹ kannst du dir sparen, den kenne ich.«

»Kann mich bitte jemand über diesen ›Independence Day‹ aufklären?«, brummte Henne. »Ich geh nicht in solche Schinken.«

»Aliens greifen weltweit alle Metropolen an, auch in den USA«, sagte Frank.

»Komisch, dass solche Filme fast immer auch in Amerika spielen.«

Trettau zuckte mit den Schultern. »Die Amis sind nicht so nüchtern wie wir Deutschen. Die rechnen immer mit dem Schlimmsten.«

»Könnte Dissels Mörder ein Amerikaner sein?«

Daran hatte sie noch nicht gedacht. Falls der Mörder ein Amerikaner war, würde das den Fokus der Ermittlungen ändern. Ausländer wurden gewöhnlich ordnungsbehördlich erfasst, zumindest, wenn sie sich längere Zeit legal in Leipzig aufhielten. Es konnte nicht schaden, alle Möglichkeiten in Betracht zu ziehen.

»Oder zum Beispiel ›Seven‹. Von dem Film müsste selbst dieser Kinomuffel hier schon gehört haben.« Frank nickte mit dem Kinn in Hennes Richtung.

»Nee, das hab ich nicht. Ich sagte doch schon, dass mich solche Streifen nicht interessieren«, knurrte Henne.

»Der Thriller handelt von einem Serienkiller, der jedes seiner Opfer für eine Todsünde sterben lässt. Hochmut, Habgier, Wollust und so weiter. Das war ein echt guter Film, glaubt mir.«

Trettau beugte sich über die Schreibtischplatte zu Henne, um zu lesen, was der notiert hatte. Ihre Schulter streifte Franks Arm, und sie zuckte zusammen.

Frank hielt sie fest. »Fall nicht gleich über den Tisch.«

Trettau fühlte, wie ihr das Blut in die Wangen stieg. Schnell schüttelte sie Franks Hand ab. »Die Filme sollten wir näher betrachten. Marie könnte die Handlungen recherchieren und versuchen, Gemeinsamkeiten zu finden. Wenn wir erst einmal ein Raster haben, können wir Unwichtiges ausschließen.« Im Grunde versprach sie sich nicht zu viel davon. Trettau kam es vor, als würden sie noch immer im Trüben herumstochern, doch viel mehr Anhaltspunkte hatten sie nach wie vor nicht. Gleich im Anschluss konnte Marie bei der Ausländerbehörde eine Aufstellung der Amerikaner erbitten, die derzeit in Leipzig gemeldet waren. Vielleicht ergab sich daraus ein Hinweis.

»Ich schlage vor, Reinboldt und Korndörfer sichten weiter Dissels Papiere. Marie kümmert sich dann um die Recherchen und Dissels PC. Ihr beide fahrt nach Borna, ich sehe mich noch mal bei Terraworld um. Irgendwelche Einwände?« Trettau musterte die Männer.

»Dann wollen wir mal.« Frank griff nach seiner Jacke. »Kommst du, Henne?«

Henne war noch in seine Aufzeichnungen vertieft und schreckte auf. »Was?«

»Lass uns nach Borna fahren.«

Henne nickte und erhob sich. »Aber davor muss ich aufs Klo.«

»Beeil dich.«

»Du kannst schon runtergehen und am Wagen warten.« In der Tür warf er Frank den Autoschlüssel zu. Der fing ihn auf und wollte an Trettau vorbei Henne hinterher.

Trettau hielt ihn zurück. »Also, damit keine Missverständnisse aufkommen. Henne ist noch nicht völlig auf dem Damm, er soll sich schonen.«

»Das wird er nicht machen. Du kennst ihn doch.«

»Eben. Deshalb bitte ich dich, dafür zu sorgen, dass er sich nicht übernimmt.«

Frank grinste schief. »Wie stellst du dir das bloß vor?«

»Ich hab keine Ahnung.« Trettau trat dicht an ihn heran und schaute zu ihm hoch. Sie sah ihr Spiegelbild in seinen Pupillen. »Du passt auf ihn auf, ja?«

Einen Moment lang glaubte Trettau, Frank würde sie umarmen. Doch dann schob er sich an ihr vorbei. »Was ich tun sollte, weiß ich; ich habe nur Angst, es zu tun.« Er drehte sich kurz zu ihr um. »›Herr der Ringe‹.«

Blöder Kerl, dachte Trettau, doch dann musste sie wider Willen lächeln.

ZWÖLF

Felix Latzky stand am Fenster und schaute hinaus. Die Autos auf dem Dittrichring nahm er kaum wahr. Seine Gedanken kreisten um Kynast. Der Generaldirektor hatte ihn für zwölf Uhr zu sich gebeten. *Und dass Sie mir pünktlich sind*, hatte der Alte in den Telefonhörer geschnarrt. Als ob Latzky jemals unpünktlich gewesen wäre.

Eigentlich hatte es Kynast verdient, dass er ihn sitzen ließ. Warum musste der seine Beratungstermine auch ausgerechnet in die Mittagsstunde legen. Dachte der, die Mitarbeiter hätten keine Pause nötig oder wären alle auf Diät?

Natürlich würde Latzky sich nie über einen vom Chef festgelegten Termin hinwegsetzen. Ihm gefiel nur der Gedanke, er könne irgendwann einmal rebellieren.

Fünf vor zwölf ließ sich Latzky durch die Sekretärin bei Dr. Kynast melden.

»Kommen Sie, nehmen Sie Platz, mein Lieber.« Kynast kam ihm entgegen. Er war ein großer, behäbiger Mann, dem das Hemd über dem Bauch spannte, trotzdem bewegte er sich geschmeidig. Wie ein Bär auf der Jagd, dachte Latzky und registrierte das Lächeln auf Kynasts Gesicht. Er bezweifelte, dass es echt war, denn die Blicke des Alten huschten unstet hin und her, als wollte er vermeiden, ihm direkt in die Augen zu schauen. Kynast verbarg etwas vor ihm, da war sich Latzky sicher. Er nahm auf dem Stuhl vor Kynasts Schreibtisch Platz und drückte den Rücken durch.

»Herr Latzky, ich habe eine Aufgabe für Sie.«

»Und die wäre?«

»Herr Bernstock wird nachher zu mir kommen. Er will die Fälle sichten, in denen er für uns tätig geworden ist.«

Götz Bernstock war ein freier Makler, der nicht nur Versicherungen der Vicanz vertrieb, sondern auch für andere Unternehmen arbeitete. Von der Vicanz kassierte er jährlich einen sechsstelligen Betrag, dazu kamen die Provisionszahlungen der anderen Versicherungen. Einer wie Bernstock lebte auf großem Fuß, er war ein wichtiger Mann im Versicherungsgeschäft.

»Falls er Fragen hat, kann er sich an mich wenden.« Latzky zupfte an seinem Binder herum. Der Knoten drückte auf die Stelle unter seinem Adamsapfel. Am liebsten hätte er den Schlips gelockert, doch er unterließ es. Kynast hielt auf Etikette.

Der strich sich über seinen kahlen Schädel. »Nein, das möchte ich nicht. Sie werden nicht mit Bernstock reden. Ich möchte, dass er und ich ungestört arbeiten können. Stellen Sie mir bitte eine Liste mit den Kunden zusammen, die Herr Bernstock an uns vermittelt hat.«

»Das wird eine Weile dauern.« Das Computerprogramm, mit dem er solch eine Liste aus der Kunden-Datenbank erstellen konnte, hatte seine Tücken. Latzky kam nicht damit zurecht. Er hatte es versucht, jedoch schnell aufgegeben. Seitdem wandte er sich bei Auswertungen an einen Mitarbeiter. An Pierre Ritter, zum Beispiel.

Kynast räusperte sich. »Götz Bernstock trifft gegen neunzehn Uhr ein. Bis dahin liegt die Liste auf meinem Tisch, verstanden?«

Latzky murmelte etwas, das bei gutem Willen als Zustimmung gelten mochte. Der Alte konnte ihn mal.

»Und noch etwas, Herr Latzky. Es wäre gut, wenn Sie und Ihre Mitarbeiter nach sieben nicht mehr im Gebäude sind. Machen Sie alle Feierabend. Wie ich schon sagte, ich will absolute Ruhe haben.«

Unvermittelt fixierte Kynast ihn mit einem durchdringenden Blick.

Latzky konnte dem Drang, seinen Binder abzunehmen, nicht länger widerstehen. Er zerrte den Knoten auf und streifte den Schlips über den Kopf. Achtlos stopfte er ihn in seine Hosentasche. »Gewiss. Niemand wird Sie stören, Herr Doktor.«

Dann durfte er gehen. Er sah auf die Uhr, die wie ein Bahnhofschronometer über Kynasts Schreibtisch hing. Zehn nach zwölf. Für dieses seltsame Gespräch hatte er nun seine Mittagspause verschieben müssen.

»Wo ist der hin?« Latzky wies auf Ritters leeren Platz. Ritters Schreibtischstuhl war bis zu einem monströsen Gummibaum gerollt.

»Keine Ahnung. Ich schätze zum Mittagessen«, sagte Tabea.

Die Kleine sah wirklich schnuckelig aus. Brav wie eine Gouvernante, aber ihn konnte sie nicht täuschen. Den Blick, den sie ihm zugeworfen hatte, kannte er zur Genüge. So guckten auch die Weiber im Puff. *Nimm mich, du Hengst.* Er rief sich zur Ordnung. Nicht jetzt, und gleich gar nicht mit einer Angestellten. »Wann kommt er zurück?«

»Das weiß ich nicht. Ist es so eilig?«

Wer weiß, wann Ritter wieder auftauchte? Latzky brauchte dringend jemanden, der ihm die Liste aus dem Computer zog. »Kennen Sie sich mit Auswertungen der Kundendaten aus?«

»Was immer Sie wollen, ich kriege es bestimmt hin.«

»Es handelt sich um einen vertraulichen Auftrag, Sie dürfen mit niemanden darüber sprechen.«

»Sie können sich auf mich verlassen.«

Mit wenigen Worten erklärte Latzky, was er von ihr erwartete. Danach zog er sich in sein Büro zurück. Das Mittagsmahl ließ er ausfallen, es hätte ihm ohnehin nicht geschmeckt. Er war viel zu aufgeregt, außerdem schwitzte er schon wieder wie ein Tier. Fahrig fuhr er sich über die Stirn. Wie von selbst öffnete seine Hand die Schublade, in der er die Flasche Weinbrand lagerte.

DREIZEHN

Nichts durchbrach die Stille, die über dem Teich im Johannapark hing. Pierre hatte absichtlich die Zeit kurz nach Sonnenaufgang gewählt, damit ihn niemand störte. Er wollte in Ruhe nachdenken. Vor einem Jahr, auf den Tag genau, war Ulf Wehrmann gestorben. Ulf hatte den Teich geliebt, das Geschnatter der Enten, den Geruch nach Fisch. All das hatte ihn wohl an sein früheres Leben in Mecklenburg erinnert. Seit seine Frau gestorben war, hatte er allein in dem kleinen Bauernhaus am Carwitzer See gelebt, bis ihn sein Sohn zu sich nach Leipzig geholt hatte. Dort hatte sich Ulf nie heimisch gefühlt. Wahrscheinlich hatte es auch an seiner Schwiegertochter gelegen. Die zielstrebige Frau tat sich schwer mit einem Opa, der die Ordnung in ihrer gestylten Maisonette-Wohnung durcheinanderbrachte. Deshalb hatte sie nach jemandem gesucht, der sich um Ulf kümmerte, wenn sie und ihr Mann auf der Arbeit waren. Die Polin, die sie schließlich als Pflegekraft engagiert hatte, war die meiste Zeit mit ihrem Handy beschäftigt. Das war Pierre als Erstes aufgefallen, als er Ulf und sie an einem Sommertag im Park gesehen hatte. Da hatte er noch geglaubt, Danuta sei Ulfs Enkelin, die zwar mit Opa spazieren ging, sich dabei jedoch zu Tode langweilte.

Ulf hatte ihm leidgetan, und spontan hatte er sich zu den beiden auf die Parkbank gesetzt und ihn angesprochen. Sie hatten über Alltägliches geredet, das Wetter und die Enten, für die Ulf Brotreste in den Jackentaschen hatte.

Danach hatte es Pierre so eingerichtet, dass sie sich oft trafen, und im Laufe der Zeit fasste Ulf Vertrauen zu ihm. Danuta kam es sehr gelegen, dass sie sich um ihre eigenen Angelegenheiten kümmern konnte, sobald sie Ulf in den Park gebracht hatte.

Pierre bückte sich nach einem Kiesel und warf ihn in den Teich. An der Stelle, wo der Stein versank, bildeten sich Kreise auf der Wasseroberfläche. Ulf Wehrmann hatte sich danach gesehnt, der Schwiegertochter zu entkommen und wieder mit seiner Frau vereint zu sein, selbst wenn das bedeutete, dass er sterben würde. Pierre hatte ein gutes Werk an ihm getan.

Es begann zu schneien. Lautlos sanken dicke weiße Flocken auf den See herab und vergingen, sobald sie auf die Wasserfläche trafen. Pierre legte den Kopf in den Nacken. Der Schnee fiel ihm ins Gesicht, seine Haut prickelte, und er öffnete den Mund, um die Flocken zu schlucken. Die Kühle schmeckte köstlich, dennoch riss er sich davon los. Sein Nacken schmerzte. Während er die Schultern lockerte, ließ er den Blick durch den Park schweifen. Der Schneefall wurde dichter. Wohin er auch schaute, überall bildete sich eine weiße Decke, die den Schmutz der Stadt unter sich begrub.

Pierre wünschte sich, es würde immer schneien. Sollten die Klimaforscher ruhig vor den kalbenden Gletschern in der Arktis warnen. Sollten sie durch ihre Messungen weiterhin beweisen, dass die Polarkappen schmolzen und dadurch der Meeresspiegel stieg, bis sogar Städte wie London oder Paris überflutet wurden. Wissenschaftler liebten Daten und Fakten. Mittlerweile gingen sie davon aus, dass das warme Meereswasser Energien freisetzte, die sich in Gewittern und Hurrikans äußern und denen sogar weit entwickelte Staaten nicht würden standhalten können.

Er schüttelte den Kopf. Die Industrienationen waren selbst an ihrem Untergang schuld. Sie zerstörten die Welt, Gottes Schöpfung. Er brauchte keine wissenschaftlichen Beweise, um zu sehen, dass das Ende nahe war. Er wusste es auch so. Es war Gottes Wille, so hatte er es durch Johannes offenbaren lassen. Ein Narr, wer die Augen davor verschloss.

Kinderstimmen hallten über den Teich, und Pierre wandte sich zum Gehen. Ein Blick auf die Uhr sagte ihm, dass es kurz vor neun war. Er hatte gar nicht gemerkt, wie lange er in der Kälte gestanden und nachgedacht hatte. Rasch lief er quer über den Rasen zur Lassallestraße, wo er sein Auto abgestellt hatte. Seine Finger waren klamm, er hatte Mühe, den Autoschlüssel ins Zündschloss zu bekommen. Kaum war der Wagen angesprungen, drehte er die Heizung auf die höchste Stufe. Ehe er den Gang einlegte und losfuhr, schaute er zurück in den Park, wo seine Fußspuren im Schnee eine Linie gebildet hatten, einsam und verloren. In seinem Hals bildete sich ein dicker Kloß. Er drückte das Gaspedal bis zum Anschlag durch.

Kai … Wie es ihm wohl gehen mochte? Jetzt, wo seine Seele frei war? Er fehlte ihm, das hätte Pierre nie gedacht. Ein Mann wie er, mit dieser großen Aufgabe, durfte keine Schwäche zeigen. Obwohl er sich verbot, an Kai wie an einen Freund zu denken, verspürte er Bedauern. Keiner der anderen hatte ihn so verstanden wie Kai. Schon das erste Treffen war anders als gewöhnlich verlaufen. Gleich als er Kai Dissels Versicherungsantrag in der Hand gehabt hatte, war etwas in ihm angesprungen. Wie ein Motor, brummend und vibrierend.

Unter dem Vorwand, dass es etwas wegen der Lebensversicherung zu klären gäbe, hatte er Kai angerufen. Dann hatten sie sich in einem Café verabredet. Damals hatte er noch nicht gewusst, wie Kai aussah, deshalb hätte er ihn beinah übersehen. Er war schmächtig, so wie Pierre früher. Früher, als er noch keinen Kraftsport machte.

Sie entdeckten noch mehr Gemeinsamkeiten. Beide waren sie Einzelgänger, beide hatten sie weder Freunde noch eine Partnerin. Offensichtlich war das etwas, das Kai in seinem Leben vermisst hatte. Er hatte nie direkt etwas gesagt, aber er hatte Bemerkungen gemacht. Hinweise, die Pierre zu deuten wusste.

Kai war zu schüchtern, um auf Frauen zuzugehen. Pierre im Grunde auch. Wenn da nicht Schneewittchen wäre.

Sein Herz begann zu hämmern. Er spürte, wie die Glut in seine Wangen stieg. Er setzte sich an den PC-Tisch, der neben dem Sofa an der Wand stand. Der PC war eingeschaltet, er lief bei Tag und Nacht. Pierre tippte sein Passwort in die Tastatur: Snow White.

Gott im Himmel, steh mir bei. Er richtete den Blick auf den Monitor. Je länger er starrte, umso ruhiger wurde er. Die Schrift begann zu flimmern. Ein Name blitzte in ihm auf. Rosa. Schnell schob er den Namen in das Dunkel seines Bewusstseins zurück. Er wollte nicht an sie denken, nicht heute. Doch je mehr Mühe er sich gab, umso heftiger drängte sich der Name in den Vordergrund. *Rosa, Rosa.*

Seufzend lehnte er sich zurück und schloss die Augen. Sofort tauchte er in seine Kindheit ein. Kurz kam ihm in den Sinn, dass er von Mal zu Mal schneller in die Vergangenheit wandern konnte. Dann hatte er den Faden zu seinem Bewusstsein auch schon verloren.

Es war im Mai gewesen, zwei Tage nach seinem vierten Geburtstag. Irgendetwas war anders als sonst. Er hatte nicht gewusst, was, aber es war kalt und leer um ihn herum gewesen. Auch in ihm drin war es kalt gewesen. Bis Oma Tilly gekommen war.

Pierre hatte keine Ahnung gehabt, dass er eine Oma haben könnte, und schon gar nicht eine wie Tilianda Ritter. Sie hatte einfach in der Tür gestanden und ihn aus dem Bett gezogen. »Ich bin deine Großmutter«, hatte sie gesagt. »Nenn mich Tilly, das tun alle.«

Dann musste er mit ihr gehen. Widerspruch duldete Tilly nicht. Ihre Finger schlossen sich hart um sein Handgelenk.

Der erste Tag bei Oma Tilly hielt für ihn nur Schrecken bereit. Bis er Rosemarie Engler begegnete. Rosa war Oma Tillys Nachbarin und die schönste Frau, die Pierre jemals gesehen hatte. In der Wohnung, in der seine Mutter mit ihm mehr schlecht als recht gehaust hatte, waren nie andere Frauen gewesen. Besuch war selten gekommen, und wenn, dann waren es Männer gewesen. Pierres Wissen in Bezug auf Frauen war daher gering. Im Grunde kannte er nur eine einzige: seine Mutter. Und auch die kannte er nur so, wie man eben als vierjähriger Junge seine Mutter kennen konnte. Pierres Mutter hatte sich nie viel um ihn gekümmert, sie beschäftigte sich lieber mit ihren eigenen Angelegenheiten. Meist war er sich selbst überlassen gewesen und hatte sich in sein Bilderbuch vertieft, das ihm einer von Mutters Liebhabern geschenkt hatte. Es war ein Märchenbuch, »Schneewittchen und die sieben Zwerge«. Er konnte stundenlang darin herumblättern. Die Zwerge interessierten Pierre nicht, Schneewittchen genügte ihm. Rosa glich ihr aufs Haar. Wie Schneewittchen hatte sie helle Haut und rabenschwarze Locken. Sie machte diesen ersten Tag bei Oma Tilly erträglich.

Oma Tilly ließ nur zwei Menschen in ihr Leben: Rosa und einen Mann, der in der Wohnung im ersten Stock lebte. Herbert Schorn war alt, viel älter als Oma Tilly. Er hinkte ein wenig und hatte das Kinn immer voller Stoppeln. Selbst, wenn er frisch rasiert war. Schwatzhaft war er außerdem. Er stopfte Pierre mit Geschichten voll, die der nicht verstand und auch nicht hören wollte. Dabei waren es weniger die Geschichten, die Pierre ängstigten, sondern der Tonfall, in dem der alte Schorn sie erzählte. Ein böser, gehässiger Ton.

Wenn Oma Tilly warnend den Finger hob und sich bekreuzigte, pflegte Schorn zu sagen: »Der Junge muss lernen, dass das Leben keine Waffelbude ist.«

Lange Zeit wusste Pierre nicht, was der Alte damit meinte. Manchmal kam Rosa dazu und schimpfte mit Schorn. Selbst dann war Rosa wunderschön.

Einmal nahm sie ihn mit in ihre Wohnung. Sie mussten viele Treppen bis ganz nach oben unters Dach steigen. Rosa hatte nur ein Zimmer, aber es war Pierre wie ein Palast erschienen. Die Wände waren hellgrün gestrichen. Die Möbel leuchteten so hell, dass es ihm wehtat in den Augen, so geblendet war er von dem Weiß.

Oma Tillys Wohnung war dunkel, als ob das Licht um sie einen Bogen machte. Vor den Fenstern hingen schwere Vorhänge, die selbst tagsüber nicht ganz aufgezogen wurden. An den Wänden reihten sich Tische und Regale. Darauf standen Kruzifixe, Engel und Heiligenfiguren, die Tilly vom Flohmarkt herbeigeschleppt hatte. Und eine Madonna, auf die war Tilly besonders stolz. Ein bestickter Wandteppich hing über dem Sofa, auf dem Tilly und Pierre schliefen. Ein Bett hatten sie nicht. Der Teppich zeigte Maria mit dem Jesuskind und stank nach Hundepisse.

In den ersten Tagen fragte Pierre oft, wann seine Mutter wiederkäme, um ihn zu holen. Tilly erklärte ihm, seine Mutter sei im Himmel. Aber Schorn sagte, dass der Teufel Mandy geholt habe, der Teufel und die Drogen.

Pierre verstand damals nicht, dass seine Mutter und Mandy ein und dieselbe Person waren. Er hatte viele Fragen, doch der alte Schorn rollte wild mit den Augen, und da wollte Pierre nichts weiter wissen. Später hatte er erfahren, dass seine Mutter Mandy Ritter hieß und drogensüchtig gewesen war. Ihr letzter Schuss hatte sie umgebracht.

Doch all das schien in Rosas heller Wohnung zu verblassen. Als ob schlechte Dinge keinen Zutritt zu ihrem Schneewittchenreich hatten.

Das Bild auf dem Computermonitor flackerte. Eine rote Uhr blendete auf und zählte von der Zehn an rückwärts Sekunden ab.

Unbewusst öffnete Pierre den Mund, Worte strömten aus ihm heraus, erst zögernd, dann schneller:

Ich rief aus meiner Not zum Herrn,
er gab mir Antwort.
Aus der Tiefe der Unterwelt flehte ich,
du hörtest meine Stimme.

Die Worte flossen wie von selbst, Bilder blitzten in ihm auf. Der alte Schorn, der sich über Rosa beugte, rosa Rosen auf einem weißen Bettbezug … Tilly kniend vor der Madonna, über deren linkem Auge ein Stück abgeplatzt war, sodass man das unglasierte Porzellan sehen konnte …

Du hast mich in die Tiefe geworfen,
in das Herz der Meere.
mich umschlossen die Fluten,
all deine Wellen und Wogen schlugen über mir zusammen.

Mit einer Tonfolge schaltete der PC den Bildschirmschoner ein. Im Treppenhaus brüllte ein Mann, dann schrie eine Frau. Krachend fiel eine Tür ins Schloss.

Pierre schreckte auf. Das mussten Toppzicks von gegenüber sein. Die stritten ständig. Bestimmt waren die wieder besoffen. Der Alte trieb sich den ganzen Tag mit seinen Kumpels vor dem Penny-Markt herum, während sich Frau Toppzick lieber zu Hause volllaufen ließ. Asoziales Pack.

Verwirrt starrte er auf den Monitor, dann fiel ihm ein, was geschehen war. Er hatte mit dem Herrn sprechen wollen, stattdessen hatten ihn die Erinnerungen wieder in die Vergangenheit zurückgezogen.

Er hasste solche Momente, er wollte nichts mehr von seinem früheren Ich wissen. Das war vorbei, ein für alle Mal. Er war nicht mehr Pierre, der kleine unbeholfene Junge, der in Sachen herumlief, die ihm nie passten, weil sie entweder zu groß oder zu klein waren.

Er brauchte Gottes Hilfe. Warum fand er keinen Kontakt mehr zu ihm? Seit Tagen schon betete er wieder und wieder, doch er fühlte sich allein.

Pierre blinzelte die Tränen weg. Er würde es später noch einmal versuchen. Der Herr durfte ihn nicht verlassen.

VIERZEHN

Als Henne mit quietschenden Reifen in die Dimitroffstraße bog, stand Frank bereits an der Seitentür des Direktionsgebäudes.

»Mensch, ich dachte schon, du hast verpennt.«

»Schnall dich an.«

»Verstehe, du bist unter die Rennfahrer gegangen.«

»Wir sind spät dran.«

»Haben wir in Borna eine Verabredung?«

»Lass dich überraschen.«

Henne fuhr in Richtung des Floßplatzes. Von dort konnte er am schnellsten die Bundesstraße nach Borna erreichen. Vor der Blitzerampel in Höhe eines kleinen Parks bremste er ab, nur um danach umso mehr aufs Gaspedal zu drücken. Aus der Ferne grüßte die Tribüne der Pferderennbahn durch die Bäume. Frank starrte aus dem Fenster, und Henne fragte sich, was er haben mochte. Normalerweise redete Frank ohne Unterlass.

»Du weißt etwas«, sagte Frank schließlich.

Henne reichte ihm eine Visitenkarte. »Die habe ich in Dissels Reiseführer gefunden. Es ist nur ein Hinweis, aber vielleicht bringt er uns weiter.«

»Psychologische Praxis – Ganzheitsbetreuung«, las Frank laut. Über der Schrift wölbte sich ein Regenbogen.

»Gerald Klauser ist Arzt, ein Fachmann für Psychologie. Die Kontaktdaten stehen auf der Rückseite.«

Frank drehte die Karte um. »Ich hab ja gleich gesagt, dass unser Täter einen an der Klatsche hat. So ein Spinner, der an Verschwörungstheorien und an den drohenden Weltuntergang glaubt.«

»Du verwechselst etwas. Nicht der Täter, sondern das Opfer hatte die Visitenkarte.«

»Ich fresse einen Besen, wenn da kein Zusammenhang besteht.«

Sie hatten die Auffahrt zur Bundesstraße erreicht. Henne beschleunigte und fädelte den Wagen in den Verkehr hinein. Hinter ihnen quietschten Bremsen, ein Auto hupte. Wenn auf der ganzen Strecke so viele Autos unterwegs waren, würden sie ewig bis nach

Borna brauchen. »Scheiße, ist das voll. Ich möchte wissen, was die alle ausgerechnet nach Borna führt.«

»Vielleicht wollen die weiter nach Chemnitz.« Frank schaltete das Radio an. Der Nachrichtensprecher gab eine Glatteiswarnung durch. »Fahr bloß vorsichtig.«

»Mach dir nicht in die Hosen.«

Frank atmete tief aus, stieg aber nicht auf Hennes Frotzeleien ein. »Wie gehen wir bei diesem Klauser vor? Hast du einen Plan?«

»Abwarten und ihn kommen lassen.« Leider hatte Henne nicht den geringsten Schimmer, was sie bei dem Psychofritzen erwartete. Im besten Fall erfuhren sie, dass Dissel eine Macke gehabt hatte, die sie zu seinem Mörder führen konnte. Wenn sie Pech hatten, war Dissel wegen bedeutungsloser Kleinigkeiten in psychologischer Behandlung gewesen. Schlafstörungen oder so. Oder er hatte die Visitenkarte aus keinem bestimmten Grund aufgehoben, und dieser Klauser hatte ihn nie gesehen. Er gab Gas, sodass sich der Abstand zu dem vor ihm fahrenden Auto rasch verringerte.

»Pass auf, Mensch«, schrie Frank. »Willst du uns umbringen?«

Knapp hinter dem Pkw zog Henne seinen Mercedes auf die rechte Spur. »Ich habe alles im Griff.«

»Links wird überholt, nicht rechts.«

»Kann ich etwas dafür, dass der Sonntagsfahrer die Nebenspur blockiert?«

»Oh Mann, wie hält es Hagen bloß mit dir aus.«

Hagen Leonhardt und Henne waren ein eingespieltes Team. Nicht zum ersten Mal bedauerte es Henne, dass Hagen sich entschieden hatte, wegen des Babys zu Hause zu bleiben. Noch ganze zwei Monate, bis er endlich wiederkam.

»Hagen ist nicht so ein Weichei wie du.« Henne grinste. Gleich würde Frank explodieren.

»Verdammt noch mal, was soll das?« Frank hob die Hände.

»Hör auf zu fluchen«, sagte Henne.

Das Ortsschild Borna kam in Sicht, und er bremste. Eine Kreuzung weiter bog er rechts ab.

Frank stierte aus dem Fenster. Die Straße säumten Mehrfamilienhäuser, die meisten waren grün gestrichen und trugen das Logo der städtischen Wohnungsbaugesellschaft über den Hauseingängen.

Hin und wieder lockerten einige Villen die Straßenflucht auf. »Ich hoffe, du weißt, wo Klausers Praxis liegt.«

»Wenn wir Richtung Zentrum fahren, können wir nichts falsch machen.«

»Mein Gott, du hast also keine Ahnung.«

»Vertrau mir, okay?«

Frank erwiderte nichts mehr, und Henne stoppte zufrieden vor dem Bürgerhaus am Marktplatz, das gleichzeitig ein griechisches Restaurant beherbergte.

»Das ist der Markt.« Frank schaute auf die Visitenkarte. »Wir müssen in die Mühlgasse.«

»Warte hier, ich frage mich mal durch.« Henne stieg aus und verschwand in dem griechischen Restaurant. Einige Minuten später tauchte er wieder auf. »Wir sind genau richtig. Klausers Praxis liegt gleich um die Ecke. Komm endlich, oder willst du anwachsen?«

Frank verdrehte die Augen und folgte Henne, der schon die Hälfte des Marktplatzes überquert hatte. Die Mühlgasse war größer, als der Name vermuten ließ. Es dauerte ein Weilchen, bis sie die Praxis gefunden hatten. Das nüchterne Schild an der Tür hätten sie fast übersehen.

Klausers Praxis nahm das gesamte Erdgeschoss des Hauses ein. Der Empfangsbereich mit der Wartezone war gemütlich eingerichtet. Die beigen Plüschsessel harmonierten mit der hellgrün gemusterten Tapete, und eine indirekte Beleuchtung an den Wänden sorgte für angenehmes Licht.

Der Warteraum war leer, dennoch beschied die Sprechstundenhilfe am Tresen Henne und Frank, dass sie sich gedulden mussten. Klauser steckte mitten in einer Sitzung.

Während sie warteten, sichtete Henne die Zeitschriften, die auf einem niedrigen Tisch neben den Sesseln lagen. »Wohnen und Garten«, die »Bunte«, der »Kicker« – für jeden Geschmack war etwas dabei.

»Das hier dürfte dich interessieren«, sagte er zu Frank und reichte ihm den »Moviestar«. Noch ehe Frank zugreifen konnte, öffnete sich die Tür zu Klausers Behandlungszimmer und eine Frau kam heraus.

»Dr. Klauser ist jetzt frei. Sie können zu ihm hineingehen.« Die Sprechstundenhilfe wies auf die Tür.

Das Behandlungszimmer war wie der Eingangsbereich in Grün und Beige gehalten, allerdings wurde der Raum durch Neonlampen beleuchtet, sodass die Farben härter wirkten.

Klauser entpuppte sich als schmalbrüstiger Mann mit einem Vogelgesicht und Vollglatze, auf der sich das Licht der Zimmerbeleuchtung spiegelte. Er reichte Henne und Frank zur Begrüßung die Hand und deutete auf die Sessel, die um einen Tisch gruppiert waren. »Bitte nehmen Sie Platz.«

Henne zückte seinen Ausweis. »Kriminalpolizei, ich heiße Heine, und das ist Kommissar Diener.« Er nickte in Franks Richtung. »Wir haben einige Fragen an Sie. Es geht um einen Mann namens Kai Dissel, vermutlich war er Ihr Patient. Sie können offen reden, hier ist der richterliche Beschluss, der Sie von der Schweigepflicht entbindet.« Henne hielt Klauser kurz ein Papier vor die Nase. Er hoffte, dass der sich nicht die Mühe machte, es zu lesen, denn das Papier war lediglich eine Kopie der Anordnung, die Trettau vom Staatsanwalt für Obermann erwirkt hatte.

Klauser blätterte in seinem Kalender. »Kai Dissel? Er ist tatsächlich bei mir in Behandlung. Nächste Woche hat er einen Termin, am Dienstag, wenn ich mich nicht täusche.«

Henne zückte seinen Stift. »Weswegen?«

»Wenn ich das wüsste. Er ist nicht krank, zumindest nicht im herkömmlichen Sinn.«

»Aber?«

»Er ist ja nur für eine Sitzung gekommen. Aber schon dabei hatte ich das Gefühl, dass er mir gegenüber Hemmungen hatte. Er war nicht offen, Sie würden vielleicht sagen, dass er unehrlich war.«

»Wissen Sie, was er verbergen wollte?«, fragte Frank.

»Nein, leider nicht.«

Henne hob die Hand. »Moment mal. Wie kommt es eigentlich, dass ein Patient zu Ihnen nach Borna kommt, obwohl er in Leipzig wohnt?«

»Natürlich habe ich mich das auch schon gefragt. Und ich habe die Frage auch Herrn Dissel gestellt.«

»Und?«

»Ich bin ihm von einem Freund empfohlen worden.« Klauser strich sich über die Glatze.

»Hat dieser Freund einen Namen?«

»Mit Sicherheit.« Klauser grinste schief. »Doch Herr Dissel hat ihn mir nicht genannt.«

Henne betastete seine Narbe, die wieder einmal wie Feuer brannte. »Ich will nicht unhöflich sein, aber was Sie hier zum Besten geben, ist sehr merkwürdig. Ein Mann kommt zu Ihnen, Sie untersuchen ihn und wollen uns weismachen, dass Sie nichts über ihn wissen.«

»Ich sage die Wahrheit«, beharrte Klauser entschieden.

»Kai Dissel ist tot.« Franks Stimme wurde lauter. »Er wurde umgebracht, Herr Doktor.«

»Herr im Himmel.« Klausers Augen wurden ganz groß.

»Der hilft uns nicht weiter«, knurrte Henne. »Sie hingegen sollten endlich Ihre Karten auf den Tisch legen. Was wollte Dissel bei Ihnen? Was hat er sich erhofft?«

»Ich weiß es nicht.«

»Also gut, gehen wir das Gespräch, das Sie mit ihm geführt haben, in allen Einzelheiten durch.« Henne nickte Frank zu. Der legte ein Diktiergerät auf den Tisch und schaltete es ein. »Die Begrüßung lassen wir weg. Beginnen Sie bitte mit dem, was danach geschah.«

Klauser legte die Stirn in Falten. »Ich bat ihn, es sich auf der Couch bequem zu machen und sich zu entspannen. Dann sollte er mir etwas über sich erzählen, über seine Kindheit, sein Leben.«

»Weshalb über die Kindheit?«

»Vieles von dem, was mein Job ist, werden Sie nicht verstehen. Möglicherweise. Ich weiß es nicht, es hängt davon ab, was Sie von der Arbeit eines Psychologen wissen.«

»Ich habe keine medizinische Ausbildung, aber ich kann logisch denken.«

Klauser blieb gelassen. »So gehe ich bei jedem Patienten vor. Herr Dissel war keine Ausnahme.«

»Schon gut, vielleicht war ich ein wenig grob. Erzählen Sie bitte, was dann geschah.«

Henne registrierte Klausers Lächeln, nicht an seinem Mund, aber an den Augen. Es verschwand, als Klauser weiterredete. »Er hat über seine Eltern gesprochen, einfache Menschen, wenn ich das richtig verstanden habe. Er fühlte sich von ihnen eingeengt und war wohl froh, dass er nach der Schule aus der elterlichen Wohnung ausziehen konnte, irgendwohin in den Westen, die Stadt habe ich vergessen. Vielleicht hat er sie auch nicht genannt.«

»Dissel hat in Mannheim studiert«, warf Frank ein.

Klauser würdigte ihn keines Blickes. »Wenn Sie es sagen. Die Studienzeit hat er nur gestreift, sie hatte für ihn offensichtlich keine Höhepunkte. Mit einer Ausnahme: die Treffen in einer Studentenverbindung. Zweifelsohne war Herr Dissel davon fasziniert.«

»Inwiefern?«

»Dieser Verein war für ihn so etwas wie eine Clique. Eine Gruppe, in der er sich stark fühlte. Er selbst hat sich als *auserwählt* bezeichnet, zumal nicht jeder zu dieser Vereinigung Zutritt bekam.«

»Dieser Verein ist ein Studentencorps«, sagte Henne.

»Was auch immer.« Klauser strich über seine Glatze. »Ich glaube nicht, dass die Art der Gruppe eine Rolle spielte. Wichtig war, dass er sich dort als Macht empfinden konnte.«

Henne nickte. »Sie sagten, er hätte etwas vor Ihnen verborgen. Wie kommen Sie zu der Annahme?«

»Nach dem Studium ist er zurückgekommen, nach Leipzig. Er hat viel über seine Arbeit geredet, er war Informatiker. Normalerweise haben Menschen aber auch außerhalb des Jobs ein soziales Umfeld. Das schien bei Herrn Dissel anders zu sein. Oder er wollte nicht darüber reden.«

»Haben Sie ihn danach gefragt?«

»Natürlich, doch er ist mir immer wieder ausgewichen.« Wieder wollte Klauser sich über den Kopf streichen, doch er ließ die Hand sinken. »Sein Sexualleben war ebenso tabu. Auf meine Fragen hin blieb er stumm.«

»Deutet das auf etwas Ungewöhnliches hin?«

»Nicht unbedingt. Vielleicht schämte er sich nur, mit einer fremden Person darüber zu sprechen. Wie gesagt, es war unsere erste Sitzung.«

Henne reichte Klauser die Visitenkarte, die er in dem Städteführer gefunden hatte. »Haben Sie eine Erklärung dafür, wie er an Ihre Karte gekommen ist?«

Klauser drehte und wendete sie. »Die ist ziemlich alt, mindestens fünf Jahre.«

»Augenblick.« Frank klang verwundert. »Fünf Jahre? Woher wissen Sie das so genau?«

»*Mindestens* fünf Jahre habe ich gesagt, sie kann auch älter sein, aber nicht viel. Ich habe mich vor einigen Jahren von einer Werbeagentur beraten lassen, seitdem verzichte ich auf den Regenbogen.«

»Also alle Patienten, die vor *mindestens* fünf Jahren bei Ihnen waren, haben eine solche Karte bekommen?«, vergewisserte sich Frank noch einmal.

Henne fragte sich, warum er dermaßen auf diesem Aspekt herumritt.

»Die und alle, die daran Interesse hatten«, erwiderte Klauser. »Damals habe ich die Karten überall in der Stadt verteilen lassen.«

Mehr konnten sie von Klauser nicht erfahren.

Auf dem Rückweg nahm Henne die Landstraße, die über Zwenkau führte. An einem Parkplatz machte er halt.

Frank schaute sich um. »Was machen wir hier? Hängt das mit Dissel zusammen?«

»Dschingis muss mal.«

Sie stiegen aus, und Henne lockte Dschingis ins Freie.

Frank ging inzwischen zu dem Imbissstand, dessen Werbetafel an der Seite des Parkplatzes Bockwurst und Brötchen für eins fünfzig anpries.

»Bring mir auch eine mit.« Trotz der Pleite bei Klauser fühlte sich Henne wie neugeboren. Eine Wurst aus Schweinefleisch würde dem Tag ein Sahnehäubchen aufsetzen. Als er den ersten Bissen kaute, fielen ihm Erikas Vorhaltungen wegen seines Übergewichts ein. Seit dem Infarkt achtete sie noch strenger als sonst auf seine Ernährung und musste sogar Dschingis damit angesteckt haben, denn der fixierte die Wurst wie einen Feind, der vernichtet werden musste. Henne brachte es nicht übers Herz, ihn zu enttäuschen, und warf sie ihm zu.

»Klauser war alles andere als hilfreich«, sagte Frank.

»Ermittlungsarbeit ist ein Puzzelspiel. Kleine Teile ergeben zusammen ein Bild.«

»Ach nee, du machst heute einen auf schlau, was?«

Frank schien genervt, Henne verstand das durchaus. Manchmal war auch er ungeduldig. »Du vergisst, dass wir etwas Wichtiges herausgefunden haben. Bis jetzt sind wir davon ausgegangen, dass Dissel ein Einzelgänger war. Jetzt wissen wir, dass er offensichtlich einen Freund hatte. Und Dissel muss irgendwelche psychischen Probleme gehabt haben, denn dieser Freund hat ihm Klauser empfohlen und ihm vermutlich auch die Visitenkarte gegeben.«

»Also muss der große Unbekannte vor fünf Jahren in Borna gewesen sein.«

»Mindestens. Kluges Kerlchen.«

FÜNFZEHN

Damit kein Essensmief in die Wohnung zog, war die Küchentür geschlossen. Pierre summte vor sich hin. Während das Ei in der Pfanne spritzte, dachte er an den Abend, an dem er mit dem Kripo-Kommissar im »Weineck« gesessen hatte. Dieser Heine hatte etwas Bedrohliches ausgestrahlt. Wie der geguckt hatte … Pierre hatte sich vor den dunklen Augen nackt gefühlt. Als ob der Bulle bis in sein Inneres schauen könnte und längst wusste, wer er war. Dem war zuzutrauen, dass er alles verdarb.

Er sollte sich fern von ihm halten.

Doch zugleich war etwas an dem Schwarzen, das ihn anzog. Ehrlichkeit. Der Kommissar hatte grundehrlich gewirkt, da war nichts Gekünsteltes, nichts Gestelltes an ihm gewesen. So musste man sich fühlen, wenn man mit sich im Reinen war.

Was wäre, wenn er diesem Heine früher begegnet wäre? Vielleicht hätte er sein Freund sein können, einer, dem er alles anvertrauen konnte. Einer, der stark genug war, um Geheimnisse zu bewahren. Mit ihm wäre er nie einsam gewesen.

Hätte das sein Leben verändert? Bestimmt, denn niemand hätte sich getraut, ihn zu verhöhnen oder zu verprügeln.

Gedankenversunken löste er mit dem Heber das Ei vom Boden der Pfanne und drehte es mit einem Ruck um. Aus dem Gelb stiegen Blasen auf, die zischend zerbarsten.

Der Bulle war schlau, er hatte ihn beeindruckt. Ein Grund mehr, vorsichtig zu sein, wenn Pierre sein letztes Opfer darbrachte. Noch war es nicht so weit, noch hatte er das siebte nicht gefunden. Und mit dem siebten Opfer war seine Aufgabe vollendet, das Opfer vollbracht.

Am Anfang war nur dieser Traum gewesen. Erst hatte Pierre ihn einfach abgetan. Man kannte das ja, im Laufe des Tages las oder hörte man etwas, und wenn man schlief, brach es sich Bahn. Ein Traum, mehr nicht. In der zweiten Nacht wiederholte sich der Traum jedoch, ganz genau wie beim ersten Mal.

Er sah sich selbst im Bett liegen, als über ihm eine helle Wolke erschien. Wie Watte sah sie aus. Der Dunst teilte sich, und ein Mund kam zum Vorschein. Keine Augen, kein Gesicht – nur der Mund. Die Lippen bewegten sich nicht, trotzdem hörte er die Worte.

Rette die Welt.

Eine simple Botschaft, drei Worte, doch sie hatten sich in sein Inneres gebrannt wie eine Feuerspur. Alles in ihm sträubte sich dagegen, dass ausgerechnet er einen solchen Auftrag erhalten sollte. Er war nicht bedeutend genug, nur ein junger Mann.

Nach der dritten Nacht schwankte er, nach der fünften wurde er weich. Als sich der Traum auch in der siebten Nacht wiederholte, entschied Pierre, sich Gottes Wunsch nicht länger zu widersetzen. Es blieb nur noch ein Problem: Was musste er tun, um die Welt zu retten?

Lange hatte er gegrübelt, ohne weiterzukommen. Weil er nicht schlafen konnte, hatte er nachts den Fernseher eingeschaltet, und endlich war er auf diesen Bericht gestoßen. *Die letzten Tage der Menschheit – der Welten Untergang.* Die Menschen waren dabei, sich selbst zu vernichten. Die natürlichen Ressourcen wurden knapp, das ökologische Gleichgewicht war gestört. Raubbau, wohin man sah. Sieben Milliarden Menschen wollten essen und trinken, wohnen und sich kleiden, und glaubte man den Schätzungen, war das längst nicht das Ende. In nicht einmal vierzig Jahren sollte die Bevölkerung auf zehn Milliarden Menschen angewachsen sein.

Nur ein Opfer konnte den Weltuntergang abwenden, aber es musste ein großes und außergewöhnliches Opfer sein. Und auf einmal hatte Pierre gewusst, dass es nur eine Sache gab, die als angemessenes Opfer dienen konnte: der Tod. Siebenmal Tod für sieben Milliarden Leben.

Aber war er überhaupt fähig zu töten? Pierre hatte kein Problem, die Spinnen, die aus dem Keller in seiner Wohnung hochkrochen, zu zertreten. Und die Mücken, die im Sommer immer durch sein Schlafzimmer schwirrten, klatschte er ohne jede Gewissensbisse gleich im Dutzend an der Wand tot. Aber einen Menschen zu töten war etwas ganz anderes. Er wusste es nicht, bezweifelte jedoch, dass er es übers Herz bringen konnte.

Es gab nur eine Lösung, er musste das Töten üben. Eine Generalprobe gewissermaßen. Aber wie? Er könnte jemanden erschießen. Doch er hatte noch nie eine Pistole oder ein Gewehr in der Hand gehalten, ganz abgesehen davon, dass er keine Ahnung hatte, wie er sich eine Knarre beschaffen sollte. Käufer von Schusswaffen wurden zudem registriert und brauchten einen Waffenschein.

Da war ein Messer weniger auffällig. Die gab es in jedem Kaufhaus. Ein Schnitt quer über den Hals – ritsch und Schluss. Natürlich würde Blut fließen, jede Menge sogar. Bestimmt würde ihm übel werden, und er müsste sich übergeben. Er konnte ja noch nicht einmal ein Hühnchen ausnehmen. Früher musste er manchmal in der Küche helfen. An den Weihnachtsfeiertagen zum Beispiel, wenn es Ente gab. Tilly hatte die Tiere immer bei einem Bauern gekauft. Wenn sie nach Hause kam, waren die Enten zwar schon tot, aber das getrocknete Blut an ihren Hälsen sprach Bände. Pierre konnte sie nie lange anschauen. Keine gute Voraussetzung, um den Job ordentlich zu machen.

Schließlich war er auf die Idee gekommen, Hilfsmittel zu benutzen. Bei Johann Kaster war es der Schal gewesen, bei Ulf ein Band, wie man es zum Verpacken von Geschenken benutzte, bei Kai das Seil.

Bis jetzt hatte er stets Männer ausgewählt. Ob er diesmal eine Ausnahme machen sollte? Nummer sieben war etwas Besonderes, der Höhepunkt gewissermaßen. Aber Frauen waren dumm. Womöglich begriff seine Auserwählte nicht, wie wichtig ihre Rolle war.

Pierre gab ein wenig Salz auf das Ei. Unvermittelt kam ihm Theo in den Sinn. Theobald Meister war Opfer Nummer vier gewesen. Ein Lyriker, dessen Verse düster und melancholisch waren. Er hatte ihn bei einer Lesung kennengelernt. Der Dichter in seiner schwarzen Kleidung und dem schwarzen Hut auf dem Kopf hatte ihn sofort angezogen. Schwarz war Theos Lieblingsfarbe, das hatte Pierre später erkannt. Nie hatte er gelacht, nie Freude am Leben empfunden. Selbst die gemeinsam gekochten Mahlzeiten hatte Theo nach dem Essen erbrochen.

Theo hatte den Tod willkommen geheißen. Er war nicht müde geworden, Pierre gegenüber ständig zu beteuern, wie sehr er sich danach sehnte.

Pierre murmelte vor sich hin: *»Bis zu den Wurzeln der Berge kam ich hinab, ihre Riegel schlossen mich ein für immer.«*

Ein beißender Geruch riss ihn aus den Gedanken. Das Ei war verkohlt, schwarz klebte es in der Pfanne. Pierre riss das Fenster auf. Die Rauchschwaden zogen hinaus ins Licht.

»Is alles baleddi da obn, oder brennds etwa?«, hörte Pierre es aus dem Hof rufen. Das war Frau Naumann, die Alte aus dem Erdgeschoss. Die hängte ihre Wäsche auf, das machte sie jeden Tag. Wahrscheinlich wusch sie alles mehrmals hintereinander, woher sonst könnte sie so viel Dreckwäsche zusammenbekommen?

Er beugte sich aus dem Fenster. »Keine Sorge, ich habe alles im Griff. Ich habe nur gekocht.«

Frau Naumann lachte. »Des Gewürz dr Seelischen.«

Er hatte keine Ahnung, was sie damit meinte, nickte aber und schlug das Fenster zu.

Das fehlte ihm noch, dass die Alte ein Gespräch anfing und womöglich zu ihm in seine Wohnung hochkam, um nach dem Rechten zu sehen. Eigentlich mochte er Frau Naumann ganz gern. Zumindest hatte er sie früher gerngehabt. Jetzt aber musste er dafür sorgen, dass ihm niemand in die Quere kam. Eine neugierige Oma konnte alles gefährden. Man wusste ja, wie das war. Sie tratschte da, erzählte dort, und gleich wusste die ganze Nachbarschaft, dass der nette Herr Ritter sonderbare Dinge in seiner Wohnung trieb.

Pierre ging ins Wohnzimmer und schaltete den Computer ein. Sein Hunger war verschwunden, Appetit hatte er ohnehin keinen gehabt.

Die Seite mit der Suchmaschine blinkte auf. Er tippte schnell, ohne auf die Tastatur zu schauen. Das hatte er während seiner Ausbildung gelernt. Freiwillig, er hatte extra einen begleitenden Maschinenschreibkurs bei der Volkshochschule belegt.

Die Suchmaschine zeigte mehrere Treffer. Wenn er Glück hatte, würde er gleich erfahren, was es mit den sonderbaren Sprüchen auf sich hatte, die durch seinen Kopf geisterten. Gebete, nicht Sprüche, korrigierte er sich.

Bei der siebten Website wurde er fündig. Kein Wunder, sieben war die magische Zahl. *Seine* Zahl.

Da zogst du mein Leben,
oh Herr,
mein Gott,
heraus aus der Grube.

Jonas Gebet im Bauch des Fisches. Das war es also, was Gott ihm sagen wollte. Jona war verschlungen worden. So, wie er selbst damals verschlungen worden war von der Dunkelheit seines Lebens, als er begreifen musste, dass er niemals in den Kirchendienst aufgenommen werden würde.

Er schlug die Hände vors Gesicht. Noch immer nagte es an ihm, wenn er daran dachte, was ihm die Wichtigtuer der Kirchengemeinde angetan hatten. Die Zweifler, die in ihm einen überdrehten Jungen gesehen hatten, einen Verrückten, den man zu einem Psychologen schicken musste.

Er ließ die Hände sinken. Unbewusst verschränkte er die Finger, als ob er betete.

Die Kinder- und Jugendarbeit hatte ihm Spaß gemacht, auch die Bibelstunden, die er geleitet hatte. Die Eltern hatten sich jedoch beschwert und behauptet, dass er ihre Kleinen in den Bibelstunden schikanieren würde. Dabei war er sogar mit ihnen weggefahren, einmal in die Pfalz und einmal in ein Ferienheim auf Mallorca. Doch auch da hatten die Blagen geheult, weil er sie nachts auf dem Boden knien ließ und zum Beten anhielt. Na und? Ihm hat es schließlich auch nicht geschadet.

Was war falsch daran, mit Gott zu reden? Viele taten nur so, als glaubten sie an ihn. Sie sprachen mit falschen Zungen, heuchelten und logen. Andere leugneten sogar, dass es Gott überhaupt gab. Sünder allesamt. Kein Wunder, dass der Herr allmählich die Geduld mit ihnen verlor. Sie steuerten geradewegs auf den Abgrund zu und wussten es nicht einmal. Pierre würde sie trotzdem retten, denn sie waren wie Kinder. Wenn das Werk erst vollbracht war, würde er ihnen die Augen öffnen und sie ins Licht führen. Gottes Liebe war ihm gewiss, denn der Herr hatte ihn aus der Dunkelheit befreit, so wie er Jona gerettet hatte. Eigentlich sollte er sich glücklich schätzen. Doch stattdessen brannten Tränen hinter seinen Augenlidern. Er tat nur seine Pflicht, doch er fühlte sich leer.

Rosas Lächeln blitzte vor seinem inneren Auge auf. Gleich darauf wurde es durch Tillys Gesicht verdrängt, aber auch dieses zerfloss sogleich und ein Männerkopf schob sich ins Bild.

Es war an einem Mittwoch gewesen. Er hatte in der St. Joseph Pfarrei gebetet, so wie immer, seit Tilly nicht mehr da war. Sie war ganz plötzlich gestorben, ohne Vorwarnung. Eines Tages war sie einfach nicht mehr aufgewacht, da war er siebzehn gewesen und mitten in der Ausbildung. Nach ihrem Tod hatte er die Wohnung aufgelöst und sich ein Zimmer in einem Neubaublock genommen. Einraumapartment, so hatte es die Angestellte der städtischen Wohnungsbaugesellschaft bezeichnet, aber ein Apartment stellte er sich anders vor. Irgendwie luxuriöser, doch so etwas gab es anscheinend in Borna nicht.

Dennoch war er zufrieden. Das Zimmer war hell und geräumig genug für ihn. Viel hatte er nicht, ein Bett, einen Schrank, dazu den Schreibtisch samt Stuhl. Und die Bücher, die er mitgenommen hatte. Vor allem »Schneewittchen und die sieben Zwerge«, sein Lieblingsbuch, das ihn überall hin begleitete, am Anfang sogar in die Kirche. Tilly hatte ihren Plan, einen Gottesmann aus ihm zu machen, nie aufgegeben. Zu Beginn hatte er sich gesträubt und war nur widerwillig zum Kommunions-Unterricht gegangen, doch schnell hatte er Gefallen daran gefunden. Damals hatte er nicht gewusst, weshalb Tilly ihn ständig zum Gebet angehalten hatte. Später hatte er es begriffen.

Er war ein guter Christ, keiner von denen, die ohne Überzeugung beteten. Deshalb durfte er sogar den Ministrantendienst versehen. Als er alt genug war, hatte er sich in der Jugendgruppe engagiert, so auch an diesem Tag, den er mit dem üblichen Gebet beendet hatte. Danach war er über den Friedhof gelaufen. Auch das wie immer. Jeden Mittwoch besuchte er das Grab von Tilly, die neben ihrer Tochter – seiner Mutter – ganz am Ende des Friedhofs bestattet worden war.

An diesem Tag hatte ein Mann vor der Grabstelle gestanden. Hager, groß und irgendwie vertraut hatte er ausgesehen. Im Näherkommen bemerkte Pierre, dass der Mann ziemlich abgerissen war. Seine Hose hatte Löcher, die Jackenärmel waren ausgefranst, und an einem Schuh fehlte der Schnürsenkel. All das registrierte

Pierre innerhalb eines Augenblickes. Der Mann wirkte wie ein witterndes Tier. Rattenähnlich.

Pierre wollte alleine sein. Noch während er überlegte, wo er warten konnte, bis der Kerl abhaute, drehte der sich zu ihm um und fixierte ihn. Das Blau seiner Augen hielt Pierre wie gebannt, es war ein Blau, wie er es noch nie gesehen hatte. Das linke Auge des Fremden driftete zur Seite, doch das Schielen tat der Intensität seines Blickes keinen Abbruch.

»Hallo.« Der Fremde grinste ihn an.

Widerwillig trat Pierre näher. Der Mann roch, als hätte er in einem Schweinestall gelebt.

Der Fremde nickte in Richtung des Grabsteins. »Kennen Sie die Frau?«

»Tilianda Ritter war meine Großmutter.«

»Nicht die Alte, Mandy meine ich.«

»Sie war meine Mutter.«

»Wenn das kein Zufall ist.« Das Kichern des Fremden klang wie eine verrostete Wasserpumpe. Pierre wäre am liebsten davongerannt.

»Komm her, mein Junge, und schließe mich in die Arme. Ich bin Dav.«

Spätestens jetzt hätte er weglaufen müssen. Stattdessen fragte er: »Welcher Dav?«

»David Schimmelpfeng, aber am besten vergisst du den Namen gleich wieder. Dav reicht völlig aus.«

Pierre kannte den Namen. Er stand auf seiner Geburtsurkunde. David Schimmelpfeng und Mandy Ritter waren seine Eltern.

Als er noch klein gewesen war, hatte er sich oft ausgemalt, was für ein Typ sein Vater war. Groß und stark und unheimlich klug, so hatte er ihn sich vorgestellt.

Dieser Mensch konnte doch nicht der Vater sein, den er sich immer erträumt hatte. Wo war er die ganze Zeit gewesen? Er hätte sich doch um Mama kümmern sollen, und um ihn.

»Ich sehe schon, du bist nicht besonders hell im Kopf«, sagte Dav. »Wenn mein Papa auf einmal auftauchen würde, wäre das ein Festtag für mich. Was ist, Junge? Lässt du mich hier auf dem Friedhof warten, bis ein Wunder geschieht? Mandy ist tot – das habe ich begriffen. Dabei wollte ich zu ihr zurück. Wir waren ein Paar, kapierst du das?«

Pierre weigerte sich, auch nur das Geringste von Davs Gestammel zu glauben. Trotzdem bot er ihm an, bei ihm zu wohnen. Ihm blieb auch nicht viel anderes übrig. Dav klammerte sich wie eine Klette an ihn, denn eine Bleibe hatte er nicht.

Nachdem Davs letzte Freundin ihn vor zwei Jahren rausgeschmissen hatte, war er durch die Welt getingelt, das erzählte er Pierre zumindest. Österreich, Italien, Portugal. Seine blauen Augen glänzten, als er davon schwärmte. Dann war er nach Spanien gegangen, aber dort hatte ihn das Glück verlassen. Die Obdachlosen der Costa Brava hatten keinen Neuzugang geduldet, sie hatten ihn verdroschen und davongejagt. Außer dem Schielauge hatte er ihnen eine gebrochene Rippe zu verdanken. Die war wieder zusammengewachsen, doch bei jedem Husten krümmte er sich vor Schmerzen.

Dav war wirklich eine mitleiderregende Kreatur, und dennoch gewöhnte sich Pierre schnell daran, endlich einen Vater aus Fleisch und Blut zu haben. Bis er mitbekam, dass Dav ihn beklaute. *Du sollst nicht stehlen.* Ausgerechnet sein eigener Vater missachtete eines der gottgegebenen Gebote.

Er begann, Dav zu beobachten. Ging Dav in die Stadt, folgte er ihm. Trank Dav Bier, zählte er die Flaschen. Eines Tages erwischte er ihn dabei, wie er sich eine Spritze setzte. Es überraschte ihn kaum, dass sein Vater ein Junkie war. Es passte einfach zu Dav.

Noch in derselben Nacht packte Pierre einige Klamotten in seine Tasche und verließ die Stadt. Borna war Geschichte. Eine Woche zuvor hatte er die Zusage für die Arbeitsstelle bei der Vicanz-Versicherung bekommen. Gleich am nächsten Tag hatte er sich in Leipzig eine Wohnung besorgt. Davon hatte er Dav allerdings nichts verraten.

Keine zwei Monate darauf stand Dav wie ein Geist vor seiner Tür. Weiß der Himmel, wie er ihn gefunden hatte. Diesmal machte Pierre nicht den Fehler, und nahm Dav bei sich auf. Sie gingen spazieren. Um zu reden, wie Dav meinte.

Klar ging es um Geld, was sonst. Unter dem Überhang des Stelzenhauses am Fluss kam es zu einem Streit. Plötzlich griff sich

Dav an die Brust, dann sackte er zusammen. Statt Hilfe zu holen, sah Pierre ruhig zu, bis Dav nicht mehr atmete. Sein Vater war für ihn gestorben. Da war es nur konsequent, wenn er tatsächlich aus seinem Leben verschwand. Endgültig.

Danach hatte Pierre in der Liebfrauenkirche Zuflucht gesucht. Er hatte lange gebetet, doch es gelang ihm nicht, Reue zu empfinden. In derselben Nacht hatte ihn der Traum mit der Wolke zum ersten Mal heimgesucht.

SECHZEHN

Der Raum glich Manuel Tauschers Büro aufs Haar, nur der Wasserspender fehlte. »Sind Sie Herr Franzke?« Trettau schaute den jungen Mann hinter dem Schreibtisch an. Frau Ewald, Terraworlds Empfangsdrache, hatte Trettau auch diesmal unnötig warten lassen, ehe sie die Erlaubnis bekommen hatte, mit dem Personal zu sprechen. Das hatte nicht dazu beigetragen, ihre Laune zu heben.

»Warum wollen Sie das wissen?«

»Trettau mein Name. Kriminalpolizei. Sind Sie nun Herr Franzke oder nicht?«

Endlich blickte der junge Mann von seiner Arbeit auf. Im Gegensatz zu Tauscher war sein Haar akkurat geschnitten, der Vollbart ebenso. »Ich bin es. Was liegt an?«

»Ich habe ein paar Fragen an Sie, wegen Kai Dissel, Ihrem ehemaligen Kollegen.«

Sie konnte Clemens Franzke nicht ansehen, was er dachte. Sein Gesicht glich einer Maske, kein einziger Muskel zuckte. Wieder so ein Typ, der sich wohl für besonders smart hielt. Der Druck in Trettaus Magen nahm zu, und sie verschränkte die Arme. Allmählich hatte sie es satt, dass die Mitarbeiter von Terraworld so unfreundlich waren. Aber vielleicht waren sie angehalten, nur das Nötigste mit ihr zu besprechen, wegen der drohenden Steuerfahndung zum Beispiel.

Wenigstens hatte Franzke ein ansprechendes Äußeres.

»Schießen Sie los.« Mit einem Blick auf ihr Pistolenholster und einem Grinsen setzte er hinzu: »Das brauchen Sie jetzt nicht wörtlich zu nehmen.«

Trettau winkte ab. »Wie gut waren Sie mit Kai bekannt?«

»Nicht besonders. Wir waren Kollegen, mehr nicht.«

»Niemand lebt ganz allein auf dieser Welt. Sie haben sich gewiss unterhalten. Worüber haben Sie denn normalerweise gesprochen?«

Franzke stand auf. »Lassen Sie uns etwas essen gehen. Es ist Mittag, und ich habe Hunger.«

Trettaus Blick blieb an seinem Sixpack hängen, das sich unter dem eng anliegenden Shirt deutlich abzeichnete. Auch sie hatte Hunger, doch nie würde sie eine Zeugenbefragung bei einem Mittagessen durchführen. »Ihr Essen muss leider warten, aber wenn Sie meine Fragen beantworten, werde ich Sie nicht unnötig aufhalten. Erzählen Sie mir einfach alles, was Ihnen zu Kai einfällt.«

Franzke verzog den Mund und sah dadurch aus wie ein schmollendes Kind. »Na gut. Was wollen Sie hören?«

»Alles.«

»Kai war ein Profi, fachlich, meine ich. Was auch immer programmiert werden musste, er hatte es drauf, und falls er keine Lösung wusste, tüftelte er so lange, bis er sie gefunden hatte.«

»Seit wann haben Sie mit ihm zusammengearbeitet?«

»Unser aktuelles Projekt ist vor vier Wochen gestartet, aber ich kannte Kai schon länger. Wir haben beide in Mannheim studiert.«

Bingo, das war mehr, als sie sich erhofft hatte. Trettau lächelte Franzke an. »Dann sind Sie auch ein Mitglied des Rheno-Nicaria?«

»Ich nicht, aber ich merke schon, worauf Sie abzielen. Kai gehörte dazu, und einige andere von uns ebenfalls.«

»Wen meinen Sie mit *von uns*? Die Studenten?«

»Wen sonst? Man kommt nicht so einfach rein in den Club. Man braucht einen Fürsprecher.«

Den Franzke nicht gehabt hatte, mutmaßte Trettau. Sonst würde seine Stimme wohl nicht zynisch klingen, kaum dass die Sprache auf das Corps gekommen war. »Wissen Sie, wer für Kai gesprochen hat?«

»Trischmeyer natürlich, der hatte an ihm einen Narren gefressen. Der Professor wollte sogar sein Doktorvater sein, aber Kai hat abgelehnt. Geld war ihm wichtiger als ein Titel.«

»Sonst noch jemand?«

»Götz Bernstock, einer aus dem Abschluss-Semester.«

Kauning hatte angegeben, dass die Firma von einem Versicherungsberater betreut wurde, der ebenfalls Götz Bernstock hieß. Dass es sich um einen Namensvetter handeln konnte, war eher unwahrscheinlich. Bernstock war kein besonders häufiger Name. Doch Trettau musste sichergehen. »Dieser Bernstock, arbeitet der ebenfalls bei Terraworld?«

Franzke schüttelte den Kopf. »Nach dem Studium hat er umgesattelt. Sein Vater ist Vermögensberater, ziemlich reiche Familie. Sie leben in Hamburg. Götz ist bei ihm eingestiegen und hat in Leipzig eine Niederlassung gegründet. Jetzt verkauft er Versicherungen und so.«

»Sie wissen gut über ihn Bescheid.«

»Klar. Er ist zwar nicht in dem Laden hier angestellt, hat aber viele Kunden unter den Kollegen. Der Boss gibt uns eine zusätzliche Prämie, wenn wir eine Altersvorsorgepolice abschließen. Götz bringt uns regelmäßig auf den aktuellen Stand. Informationstechnisch, meine ich, was neue Produkte betrifft oder Sonderkonditionen.«

Na bitte, sie hatte es ja gleich geahnt. »Und deshalb ist er nach Leipzig gekommen? Oder ist er wegen Kai Dissel hergezogen?«

»Nee.« Franzke lachte. »Die Liebe. Seine Freundin stammt von hier. Sie haben letztes Jahr geheiratet, war eine tolle Party.«

»War Kai eingeladen?«

»Klar, aber er hat sich wenig aus solchen Feiern gemacht. Ich glaube, er ist nicht lange geblieben.«

»Womit hat er sich in seiner Freizeit beschäftigt? Hatte er Hobbys?«

»Der Job war sein Hobby. Der und die Freimaurer. Kai hat ständig davon gequatscht, was das für tolle Männer wären. Ich glaube, er hätte gern dazugehört.«

»Hat er das gesagt?«

»Nicht direkt, aber Männervereine mit Ritualen und Geheimnissen waren genau sein Ding. Dafür konnte er sich begeistern, er hat auch ständig solche Filme geguckt.«

»Welche Filme meinen Sie?«

Franzke zuckte mit der Schulter. »Filme, in denen Geheimbünde die Welt retten. Abenteuerquatsch, Kinderkram.«

Geheimbünde standen im Ruf, mysteriös zu sein. Genau das war die Sieben auf Dissels Rücken auch. Trettau fragte sich, ob sie endlich auf einen handfesten Hinweis gestoßen war, oder nur wieder in einer Sackgasse landen würde. Es gab nur eine Möglichkeit, um das herauszufinden. Sie musste prüfen, ob es zwischen Dissel und irgendwelchen geheimnisumwitterten Organisationen eine Verbindung gab, und mit den Freimaurern würde sie anfangen.

Das Tattoo-Studio nannte sich »Dark & Bright« und bot von Piercing bis Tätowierungen alles, was man sich wünschen konnte.

Als Henne eintrat, blickte der Typ hinter der Theke flüchtig auf. »Eine Minute, ich bin gleich so weit.«

Henne nickte. Die Wände waren mit Fotos zugepflastert. Links tätowierte Körperteile, rechts eine Auswahl von durchstochener Haut. Henne staunte, an welchen Stellen man Metallringe und Ähnliches in sich hineinbohren lassen konnte. Gesichtsteile gehörten noch zu den harmlosesten Körperregionen.

»Geht los, Mann. Was liegt an?« Der Typ vom Tresen kam auf ihn zu. Erst jetzt bemerkte Henne die Tattoos, die sich über Arme und Nacken bis zum Haaransatz des Mannes zogen. Verschlungene Zeichen und Tiere, die alles andere als niedlich waren. Henne erkannte einen Drachen.

»Netter Schmuck.«

»Stimmt, ich bin ein Künstler. Hast du dir schon etwas rausgesucht?«

»Rausgesucht?«

»Das Bild, das ich dir stechen soll. Oder wird es ein Piercing?«

»Keines von beiden. Ich wollte mich nur mal erkundigen.«

Das Interesse des Typen ließ spürbar nach. Henne folgte ihm zum Tresen und legte das Foto von Dissels Rücken auf den Tisch. Die Sieben war gut zu erkennen. »Haben Sie so etwas schon einmal gesehen?«

Der Mann machte sich nicht die Mühe, das Bild anzuschauen. »Sie sind ein Bulle, wie?«

»Respekt, wie sind Sie so schnell darauf gekommen?« Der Mann wirkte nicht, als hätte er Sinn für Hennes Ironie.

»Ich sehe es halt.« Er zog nun doch das Foto zu sich heran und musterte es.

»Und?«

»Das ist schlechte Arbeit, muss ein Anfänger gemacht haben. Die Stiche sind unsauber gesetzt, die Linien schwimmen, und die Farbe ist auch nicht die beste. Sieht aus, als wäre nicht tief genug gestochen. Die Farbe muss in die Lederhaut, sonst stößt sie der Körper wieder ab.«

»Kann das einer von Ihnen gewesen sein?«

»Nee, wir benutzen Maschinen. Das hier wurde mit einer Nadel gemacht. Außerdem lasse ich an meine Kunden nur Profis ran. Fragen Sie in den anderen Läden, vielleicht kennt jemand den Stil dieses Pfuschers. Ich bin raus aus der Nummer.« Der Mann schob das Foto zu Henne zurück.

»Apropos Nummer, wie finden Sie die Sieben? Als Motiv, meine ich.«

»Nicht besser oder schlechter als jedes andere. Bisschen simpel vielleicht. Mir zumindest wäre eine nackte Zahl zu wenig.«

Der Tätowierer ließ die Muskeln seines Oberarmes spielen. Der darauf gezeichnete Drache plusterte sich auf wie eine Glucke. Vermutlich stand er für das *Dark* im Namen des Ladens, zumindest war das Biest tiefschwarz.

Henne steckte das Foto von Dissels Rückenpartie wieder ein. »Haben Sie einen Tipp, in welchem Studio ich mich als Nächstes umhören könnte?«

»Die sind über die ganze Stadt verteilt. Das Nächste ist in Connewitz, gleiche Straße, nur weiter draußen, und dann links in die Kochstraße rein. Sie können das ›Deadline‹ nicht verfehlen.« Für den Inhaber des »Dark & Bright« war das Gespräch offenbar beendet. Ohne ein weiteres Wort ließ er Henne stehen und verschwand hinter einer Tür.

Als Henne wieder auf der Straße stand, überlegte er, ob er gleich nach Connewitz fahren oder lieber erst die Studios in der Innenstadt abklappern sollte. Für Letzteres sprach der Bratwurststand an der Handelsbörse, an dem er schon so etwas wie ein Stammkunde war. Doch dann entschied er, dass eine Wurst pro Woche reichen musste. Erika würde aus der Haut fahren, wenn sie bei ihrer Rückkehr feststellte, dass er zu- statt abgenommen hatte.

Connewitz war ein Sammelbecken für Menschen, die das Besondere liebten und abseits vom Mainstream leben wollten, ausgenommen die Rentner, die schon seit DDR-Zeiten in dem Stadtteil wohnten. Ausgerechnet die schienen an diesem Tag allesamt mit der Straßenbahn zu fahren, denn Henne hatte Mühe, hinter einer Seniorengruppe ins Innere des Wagens zu kommen. Eingekeilt zwischen einer Dame mit Hut und Stock und einem

Herrn, der einen Pelzmantel und eine Tschapka trug, stand er an den Fahrscheinentwerter gepresst und konnte kaum atmen. Der eckige Automat drückte gegen seinen Bauch. Er war froh, als er am Connewitzer Kreuz aussteigen konnte.

Bis zum »Deadline« war es nicht weit, Henne erkannte den Schuppen, kaum dass er in die Kochstraße gebogen war. Die Fassade des Hauses war bis zum ersten Stock dunkelrot gestrichen und mit schwarzen Mustern verziert. Offenbar hatten Tattoo-Studios ein Faible für diese Farben, auch das Innere des »Dark & Bright« war schwarz-rot gewesen.

Im Eingangsbereich des »Deadline« lungerten drei Kerle herum, keiner älter als sechzehn.

»Geht nach Hause, Jungs«, sagte Henne und marschierte durch ihre Mitte.

Als er wenig später wieder aus dem Studio trat, waren die Jungs tatsächlich verschwunden. Leider auch Hennes Optimismus, denn er war kein bisschen schlauer als zuvor. Die Connewitzer Tätowierer kannten niemanden, der Dissels Sieben gestochen haben könnte. Immerhin hatten sie ihm eine Liste mit allen Tattoo-Studios der Stadt in die Hand gedrückt, zehn davon hatte er noch vor sich. Allein die Vorstellung, wie lange er brauchte, um sie nacheinander aufzusuchen, brachte seinen Bauch zum Knurren. Connewitz war für seine Kneipenmeile bekannt, und Henne beschloss, in der nächsten Gaststätte einzukehren.

Pierre drehte sich auf den Rücken und verschränkte die Arme im Nacken. Die dünne Decke lag wie ein zerknüllter Ballon neben der Couch, er musste sie im Schlaf von sich geworfen haben. Im Zimmer herrschte stickige Wärme. Er hatte vergessen, die Heizung herunterzudrehen. Von draußen schielten magere Lichtstreifen herein. Sie konnten den bleigrauen Himmel nicht auflockern. Pierres Blick fing sich an dem großen Schornstein im Ausschnitt des Fensters. Er gehörte zu einer Industriebrache, die die Parallelstraße begrenzte. In der warmen Jahreszeit nisteten Störche auf dem Schornstein. Jetzt war das Nest leer.

Draußen war es ruhig, ein warmer Spätnachmittag, Erholungszeit vom Tagesstress in der Versicherung.

Schon dachte ich:
Ich bin aus deiner Nähe verstoßen.
Ach, werde ich deinen heiligen Tempel
je wieder erblicken können?

Nachdenklich lauschte er den Worten nach, die ihm einfach so in den Sinn gekommen waren.

Es war ein Tag wie damals im August. Pierre hatte kurze Hosen angehabt, Sommerzeit. Rosa hatte ihn angelächelt. Für ihn war es, als ob die Sonne plötzlich heller scheinen würde. Was störte es, wenn Oma Tilly die halbe Nacht vor dem Hausaltar auf dem Boden gelegen und gebetet hatte, sodass er nicht schlafen konnte. Vier Nächte hintereinander ging das schon so, er sehnte sich nach Ruhe, doch jedes Mal, wenn er fast eingeschlafen war, stieß Oma Tilly ihn in die Seite. Seine Augen brannten vor Müdigkeit. Rosa ließ ihn das alles vergessen. Sie lächelte ihn an und stellte die Milch, die sie Oma Tilly immer vom Einkaufen mitbrachte, auf den Küchentisch.

»Wie war die Schule?«, fragte sie.

Nach den Sommerferien würde Pierre in die vierte Klasse kommen. Er war kein besonders guter Schüler, doch er gab sich Mühe, nicht aufzufallen. Die anderen Kinder schnitten ihn. Manchmal lauerten sie ihm auf dem Schulweg auf und verprügelten ihn. Einfach so. Sie nannten ihn Penner, Omakind oder Schlimmeres. Hurensohn zum Beispiel.

Von Schorn wusste er, dass seine Mutter viele Freunde gehabt hatte. *Freier*, hatte Schorn gesagt und gehässig gegrinst. Pierre hatte keine Ahnung gehabt, was Schorn damit gemeint hatte.

»Ich mag den Zeichenunterricht«, antwortete er. Rosa sollte nicht mit seinem Kummer belastet werden. Sie sollte lächeln.

Zeichnen mochte Pierre tatsächlich, das hatte ihn selbst überrascht. Er malte Drachen und Schlangen, ab und zu Bäume und Menschen. Die Menschen waren immer dürr wie Gerippe. Ins Gesicht malte er ihnen das Jesusleiden: einen schmerzhaft verzogenen Mund und gen Himmel schauende Augen. Er fand sie schön. Der Zeichenlehrerin hingegen gefielen seine Bilder nie.

Rosa strich ihm übers Haar. »Bestimmt wirst du später ein großer Künstler.«

Oma Tilly hatte Rosas Worte gehört. »Der Junge wird ein Gottesmann.« Er wunderte sich, mit welcher Wut sie sprach.

Ein Gottesmann. In der Tat, das war er geworden, aber anders, als es sich Tilly vorgestellt hatte. Er war die Geißel und zugleich die Rettung für alle Seelen, die es wert waren, die Apokalypse zu überstehen.

Eine dunkle Wolke hatte sich vor die Schornsteinspitze geschoben und verdeckte das verlassene Storchennest. Pierre drehte sich auf den Bauch.

Kai zum Beispiel. Er war der Sechste gewesen, den er geopfert hatte. Jedem Opfer hatte er Blut abgezapft, siebenhundert Milliliter, nicht mehr, nicht weniger. Die Zahl musste stimmen, da war er genau. Er war behutsam vorgegangen, sie sollten keine Schmerzen haben. Es war einfach gewesen, die Utensilien zu besorgen. Er hatte alles auf einer Auktion erstanden. Übers Internet, das war anonymer, als wenn er die Kanülen und Schläuche in der Stadt organisiert hätte. Bis jetzt war er nicht aufgefallen, zumindest hatte niemand gefragt, was er damit wollte.

Eine Zeit lang war er sich nicht sicher gewesen, ob das Blut unbedingt notwendig war. Der Herr hatte es ihm eingegeben, er hatte nur getan, was von ihm verlangt wurde. Auch die Zeichnung der Leiber gehörte dazu. Er hatte Stellen gewählt, die nicht sofort ins Auge fielen. Das war wichtig, denn er wollte nicht vorzeitig entdeckt werden. Aus den Versicherungsunterlagen wusste er, wie Ärzte vorgingen, wenn sie zu einem Toten gerufen wurden. Meist fanden nur flüchtige Untersuchungen statt, wenig mehr als eine Inaugenscheinnahme. Vor allem, wenn es sich um alte Menschen handelte.

Opfer eins bis fünf waren alle über sechzig gewesen. Außer Alfons Krämer, der Mittfünfziger, der sich von seiner wasserstoffblonden Frau nicht in den Krebstod hatte pflegen lassen wollen. Der hatte das Ende willkommen geheißen. Obwohl er sich geweigert hatte, das Mal zu tragen.

Pierre setzte sich auf. Sein Hemd klebte auf der Haut, so sehr hatte er geschwitzt. Er sollte es wechseln, sonst würde er womöglich noch krank. Im Schlafzimmer fiel sein Blick auf den Spiegel, der von einem dunklen, mit zahlreichen Verzierungen geschmückten Rahmen gehalten wurde und etwa die Hälfte der Schlafzimmerwand einnahm. Bei näherer Betrachtung entpuppten sich die Verzierungen als furchteinflößende Fabelwesen mit weit aufgerissenen Mündern. Löwen mit Vogelköpfen kauerten neben geflügelten Pferden und sich windenden Schlangen mit Zacken auf den Rücken und gespaltenen Schwänzen. Pierre hatte sie selbst geschnitzt. Der Rahmen glänzte dunkel. *Rot wie Blut, schwarz wie Ebenholz.* Geschnitzt.

Nummer eins bis fünf waren still gestorben, unbeachtet von der Öffentlichkeit. Niemand hatte sich an ihrem Tod gestoßen, vermutlich war er einigen Angehörigen sogar gelegen gekommen. Dass niemand argwöhnisch geworden war, verdankte Pierre seiner Brillanz. Er war vorsichtig gewesen, er hatte alle Gefahren ins Kalkül gezogen. Hätte er befürchten müssen, vor der Zeit entdeckt zu werden, wäre er untergetaucht. So etwas ließ sich leicht bewerkstelligen. Er brauchte nicht viel. Neben dem Garderobenschrank stand sein Rucksack, gepackt und bereit zur Flucht. In der Vordertasche war genügend Bargeld, um eine Weile unterzutauchen.

Notfalls wäre er ins Ausland gegangen. Irgendwohin, wo man ihn nicht so schnell finden würde. Nach Ägypten vielleicht. Doch das war nie nötig gewesen. Niemand hatte Verdacht geschöpft. Er war stets auf der Hut gewesen und hatte alles vermieden, was Zweifel am natürlichen Tod eines seiner Opfer aufkommen ließ.

Bei Kai hatte er mit dieser Tradition gebrochen. Kai war die Einleitung zum Finale gewesen. Nach ihm kam nur noch Nummer sieben. Es gab keinen Grund mehr, sich länger zu verbergen, im Gegenteil. Kai hatte er so gezeichnet, dass es selbst dem dümmsten Arzt auffallen musste.

Zur Sicherheit hatte er ihn an den Baum im Friedenspark geknüpft. Kai hatte schon lange davon geträumt, *es* im Freien zu machen. Er hatte geglaubt, dass er aufpassen und rechtzeitig die Schlinge lösen könnte.

Aufgepasst hatte er tatsächlich. Noch ehe Kai seinen Schwanz herausholen konnte, hatte er das Seil gepackt und mit aller Kraft daran gezogen. Kai war schnell gestorben. Ein Sterben, das gleichsam einer Errettung glich.

Gestern erst hatte er noch einmal die Berichte im Internet studiert. Ein Hurrikan war von Jamaika aus über Kuba nach Amerika gefegt. *Sandy.* Wirbelstürme trugen häufig weibliche Namen. Aber es hieß ja auch *Die Katastrophe, Die Strafe.* Sandy hatte das Land verheert, Bäume entwurzelt, Strommasten eingeknickt, Häuser zerstört. Es hatte Überflutungen gegeben und viele Tote. Dieser Sturm war nicht die einzige Warnung. Die Zeichen mehrten sich. Wann wachte die Menschheit auf?

Verblendet waren sie, allesamt. Dabei konnte man es nachlesen, man musste bloß in die Bibel schauen. Johannes hatte den Menschen offenbart, was Gott ihm aufgegeben hatte.

Selig ist, der da liest und die da hören die Worte der Weissagung und behalten, was darin geschrieben ist; denn die Zeit ist nahe.

Doch statt sich zu besinnen, beobachteten Wissenschaftler das All. Erst kürzlich hatte Pierre einen weiteren Beitrag im Fernsehen verfolgt. Über Radioteleskope wurden Strahlungen aus verschiedenen Himmelsrichtungen empfangen und Sterne und Asteroide beobachtet. Als ob das den Untergang der Erde abwenden würde.

Pierre nahm die Bibel, die griffbereit auf dem Nachttisch lag. Er fand die Stelle sofort, die Seite war an der Ecke umgeknickt.

Und der dritte Engel blies seine Posaune; und es fiel ein großer Stern vom Himmel, der brannte wie eine Fackel und fiel auf den dritten Teil der Wasserströme und auf die Wasserquellen.

Und der Name des Sterns heißt Wermut. Und der dritte Teil der Wasser wurde zu Wermut, und viele Menschen starben von den Wassern, weil sie bitter geworden waren.

Versonnen schlug er das Buch zu und starrte an die Decke. In dem Fernsehbericht hatten sie gesagt, dass der Einschlag eines Asteroiden eine gigantische Druckwelle erzeugen würde, die Unmengen Sand und Gestein in die Luft schleudert. Sie suchten immer für eine Erklärung, Hauptsache, alles war wissenschaftlich begründet. Selbst dafür, dass Wasser zu Blut wurde. Red Tide, so nannten die Wissenschaftler das Phänomen. Angeblich sollten rote Algen daran schuld sein, dass sich des Meer verfärbte.

Pierre drehte sich zur Fensterseite. Um den Kopf des Industrieschornsteins waberte eine Wolke. Je genauer er hinschaute, umso sicherer war er, einen blassrosa Schein zu erkennen.

Algen, na ja. Kein Wunder, dass die Natur angesichts der Umweltverschmutzung verrückt spielte. Dazu der Klimawandel, Dauerthema bei führenden Köpfen, die sich ständig auf irgendwelchen Symposien aus Wissenschaft, Politik, Wirtschaft und Kultur die Köpfe heiß quatschten. Es brauchte keine Willensbekundungen, das sollten sie mittlerweile begriffen haben.

Für Taten war es jetzt allerdings auch zu spät. Die Apokalypse stand vor der Tür. Pierre war der Einzige, der etwas wirklich Sinnvolles tun konnte. Mit sieben Opfern würde er Gott beweisen, dass sie es wert waren zu überleben.

Pierre gähnte und streckte sich. Seine Gelenke knackten leise. Für andere mochte der Nachmittag eine Zeit der Ruhe und Siesta sein. Nicht so für ihn, es gab viel zu tun.

SIEBZEHN

Uta Trettau lief die Hainstraße entlang und versuchte sich zu erinnern, was sie über die Freimaurer wusste. Abgesehen von verschiedenen Verschwörungstheorien aus Dan Browns Thrillern war es nicht viel. Im Wesentlichen beschränkte sich ihr Wissen auf geschichtlich überlieferte Fakten und Personen sowie Symbole, die sich vor allem in Bauwerken widerspiegelten. Mozart war Freimaurer gewesen, Albert Lortzing ebenso. Der gehörte sogar einer Leipziger Loge an. In der heutigen Lortzingstraße erinnerte eine Gedenktafel an die Zeit, in der er in Leipzig gelebt hatte.

Eine Zeit lang hatte Trettau als Fremdenführerin in Leipzig gearbeitet. Bei dem Job stolperte man zwangsläufig über freimaurerische Zeichen, am Völkerschlachtdenkmal zum Beispiel. Damals hatte sie die zwar bei ihren Führungen erwähnt, war aber nicht genauer darauf eingegangen. Dafür gab es einen Experten, der spezielle Stadtrundgänge betreute. Der hatte ihr erzählt, dass Leipzig einst als Hochburg der Freimaurer galt. Organisiert waren sie in Logen, fünfzehn zur damaligen Zeit. Sie hatte keine Ahnung, welche davon noch existierte.

Eine davon hatte einen besonders schönen Namen gehabt, Minerva zu den drei Palmen.

Ihr Handy klingelte. Es war Frank, der fragte, ob sie schon zu Mittag gegessen hätte. Erst jetzt merkte sie, wie hungrig sie war. Sie freute sich auf ein gemeinsames Essen und vereinbarte, sich mit ihm in zehn Minuten an der Nikolaikirche zu treffen.

Schon von Weitem sah sie ihn an der Friedenssäule stehen. Beim Anblick der steinernen Palmenwedel, die sich an der Spitze der Säule in den Novemberhimmel reckten, wurde sie erneut an die Freimaurerloge erinnert.

Sie schüttelte den Kopf. Wenigstens in der Mittagspause wollte sie nicht an den Mord und alles, was damit zusammenhing, denken müssen.

Frank kam ihr entgegen. »Sehe ich komisch aus, oder warum guckst du so griesgrämig?«

»Ich war in Gedanken, nichts weiter.«

»Die Gedanken sind das Einzige, was man einem Menschen nicht nehmen kann.«

»Sehr poetisch. Aus welchem Film stammt das?«

»Das ist von mir.« Frank grinste.

»Oh.« Franks Geständnis überraschte sie. »Ich mache mir Sorgen.«

»Um den Fall? Das musst du nicht. Irgendwann haben wir ihn gelöst, versprochen.«

Frank hatte gut reden. Trettau hatte es allmählich satt, dass die SoKo auf der Stelle trat. Doch das brauchte Frank nicht unbedingt zu wissen. »Ich sorge mich nicht um den Fall, sondern um Henne.«

»Wieso? Was ist mit ihm?«

»Ich habe mit dem Alten gesprochen. Der Arzt hat Henne gesundgeschrieben, aber er soll sich schonen. Ein vergeblicher Appell, wenn du mich fragst.«

»Ach was, Henne ist topfit. Du hättest ihn erleben sollen, als wir in Borna bei diesem Psychofritzen waren.«

»Bei wem bitte wart ihr? Ihr solltet in Borna die Meldebehörde aufsuchen, sonst nichts.«

Frank schlug den Kragen seiner Jacke hoch, sodass sein Gesicht halb verdeckt war. »Dissel war bei einem Psychologen in Behandlung. Nichts Ernstes.«

»Warum hat mir niemand etwas davon gesagt?«

»Ich habe es auch erst erfahren, als wir schon unterwegs waren. Henne hat in dem Reiseführer eine Visitenkarte des Psychologen gefunden. Vielleicht hatte er keine Zeit mehr, um dich zu informieren.«

»Dafür gibt es Handys.« Trettau nahm sich vor, ein ernstes Wort mit Henne zu reden. Solche Alleingänge duldete sie nicht. »Was wollte Dissel bei dem Arzt?«

»Das wusste der Doktor auch nicht so recht, jedenfalls hat er es in der ersten Sitzung nicht herausgefunden.«

»Ich frage mich, weshalb Dissel ausgerechnet zu einem Psychologen nach Borna fährt. In Leipzig gibt es doch gleichfalls genügend Praxen.«

»Das haben wir uns auch gefragt. Und außerdem den Arzt. Der sagt, er wurde Dissel von dessen Freund empfohlen.«

Trettau blieb stehen. »Habe ich eben richtig gehört? Ihr habt einen Freund von Kai Dissel ausfindig gemacht?«

»Sieht so aus. Aber freu dich nicht zu früh. Wir haben keinen Namen, auch keinen Hinweis. Dieser Freund ist der große Unbekannte.«

Nachdenklich lief Trettau weiter. Endlich hatten sie Hinweise auf einen Freund, und dann waren die so dünn, dass sie damit nicht weiterkamen. Wo es keine Spuren gab, konnten eben selbst Henne und Frank keine finden.

»Dissel wollte Freimaurer werden.«

»Oh Gott!« Frank blieb stehen.

»Was ist daran so schlimm?«

»Nichts. Mir scheint allerdings, Dissel war ein sonderbarer Mensch. Erst gibt es keine Freunde, dann taucht doch noch einer auf, und jetzt wollte er sogar einer Vereinigung wie den Freimaurern beitreten. Einerseits war er ein Einzelgänger, andererseits auf Bekanntschaften aus. Das passt nicht zusammen. Was immer Dissel gewollt haben mag, es strotzt vor Widersprüchen.«

»Vielleicht wollte er deswegen psychologische Hilfe.«

»Das werden wir wohl nie erfahren. Dissel hatte nur eine einzige Sitzung, und während der soll er verschlossen wie eine Auster gewesen sein.«

Trettau hob eine Augenbraue. »Sein Hausarzt ist der Meinung, Dissel war kerngesund.«

»Das hat der Psychologe auch gesagt.«

Trettau steuerte den Bagel-Shop zwischen Brühl und Nikolaistraße an. Wie immer stand eine Menschenschlange bis zur Tür. »Lass uns erst einmal etwas essen. Danach denkt es sich leichter.«

Irgendwie hatte sie das Gefühl, dass der Fall von Tag zu Tag undurchsichtiger wurde.

»Hast du die Akten?«, fragte Bernstock.

»Setz dich erst einmal, Junge.« Dr. Kynast dirigierte Götz zu der Sitzgruppe, die in seinem Büro stand. Er hatte zwei Flaschen Wasser und zwei Gläser bereitgestellt. Kaffee und Tee konnte er jederzeit aus der Miniküche holen. Der Abend würde lang werden. Sie mussten alle Aktenberge durchgehen, die neben dem Tisch auf dem Boden lagen.

»Ich habe nicht viel Zeit.«

Kynast unterdrückte ein Seufzen. Diese Jugend heutzutage, immer auf dem Sprung, immer unterwegs. Doch er wollte nicht ungerecht sein. Götz war fleißig, er konnte Ina alles bieten, was sie sich wünschte. Dass es seiner Tochter gut ging, war ihm wichtig. Alles andere zählte nichts dagegen.

»Kaffee? Oder lieber Tee?«

»Ein Wasser genügt.«

Kynast öffnete eine Flasche und schenkte ein. »Die Akten liegen neben dir.«

»Das müssen Hunderte sein.« Götz runzelte die Stirn.

»Stimmt, aber wir brauchen nicht alle zu ändern. Wir suchen die heraus, die jemanden stutzig machen könnten. Die, in denen auf dich hingewiesen wird, und zwar in jeder Beziehung, die über das Berufliche hinausgeht.«

»Warum hast du dann alle hierhergebracht?« Götz zog das Jackett aus. Seine Weste spannte über dem Bauch, und er öffnete den untersten Knopf.

»Taktik. Ich will keine schlafenden Hunde wecken. Wenn alle Vorgänge, in denen dein Name auftaucht, geprüft werden, macht das niemanden misstrauisch. Lasse ich mir hingegen nur ausgewählte Akten bringen, denkt jeder gleich sonst etwas.«

»Gut. Wie gehen wir vor?«

Kynast krempelte seine Hemdsärmel hoch. »Ich nenne dir die Namen, du entscheidest, ob wir die Akte ändern. Das Tipp-Ex liegt vor dir. Ich ändere dann auch die Eintragung in der Computerdatei.«

»Lass uns endlich anfangen. Ina wartet.«

Sie gingen jede Akte durch und löschten Götz' Namen sowie alle Hinweise auf dessen Tätigsein für die Vicanz-Versicherung aus. Die Steuerfahndung würde keinen Hinweis finden, welche Provision Götz kassiert hatte. Das Geld war immer bar geflossen, dafür hatte Kynast von Anfang an gesorgt. Auch dafür, dass in der Buchhaltung für alle Makler ein gemeinsames Sammelkonto geführt wurde, das keine Einzelnamen auswies.

Es war dunkel, als Kynast die letzte Akte schloss. Sein Nacken schmerzte, müde rieb er sich die Augen. »Das war es, wir haben alles geschafft.«

An Götz schienen die vergangenen Stunden spurlos vorübergegangen zu sein. Er wirkte frisch wie am Morgen.

»Soll ich Ina einen Gruß ausrichten?«, fragte er.

»Das wäre schön. Sag ihr, dass ich sie morgen anrufe.« Kynast schaute auf die Uhr. Mitternacht war längst vorbei. »Nein, ich melde mich heute bei ihr.«

»Mach das.«

Kynast hatte erwartet, dass Götz nun gehen würde. Der machte jedoch keine Anstalten sich zu erheben. Überhaupt hatte er wohl seine ursprüngliche Eile vergessen.

»Ist noch etwas?«

»Sag mal, du kriegst doch eine Menge mit. Als Vorstand bei Terraworld.«

Daher also wehte der Wind. »Du denkst an die Steuerfahndung?«

»Jeder in meiner Lage würde sich darüber Gedanken machen.«

»Aber warum? Du hast deine Gewinne gewissenhaft angegeben. Oder etwa nicht?« Kynast fröstelte auf einmal. Nicht auszudenken, wenn Götz krumme Geschäfte gemacht hätte. Seine Ina hatte einen ordentlichen Mann verdient, keinen Verbrecher.

»Ich bin sauber«, erwiderte Götz, doch er schaute dabei nicht auf.

In Kynast schrillten sämtliche Alarmglocken.

ACHTZEHN

Das Archiv roch muffig, durch die geschlossenen Lamellenvorhänge kam nur wenig Licht ins Innere. Pierre verzichtete darauf, die Deckenbeleuchtung einzuschalten. Er fand sich auch so zurecht. Die Akte Chobel musste ziemlich am Anfang des Regals hängen. Sein Blick fuhr die Aktenreihen entlang, da bemerkte er, dass eine der Akten schief in der Halterung hing. Der Name ließ seine Gedanken explodieren. Lutz Brummer, dreiundsechzig Jahre, gestorben 2008, natürliches Ableben. Seine Nummer fünf, ihm hatte er die Sieben hinter das Ohr tätowiert, ganz klein und unauffällig. Und vor Kurzem hatte jemand in der Akte gewühlt. Warum? Warum ausgerechnet jetzt, Jahre nach Brummers Tod? Die Lebensversicherung war längst ausgezahlt, sie war an das örtliche Tierheim gegangen. Tabea hatte damals gemurrt. Tiere statt Kinder! Aus ihrer Sicht hatten die Blagen das Geld nötiger. Wenn nach so viel Zeit jemand an Brummer interessiert war, musste er einen gewichtigen Grund haben. Nur welchen? Er zog die Akte heraus und nahm sie mit an seinen Arbeitsplatz.

Die Luft im Büro war stickig. Selbst Tabeas Pflanzen ließen die Blätter hängen. Pierre erwog, das Fenster zu öffnen, doch draußen schüttete es wie aus Kannen. Der Wind brach sich an den Scheiben, falls ein Fenster offen war, würde er den Regen ins Zimmer drücken. Eigentlich war es Pierre egal, aber Tabea würde stundenlang herumzicken, wenn der Boden nass war. Also ließ er das Fenster zu und versuchte, sich auf die vor ihm liegende Akte zu konzentrieren. Er blätterte darin herum, doch er fand nichts Auffälliges. Die Blätter waren chronologisch abgeheftet und mit seinem Handkürzel versehen, das Übliche. Brummer hatte wenig Arbeit verursacht. Antrag, Police, Jahresrechnung – fertig.

Die Prämien hat er pünktlich gezahlt. Als er in Rente gegangen war, hatte er sich telefonisch bei Pierre gemeldet. Wo er doch nun keine Absicherung mehr brauchte – ob man da nicht die Versicherung kündigen könne? Konnte man, aber das wollte Pierre lieber persönlich besprechen.

Dem ersten Treffen waren weitere gefolgt. Lutz Brummer war ein intelligenter Mann, er hatte Kunstgeschichte und Mathematik studiert und Bücher geschrieben. Ein sensibles Genie, das war er in Pierres Augen gewesen. Trotzdem hatte er anfänglich nicht begriffen, worauf Pierre hinauswollte. Nächtelang hatten sie debattiert.

»Lesen Sie Zeitungen, hören Sie Nachrichten. Die Welt ist voller Katastrophen. Das sind keine Zufälle, die sind bewusst herbeigeführt.« Pierre hatte Lutz Brummer taxiert.

Später waren die Bibeltexte zum Einsatz gekommen. Die Bibel hatte Pierre stets dabei. Längst duzte er Lutz.

»Schau mal, hier. Das Buch mit den sieben Siegeln. Da heißt es: *Als es das sechste Siegel auftat, da geschah ein großes Erdbeben.* Verstehst du? Das war der Tsunami, Thailand, Dezember 2004. Acht Jahre sind seitdem vergangen. Und wir, was haben wir inzwischen getan? Wir machen weiter wie bisher. Hör mal, was uns noch erwartet.«

Er hatte Lutz eine halbe Stunde lang aus der Bibel vorgelesen. Danach hatten sie eine Ewigkeit geschwiegen.

Später, beim Essen, war Lutz auf den Bibeltext zurückgekommen. »Du wirst die Welt nicht retten.«

Vor diesem Satz hatte Pierre sich gefürchtet. Doch er wollte, durfte nicht zweifeln. »Immerhin versuche ich es.«

»Versuchen?«

»Mehr als das, ich habe Hoffnung, dass ich es schaffe. Und dafür brauche ich dich.«

Er hatte Lutz alles erklärt. Damals war noch offen gewesen, ob der ihn überhaupt verstanden hatte. Lutz wollte nicht sterben. Noch nicht. Zeit sollte Pierre ihm lassen. Zeit, die Pierre aber nicht hatte. Sosehr Lutz sich dagegen sträubte, es gab keinen anderen Weg.

In den darauffolgenden Tagen hatte er überlegt, wie Lutz geopfert werden könnte. Lutz Brummer war größer als er, auch kräftiger. Gegen ihn hatte Pierre keine Chance, Gewalt schied deshalb aus. Blieb noch Gift.

Pierre war in die Bibliothek gegangen und hatte sich Bücher ausgeliehen. Kräuterkunde und solche Themen, völlig unverfänglich. Den Rest recherchierte er im Internet. Als er die Mischung fertig hatte, stand Lutz in der Tür. Seine Gesichtszüge waren starr, seine Haut war fahl wie sonst nie.

Wenige Stunden zuvor hatte er einen Verkehrsunfall verursacht. Ein Kind war vor sein Auto auf die Straße gerannt, ausgerechnet als er – das Handy am Ohr – beschleunigt hatte. Obwohl er sofort auf die Bremse gestiegen war, hatte sein Wagen das Kind erfasst und durch die Luft geschleudert. Die Sanitäter hatten den Kleinen nicht retten können, er war noch auf dem Weg ins Krankenhaus gestorben.

Pierre hatte gerochen, dass Lutz getrunken hatte, vermutlich um seine Schuldgefühle zu unterdrücken. Es war ihm nicht geglückt, er zitterte wie Espenlaub. »Rette mich. Ich gebe dir dafür mein Blut. Lass mich jetzt nicht allein.« Lutz' Stimme brach.

Gott hatte es so gefügt, wie hätte Pierre da ablehnen können?

Sie waren zu Lutz gefahren, der eine Eigentumswohnung in Markranstädt besaß, mit Blick auf den Wasserturm. Die gutbürgerliche Gegend war um diese Zeit menschenleer, niemand hatte gesehen, wie sie Lutz' Wohnung betreten hatten.

Seit Nummer vier war ein Dreivierteljahr vergangen. Pierre befürchtete, dass er aus der Übung war. Aber alles lief wie geschmiert. Lutz schluckte widerstandslos den Giftcocktail und ließ sich das Blut abzapfen. Pierre meinte, eine große Erleichterung zu spüren. Fast euphorisch war er gewesen, dass alles so gut geklappt hatte. Er war dem großen Ziel ein weiteres Stück näher gekommen. Einen Rest dieser Euphorie spürte er auch jetzt wieder, als er sich an den Abend erinnerte.

Plötzlich stutzte er. Das letzte Blatt der Akte fehlte, die Endabrechnung für den Makler, der Lutz' Versicherung vermittelt hatte. Hastig blätterte Pierre zurück bis zur Ausfertigung des Versicherungsantrags. In dem Feld, in dem normalerweise der Name des Maklers stand, war dieser mit Tipp-Ex gelöscht worden. Lutz' Akte sah jetzt aus, als wäre er direkt zur Vicanz gekommen und nicht über einen Makler. Offenbar wollte jemand nicht, dass man erkennen konnte, wer bei Lutz die Provision kassiert hatte.

Pierre zog die Computertastatur zu sich heran und loggte sich in die Datenbank der Versicherungsnehmer ein. Schnell hatte er

Lutz' Datenblatt gefunden. Hier war der Hinweis auf den Makler ebenfalls verschwunden.

Ein Gedanke durchzuckte Pierre. War auch in den Akten der anderen Opfer etwas verändert worden? Wenn ja, warum und was hatte es mit dem gelöschten Maklernamen auf sich? Es gab nur einen Weg, es herauszufinden: Er musste auch die anderen Akten prüfen.

Pierre eilte in den Archivraum und zog einen Ordner nach dem anderen aus dem Bestand. Den Stapel unterm Arm begab er sich zurück an seinen Platz.

Tabea kam herein und ließ sich auf ihren Stuhl fallen. Ihr Blick fiel auf den Papierberg, Lutz' Akte lag obenauf. »Was machst du da? Hat Latzky dir auch eine Zusatzaufgabe aufgedrückt?«

»Was?«

»Ach, vergiss es. Ich dachte nur, dass der Chef mit meiner Arbeit nicht zufrieden wäre.«

Typisch Tabea, ständig strebte sie nach Perfektion. »Wie kommst du darauf? Zu mir hat Latzky nichts gesagt.«

Tabea beugte sich über den Tisch und tippte auf Lutz' Namen. »Ich sollte alle Akten auflisten, die der hier gleichen.«

Pierre fühlte, wie sich in seinem Magen ein Klumpen bildete. Hatte er einen Fehler gemacht? War er sich zu sicher gewesen? »Was meinst du damit?«

Aber Tabea antwortete nicht. Sie stand auf und warf sich ihren Mantel über. »Ich muss zu einem Außentermin und bin spät dran. Warte nicht auf mich, wir sehen uns morgen.«

Ehe Pierre protestieren konnte, war sie weg.

Grübelnd starrte er auf den Aktenstapel. Tabea hatte gesagt, sie hätte eine Liste. Wozu, in Gottes Namen, brauchte sie die? Je länger er darüber nachdachte, umso sicherer war er, dass Tabea ihm gefährlich werden konnte. Er musste sie zum Schweigen bringen, am besten für immer.

»Wir wissen, dass Kai Dissel ermordet wurde, und zwar von einer Person, die er gekannt haben musste. Dass Dissels Bekanntenkreis überschaubar ist, macht es uns trotzdem nicht leichter.« Henne fasste den derzeitigen Stand der Ermittlungen im Mordfall Dissel zusammen.

Die Mitglieder der SoKo hatten sich im Beratungsraum versammelt. Marie saß vor ihrem Notebook. Über den Beamer hatte sie eine Skizze an die Wand geworfen. Das Bild zeigte mehrere Kreise, in denen jeweils ein Wort stand, wie Terraworld, Borna oder das Corps Rheno-Nicaria. Dazwischen waren Striche gezogen, die jedoch keine Verbindung zwischen den Kreisen herstellten. Knut Reinboldt spielte mit seinem Stift.

Korndörfer, der bis jetzt vor sich hin gestarrt hatte, hob den Kopf. »Was isn mit der gomischen Siebne?«

Trettau nickte Marie zu, die daraufhin ihre vorbereitete Präsentation startete. »Die Sieben ist in vieler Hinsicht eine besondere Zahl. Eine Primzahl. Allerdings ist sie nicht die einzige einstellige Primzahl. Um die Drei zum Beispiel ranken sich ähnlich viele Mythen wie um die Sieben. Hinsichtlich der tätowierten Sieben auf dem Rücken von Kai Dissel sind wir uns aber ziemlich sicher, dass ein religiöser Bezug besteht«, sagte Trettau.

»Weshalb das denne?«, fragte Korndörfer.

»Auf der Festplatte von Dissels PCs sind einige Dateien, die das vermuten lassen.« Marie öffnete die erste.

»Die sieben Todsünden.« Trettau zeigte mit dem Laserpointer auf die Aufzählungspunkte. »Stolz, Geiz, Wollust, Neid, Völlerei, Zorn und Trägheit.« Es folgte eine Interpretation der einzelnen Bereiche. »Weiter hinten hat sich Dissel mit dem Gegenteil beschäftigt.«

Marie scrollte in der Textdatei nach unten, bis Trettau sie stoppte.

»Die Katholiken kennen sieben Tugenden. Zunächst sind da vier Kardinalstugenden: Gerechtigkeit, Tapferkeit, Weisheit und Mäßigung.«

Henne rümpfte die Nase. »Unser Mörder scheint wenig tugendhaft zu sein.«

»Das sind Mörder nie.« Trettau winkte Marie, die nächste Datei zu öffnen. »Es kommt noch besser, schaut euch den Text an. Maries Suchabgleich hat ergeben, dass es sich um einen Auszug aus der Bibel handelt. Es ist die Offenbarung des Johannes.«

Auf der Leinwand war der Bibeltext zu lesen:

Und ich sah in der rechten Hand dessen, der auf dem Stuhl saß, ein Buch, beschrieben inwendig und auswendig, versiegelt mit sieben Siegeln.

Und ich sah einen starken Engel, der rief aus mit großer Stimme: Wer ist würdig, das Buch aufzutun und seine Siegel zu brechen?

Der Stift fiel Reinboldt aus der Hand.

»Das Buch mit den sieben Siegeln«, sagte Henne und warf Reinboldt, der unter dem Tisch nach seinem Kugelschreiber tastete, einen bösen Blick zu.

Frank hob die Augenbrauen. »Das ist aus der Bibel? Und ich dachte immer, es wäre eine Redensart. Ihr wisst schon: Ein Buch mit sieben Siegeln – etwas, das schleierhaft ist.«

»Genau wie die Offenbarung. Bis heute streiten sich Kirche und Wissenschaft über die Interpretation. Die Siegel werden geöffnet, und es kommt zu Katastrophen. Beim Brechen des siebten Siegels zum Beispiel heißt es: *Und die sieben Engel hatten sich gerüstet zu blasen. Und der erste blies seine Posaune; und es kam Hagel und Feuer mit Blut vermengt und fiel auf die Erde; und der dritte Teil der Erde verbrannte, und der dritte Teil der Bäume verbrannte, und alles grüne Gras verbrannte …*«, zitierte Trettau.

»Meteorologen haben eine logische Erklärung für solche Phänomene, nämlich Vulkanausbrüche.« Reinboldt hatte seinen Kuli gefunden und war wieder unter dem Tisch aufgetaucht.

Henne schaute ihn überrascht an. Seit wann beschäftigte sich der mit Bibelinterpretation? »Zurück zu der Sieben. Ich habe sämtliche Tattoo-Schuppen in Leipzig abgegrast. Eines steht fest: Die Tätowierung – wenn man jetzt überhaupt davon reden kann – wurde von einem Laien gemacht.«

»Das verstehe ich nicht. Das Ding sieht aus wie ein Tattoo, ist in der Haut wie ein Tattoo, und jetzt soll es auf einmal keines sein?«, brummte Reinboldt.

»Profis benutzen Maschinen, um Tattoos zu stechen. Die Sieben auf Dissels Rücken ist zu unsauber, als dass sie professionell eingebracht wurde.«

»Ich schlage vor, wir konzentrieren uns zunächst auf Dissels Arbeitsumfeld bei Terraworld. Aktuell sollte er einem Kirchensender auf die Beine helfen. Da muss es Kontaktpersonen geben, vielleicht kommen wir damit einen Schritt weiter«, sagte Trettau.

»Was ist mit den Unterlagen, die in Dissels Wohnung sichergestellt wurden? Geben die etwas her?«, wollte Frank wissen.

»Das Übliche: Kontoauszüge, Kreditangebote, Versicherungspost«, knurrte Reinboldt.

»Das klingt wenig aufregend.«

»Was hast du erwartet? Einen Bekennerbrief? Vielleicht finden wir den noch, wir haben erst die Hälfte gesichtet.« Reinboldt klang zynisch. Henne hätte ihn am liebsten zurechtgestaucht, doch er hielt sich zurück. Die Leitung der SoKo lag bei Trettau. Es war ihre Aufgabe, Reinboldt zur Ordnung zu rufen.

»Dissel hätte anscheinend gern zu den Freimaurern gehört«, sagte Trettau. »Ich werde mich dort mal umhören.«

»Lass mich das übernehmen. Das ist ohnehin mehr ein Männerding, und außerdem weiß ich, an wen ich mich wenden kann.« Henne hoffte, dass Trettau auf den Vorschlag einging.

Reinboldt grinste unverhohlen. Wer weiß, was der dachte. Im Grunde war es Henne egal. Trettau hatte ihm erzählt, dass Reinboldt nach der Wohnungsdurchsuchung den Städteführer unerwähnt gelassen hatte. Wenn er ihn später damit konfrontierte, würde dem das Grinsen schon noch vergehen.

»In Ordnung, Henne.« Trettau packte ihre Unterlagen zusammen. »Du kümmerst dich um die Freimaurer. Und sag mir sofort Bescheid, wenn du etwas Neues erfahren hast.«

Vermutlich war sie immer noch sauer, weil er vergessen hatte, sie vor der Fahrt nach Borna über die Visitenkarte zu informieren. Am Ergebnis hätte das ohnehin nichts geändert. Immerhin hatten sie dank Klauser jetzt einen Hinweis auf einen Freund, auch wenn sie in Bezug auf dessen Identität noch im Dunkeln tappten.

NEUNZEHN

Knobels Büro war kleiner als die anderen, aber für einen Arbeitsplatz reichte es aus. Auf dem Schreibtisch und den beiden flachen Schränken türmten sich Fachbücher und Ordner. Grünpflanzen fanden keinen Platz. Dafür hatte Knobel immer einen Rotweinvorrat im Schrank. Kaum hatte Latzky das Zimmer betreten, drehte Knobel den Schlüssel im Schloss herum.

Der Druck in Latzkys Magen verstärkte sich. »Denkst du wirklich, jemand traut sich und stört uns?«

»Sicher ist sicher.«

Normalerweise war es Knobel egal, was die anderen Mitarbeiter über ihre *Rotwein-Beratungen* dachten. Warum auf einmal diese Heimlichkeit? Besorgt nahm Latzky Platz.

»Der Alte steckt voll in der Scheiße.« Knobel entkorkte die Flasche, die auf dem Tisch zwischen einem Artikel über die Versorgungslücke und einem Stapel Briefe stand.

Latzky schluckte. Generaldirektor Kynast hatte die Auflistung der Fälle wortlos entgegengenommen, bei denen Götz Bernstock als Vermittler aufgetreten war. Seitdem hatte er nichts mehr vom Chef gehört. Er fragte sich, ob das ein gutes oder schlechtes Zeichen war. Die Liste war länger gewesen, als er angenommen hatte. Bernstock schien ein fleißiger Mann zu sein, dagegen war nichts einzuwenden. Wenn da nicht die Tatsache wäre, dass er Kynasts Schwiegersohn war. Das roch nach Vetternwirtschaft, ein Umstand, der Latzky im Grunde egal sein konnte. War es aber nicht, und daran war sein Magen schuld. Seit Kynast und Bernstock die Akten durchgegangen waren, litt Latzky unter anhaltender Übelkeit, mehr noch: Der Druck in seinem Bauch nahm beständig zu. »Ich brauche Magentropfen, keinen Wein.«

»Blödsinn. Ich habe Neuigkeiten.« Knobel hob den Flaschenkorken an die Nase und roch daran. »Kynasts Schwiegersohn hat die Steuerfahndung auf dem Hals. Die überprüfen alle seine Aufträge. Auch bei den Versicherungen. Was glaubst du, wie lange die brauchen, ehe sie auch bei uns herumschnüffeln?«

In Latzkys Hals bildete sich ein Kloß. Also deshalb hatte Kynast die Liste der Fälle verlangt, in denen die Provision an Bernstock geflossen war. »Woher weißt du das?«

»Mein Skatbruder arbeitet bei Terraworld. Die Steufa nimmt dort das ganze Haus auseinander. Und auch alle anderen Agenturen, die mit Terraworld in Verbindung stehen.«

»Bernstock ist selbstständig.« Soweit Latzky wusste, arbeitete Bernstock nur in Ausnahmefällen mit Agenturen zusammen.

»Na und? Er betreut fast die komplette Belegschaft dort.«

Latzky schlug die Beine übereinander. »Kein Wunder, Kynast sitzt im Vorstand.«

»Schon deswegen dürfte der Alte nicht mehr ruhig schlafen.«

Latzky dachte an das Gespräch, das Kynast mit ihm geführt hatte. »Kynast hat kürzlich eine Reihe Akten geprüft«, sagte er langsam.

»Klar, der will seinen Schwiegersohn schützen. Ich wette, in keiner der Akten taucht Bernstocks Name mehr auf.«

»Du meinst, Kynast hat die Unterlagen manipuliert?«

»Was sonst. Eins sage ich dir, wenn das rauskommt, kann er abdanken und wir gleich mit.«

»Wieso wir? Wir haben nichts damit zu tun.«

Knobel winkte ab. »Wen interessiert das schon.«

»Man kann uns doch nicht einfach rauswerfen.«

»Abwarten. Ich habe schon Pferde vor der Apotheke kotzen sehen.« Knobel ließ den Merlot in die Gläser laufen. Seine Hände zitterten.

»Was schlägst du vor?« Latzky griff nach einem Glas und trank wie ein Verdurstender.

»Nichts.«

»Wir sollten uns wenigstens eine Strategie ausdenken.«

»Wozu? Das bringt ja doch nichts.« Knobel sah aus, als würde er jeden Moment losheulen. Seine Augen waren schon ganz rot, und auf seiner linken Wange zuckte ein Muskel.

Latzky stand auf und klopfte ihm auf die Schulter. »Mir wird schon etwas einfallen.« Von einem wie Kynast würde er sich nicht widerstandslos in den Abgrund mitreißen lassen. Selbst wenn er dafür an die Öffentlichkeit gehen musste.

Dr. Kynast starrte auf das Telefon. Seit einer Stunde versuchte er nun schon, Latzky zu erreichen. Die Kernarbeitszeit war noch nicht vorbei, Latzky musste noch im Hause sein. Aber wo steckte er, zum Teufel?

Nachdem Götz gestern Nacht gegangen war, hatte Kynast die Aktenprüfung im Geiste Revue passieren lassen. Dabei war ihm ein Umstand aufgefallen, dem er bis dahin keine Bedeutung beigemessen hatte. In überdurchschnittlich vielen Fällen mischte sich immer derselbe Sachbearbeiter ein in den Job, den eigentlich Götz zu machen hatte. Ein gewisser Pierre Ritter. Kynast konnte sich nicht an ihn erinnern, aber was besagte das schon? Er kannte die wenigsten Sachbearbeiter. Immerhin wusste er, dass dieser Ritter in Latzkys Abteilung eingesetzt war. Latzky würde ihm Rede und Antwort stehen, was seine Leute und vor allem dieser Ritter trieben. Doch dafür musste er ihn erst einmal erreichen.

Das Telefon schrillte. Endlich.

»Sofort zu mir, Latzky.«

Zehn Minuten später lief Kynast unruhig in seinem Büro auf und ab. Wo blieb Latzky denn? So weit war der Weg bis zu ihm in die Chefetage nun auch wieder nicht.

Endlich trat Latzky ein. Seine Augen waren geschwollen, er sah müde und mitgenommen aus. Als er ihn begrüßte, roch Kynast den Alkohol in seinem Atem. Trank der etwa? Darauf würde er später zurückkommen. Jetzt waren andere Dinge wichtiger.

»Sagen Sie, Latzky, was halten Sie eigentlich von Herrn Ritter?«

Latzky guckte, als hätte er ihn nicht verstanden.

»Herr Ritter, der arbeitet doch bei Ihnen in der Abteilung?«

Endlich ein Nicken. Immerhin eine Reaktion.

»Also? Wie ist der so?«

»Durchschnitt, würde ich sagen.«

Was, zum Teufel, sollte er mit einer solchen Aussage anfangen? »Durchschnitt, na ja. Und sonst? Fällt er irgendwie auf? Ist er vielleicht besonders ehrgeizig? Mein Gott, lassen Sie sich doch nicht alles aus der Nase ziehen.« Kynast konnte nicht verhindern, dass er beim Reden immer lauter wurde.

Doch der Ausbruch schien zu helfen. Aus Latzky sprudelte es

nur so heraus. Pierre Ritter, ein junger Mann mit dem Outfit eines linksradikalen Ökofritzen, machte seine Arbeit wie alle anderen auch. Bislang war nichts Ungewöhnliches festzustellen, abgesehen von dem Toten, den man im Friedenspark gefunden hatte. Der Fall war durch die Presse gegangen. Ritter hatte die Akte geführt.

»Deswegen wollte ich Sie sprechen«, sagte Kynast. Das untragbare Äußere dieses Ritters musste warten. Damit würde er sich befassen, wenn er Zeit hatte. »Die Fälle Ihres Herrn Ritter weisen ein ungewöhnliches Merkmal auf. Mir ist aufgefallen, dass die Akten zahlreiche Gesprächsvermerke enthalten. Nur das Datum, wohlbemerkt, nicht den Inhalt der Gespräche. Ritter kontaktiert die ihm zugeteilten Kunden öfter als andere Mitarbeiter und noch dazu ohne ersichtlichen Grund. Die Kunden sollen sich zunächst an unsere Makler wenden, bevor sie mit dem zuständigen Sachbearbeiter reden. Das dürfte Ihnen hinlänglich bekannt sein. Ritter scheint zu viel Zeit zu haben, dabei klagen die Mitarbeiter doch ständig, dass sie überlastet sind. Kommt Ihnen das nicht komisch vor?«

Latzky blinzelte. Hörte der ihm überhaupt zu? Kynast wollte seine Frage wiederholen, doch Latzky winkte ab. »Vielleicht kümmert sich Ritter besonders gut um seinen Bestand. Kundennähe ist schließlich nicht verkehrt. Er wird es schon nicht übertreiben. Es könnte auch ein Zufall sein, dass Sie Akten vorliegen hatten, die besonders viele Vermerke aufweisen.«

»So, Zufall. Wissen Sie, was ich glaube? Sie sollten ein Auge auf diesen jungen Mann haben. Schauen Sie ihm auf die Finger, Sie sind sein Vorgesetzter, also sind Sie dafür verantwortlich, was er treibt. Mich macht es stutzig, wenn einer meiner Mitarbeiter Kundengespräche führt, die keinem erkennbaren Ziel dienen. Und Sie sollten das ebenfalls sonderbar finden.«

Latzky rieb sich den Bauch. Hatte wohl Magenschmerzen, der Gute. Ihm sollte es recht sein, Hauptsache, er bewegte endlich seinen Hintern. »Und noch eines, Herr Latzky. Ein alkoholisierter Abteilungsleiter ist ein mehr als lausiges Vorbild.«

Latzky stand da wie ein begossener Pudel, es war ein jämmerlicher Anblick. Ab jetzt würde er ihn unter Beobachtung halten.

Und sollte sich herausstellen, dass dieser Ritter Kunden abwerben wollte oder sonst Schindluder mit Versicherten der Vicanz trieb, dann würde Felix Latzky gleich mit ihm zusammen fliegen.

Henne drückte auf den Klingelknopf neben der Eichentür. Die Loge Minerva zu den drei Palmen residierte in der Nähe des Völkerschlachtdenkmals. Thilo Lottermann hatte ihn eingeladen, kaum dass er ihm gegenüber angedeutet hatte, er ermittle in einem Mordfall. Thilo war ein alter Schulfreund Hennes und heute ein Mitglied der Freimaurerloge. Normalerweise redete Thilo nicht darüber, aber beim letzten Klassentreffen war reichlich Alkohol geflossen. Sie hatten über Gott und die Welt gequatscht und waren irgendwann tiefer als beabsichtigt in persönliche Ansichten und Lebensinhalte eingedrungen. Die Loge war offenbar zu Thilos zweiter Heimat geworden.

Thilo hatte ihn in den Besucherraum des Logenhauses geführt. Das Zimmer war groß und wie eine englische Bibliothek eingerichtet. Dunkle Holzregale bis unter die Decke, schwere Möbel vor dem Kamin. Sie nahmen auf der Couch Platz, und Thilo griff nach der Kanne. Sein Sakko klaffte auseinander und gab den Blick auf einen immer noch schlanken Körper frei. Schon in der Schule war Thilo eine Sportskanone gewesen. Anscheinend hielt er sich nach wie vor in Form.

»Kaffee?«

»Lass mal.«

»Nanu, bist du krank?«

Henne schüttelte den Kopf. Mannheimer hatte gesagt, dass er weniger Kaffee trinken sollte. Normalerweise fiel ihm das schwer, auf Thilos Kaffee verzichtete er jedoch gern, denn mehr als eine dünne Brühe brachte der nicht zustande. Müde rieb er sich die Narbe. Sie brannte, wie immer, wenn er im Stress war. An das Brennen hatte er sich schnell gewöhnt, an den Stress nicht. Einen Moment lang war ihm schwindlig, und er fragte sich, ob er sich nicht doch zu viel zugemutet hatte. Vielleicht hätte er sich lieber richtig auskurieren sollen. Zu Hause jedenfalls war er sich nie gestresst vorgekommen. Gestern hatte er erschrocken festgestellt, dass er in den letzten Tagen sogar seine Tabletten vergessen hatte.

Es gab eben so viel anderes zu tun, hatte er sich beruhigt, trotzdem war ein ungutes Gefühl geblieben.

»Also, was für Fragen hast du für mich?«, sagte Thilo.

Henne konzentrierte sich. »Ein junger Mann wurde ermordet. Wir haben inzwischen erfahren, dass er bei euch Mitglied werden wollte. Ich dachte, du könntest mir ein paar Dinge erklären.«

Thilo verschränkte die Arme. »Hm, zunächst eins: Bei uns, also bei den Freimaurern, kann man nicht einfach Mitglied werden. Die Loge ist kein Geschäft oder Club. Natürlich freuen wir uns über Interessenten, aber wir nehmen nur Brüder auf, für die jemand bürgt.«

»Kann das jeder?«

»Es muss einer von uns sein, ob Lehrling, Geselle oder Meister ist egal.«

»Meister, Geselle – das klingt nach einem Handwerksbetrieb.«

Thilo lächelte. »Was glaubst du, Henne, wie die Freimaurerlogen entstanden sind?«

»Keine Ahnung.«

»Wir haben eine lange Tradition. Sie geht auf freie Handwerker zurück, die im Mittelalter von Baustelle zu Baustelle gezogen sind. Meist haben sie Kirchen und Kathedralen gebaut. Den Kölner Dom zum Beispiel. Bauplaner, Steinmetze und viele andere Zünfte haben Hand in Hand gearbeitet. Ihr Wissen wurde meist nur mündlich weitergegeben. Daher der Anschein der Heimlichkeit bei den Freimaurern.«

»Interessant.«

»Das ist es. Aber mach mir nicht weis, dass du einen Geschichtsvortrag erwartest. Was genau willst du wissen?«

Henne zog Dissels Foto aus der Tasche. »Hat in letzter Zeit dieser junge Mann bei der Loge um Aufnahme gebeten? Sein Name ist Kai Dissel.«

»Wir haben seit mindestens einem Jahr keinen Neuen bei uns. So groß ist das Interesse an uns nun auch wieder nicht. Den meisten spuken Märchen von Geheimbünden im Kopf herum, dabei sind wir alles andere als das. Aber es gibt noch andere Logen in der Stadt. Ich höre mich mal um.«

»Das geht?«

»Natürlich, wir unterstützen uns gegenseitig, auch wenn wir verschiedenen Häusern angehören.« Thilo nahm sein Smartphone vom Tisch. »Soll ich?«

»Nur zu.«

Thilo ging ins Nebenzimmer, um zu telefonieren. Henne schaute sich derweil im Zimmer um. Auf dem Sims stand eine Bronzeuhr, deren Pendel von einem Mann gehalten wurde, der eine Schürze trug und in der Hand einen Zirkel hielt. Das Stück sah alt und wertvoll aus, vermutlich war es das auch, denn Henne konnte sich nicht vorstellen, dass Thilo Tinnef um sich duldete. Schon in der Schulzeit hatte Thilo ein Händchen für ausgefallene Stücke gehabt. Einmal war er auf einer grünen Zündapp mit Beiwagen vor der Schule vorgefahren. Das Ding hatte ausgesehen, als wäre es nagelneu. Später hatte sich herausgestellt, dass Thilo Wochen gebraucht hatte, um es auf Hochglanz zu polieren.

Thilo hatte seine Telefonate beendet und reichte Henne einen Zettel. »Der junge Mann könnte bei der ›Neuen Werkstatt‹ gewesen sein.«

»Demmeringstraße 22.« Henne las die Adresse laut von dem Zettel ab. Die Demmeringstraße lag in Lindenau, ganz in der Nähe der Aurelienstraße, wo Dissel gewohnt hatte. Das konnte kein Zufall sein.

»Ich habe dich angemeldet. Schwester Irene erwartet dich.«

»Eine Frau?«

»Die ›Neue Werkstatt‹ ist eine gemischte Loge. Irene gehört zu den Gründern.«

Das Logenhaus lag in unmittelbarer Nähe des Lindenauer Marktes. Henne parkte auf dem Markt und lief die letzten Meter zu Fuß. Irene Adamski erwartete ihn bereits und führte ihn in einen Raum, der zweckmäßig mit Tischen und Stühlen eingerichtet war. Auf einschüchternde Gediegenheit, wie sie Henne in der Loge Minerva gesehen hatte, legte die »Neue Werkstatt« keinen Wert. Nicht minder war Henne von Irene Adamski überrascht. Sie war eine Frau mit halblangem rotblondem Haar, dessen Spitzen in Locken endeten, die sich in alle Richtungen kringelten. Die Frisur gab ihr etwas Mädchenhaftes, das durch die Sommersprossen in ihrem Gesicht noch unterstrichen wurde. Jeans und eine rosa Bluse vervollständigten ihr Erscheinungsbild. Alles in allem war Schwester Irene ein unerwartet hübscher Anblick.

»Thilo hat gesagt, Sie suchen einen jungen Mann.«

Henne zeigte ihr Dissels Foto. »Kennen Sie den?«

Sie betrachtete das Bild eine Weile, als wolle sie sich jede Einzelheit einprägen. Schließlich reichte sie es Henne zurück. »Er sieht tot aus.«

»Das ist er auch.«

Irene schlang die Arme um ihren Körper, als wäre alle Wärme daraus entwichen. »Vor vier oder fünf Wochen ist er zum ersten Mal aufgetaucht. Er dachte wohl, unser Logenhaus wäre ein Café, in das man einfach so hereinspazieren könnte.«

»Was wollte er?«

»Freimaurer werden, was sonst? Es schien für ihn eine …« Sie suchte offenbar nach einem passenden Wort.

»Formalität?«, half Henne.

»Richtig.« Irene schob sich eine widerspenstige Locke hinters Ohr. »Es schien für ihn eine Formsache zu sein. Antrag, Stempel und fertig.«

»Sie haben ihn aufgeklärt?«

»Natürlich. Aber er wollte es nicht wahrhaben. Er kam mehrmals wieder, immer mit der Vorstellung, das Haus noch am selben Tag als Freimaurer verlassen zu können.«

»Er muss enttäuscht gewesen sein, als Sie ihn abgewiesen haben.«

»Enttäuscht? Schlimmer, er war wütend. Fragen Sie nicht, welche Schimpfwörter er mir an den Kopf geknallt hat.«

»Tja, die jungen Leute sind manchmal unbeherrscht.« Henne schüttelte den Kopf.

»Sein Kumpan war auch nicht besser. Der hat zwar den Mund gehalten, aber er hat mich angeguckt, als ob ich eine Aussätzige wäre.«

»Moment mal, Dissel war nicht alleine?« Endlich hatte er jemanden gefunden, der etwas über Dissels Bekanntschaften wusste. Das war der Durchbruch, es konnte gar nicht anders sein.

»Er hatte einen Freund dabei, einen Kerl mit so einem Filzkopf, Sie wissen schon.«

»Meinen Sie solche dicken, zusammengedrehten Zotteln?« Henne deutete die Lockenstärke an.

Irene nickte.

»Wie sah er aus?«

»Ganz normal. Es war ein junger Mann mit einem netten Gesicht und einem offenen Blick. An die Augenfarbe entsinne ich mich nicht. Darauf habe ich nicht geachtet.«

»Denken Sie nach, bitte. Gab es irgendwelche besonderen Merkmale an ihm? Hatte er einen Bart? Oder ein Piercing?« Ritter hatte keines von beiden. Aber was hieß das schon. Einen Bart konnte man sich jederzeit wachsen lassen, und ein Piercing war leicht zu entfernen.

Irene hob die Schultern. »Das wäre mir bestimmt aufgefallen. Trotz seiner Filzlocken wirkte er gepflegt.«

»Meinen Sie damit, dass er glatt rasiert war? Oder nach einem besonderen Parfüm roch?« Parfüm hatte Henne nicht an Ritter bemerkt, aber Kinn und Wangen des jungen Mannes waren glatt wie bei einem Baby gewesen.

»Tja, soweit ich das beurteilen kann, war er tatsächlich ordentlich rasiert, jedenfalls hatte er keine Bartstoppeln.«

»Erinnern Sie sich, welche Kleidung er trug?«

»Eine Armeejacke, glaube ich. Jedenfalls hatte sie viele Taschen und Riegel auf den Schultern. Und er hatte eine Jeans an, die war über dem Knie zerrissen. Das weiß ich noch genau, denn ich habe mich gefragt, ob er an den Beinen friert.«

Henne kannte nur einen, der Dreadlocks hatte und zerrissene Jeans trug: Pierre Ritter. Es gab eine Menge Freaks, die sich die Haare filzten und auf kaputte Klamotten standen. Aber Henne könnte schwören, dass nur einer von ihnen Dissel gekannt hatte.

»Sie haben mir sehr geholfen, ich danke Ihnen.«

Irene nickte. »Ich hoffe, Sie klären den Mordfall auf.«

»Das werde ich. Ganz bestimmt.« Henne ging zur Tür.

Bevor er auf die Straße trat, hielt Irene ihn zurück. »Das letzte Mal, als dieser Dissel hier war, hat er ziemlich viel herumkrakeelt. Etwas in der Art von: Ich würde schon noch sehen, was passiert, wenn man einen wie ihn nicht ernst nimmt. In Borna wären die Leute nicht so rückständig.«

»Sagen Sie bloß, in Borna gibt es auch eine Freimaurerloge.«

»Nicht, dass ich wüsste. Ich habe keine Ahnung, was er damit gemeint haben könnte, ich wollte es Ihnen nur gesagt haben. Der Vollständigkeit halber.«

»Danke, Sie haben mir sehr geholfen.«

Im Hinausgehen fiel Hennes Blick auf einen über dem Türstock angebrachten fünfzackigen Stern. Etwas in ihm begann zu klingen, und unvermittelt fiel ihm ein, wo er dieses Zeichen zuletzt gesehen hatte: auf einem Kalender, der in Klausers Praxis hing, direkt über dem Schreibtisch des Psychologen.

Pierre stand gedankenverloren vor dem Spiegel.

Flüchtig kam ihm der Gedanke, dass es falsch war, was er vorhatte. Schnell wies er ihn von sich. *Was ich gelobt habe, will ich erfüllen. Vom Herrn kommt Hilfe.*

Der alte Name »Pierre« versank in der Dunkelheit, er bedeutete nichts. Ab jetzt war er *der Vollender.*

Er hob die Hand und setzte sich das Messer an die rechte Schläfe. Die Klinge war scharf, er hatte sie wieder und wieder über den Wetzstahl gezogen und anschließend an den Härchen auf seinem Unterarm getestet. Er verstärkte den Druck, und die erste Locke fiel auf den Boden. Weitere folgten, und nach und nach bildeten sie einen Teppich zu seinen Füßen. Als er fertig war, stieg er achtlos über die Haare und näherte sich seinem Spiegelbild. Sein kahler Kopf war fremd und vertraut zugleich. Er musterte ihn, drehte ihn nach links und rechts. Über dem Ohr entdeckte er einen Leberfleck, von dessen Existenz er bislang nichts gewusst hatte. Ansonsten erschien ihm sein Schädel makellos wie ein großes, helles Ei.

Er breitete die Arme aus und tastete über den hölzernen Rahmen. Manche Stellen fühlten sich auch jetzt noch, lange nachdem er sie behandelt hatte, klebrig an. Doch heute nicht, er konnte keinen Makel finden. Nach Kais Opferung hatte er dessen Blut wie das der anderen Opfer verwahrt. Gestern hatte er es in einer langwierigen Zeremonie auf den Rahmen gestrichen, denn heute war sein großer Tag. Das Finale.

Pierre schloss die Augen und summte leise vor sich hin. Er hatte sein Ziel fast erreicht, er konnte es fühlen. In der letzten Nacht war eine Veränderung mit ihm vorgegangen, er war der Vollendung ein großes Stück näher gekommen.

Obwohl er immer wieder einen Schluck aus der Wasserflasche nahm, verspürte er brennenden Durst. Alles in ihm gierte nach etwas zu trinken. Wasser, Wein, was auch immer – Hauptsache, es war nass und besänftigte seine raue Kehle. Er wandte sich ab und sein Blick fiel auf den Becher, der vor dem Schrank stand. Es war ein großer Becher, außen wie innen schwarz und inmitten der abgeschnittenen Haare kaum zu sehen. Er bückte sich und hob ihn auf. Der Becher war leer, natürlich. Nur der verkrustete Rand im Inneren zeugte davon, dass er irgendetwas enthalten hatte. Pierre ging in die Küche und hielt den Becher unter den Wasserhahn. Er füllte ihn immer wieder und trank, bis er meinte, er müsse gleich zerspringen. Das kalte Nass biss in seiner Kehle, aber es machte ihm nichts aus.

Von draußen waren Stimmen durch die Wohnungstür zu hören. Die Toppzicks nebenan waren wieder mal besoffen. Zum Glück musste er sich deren Gezänk nicht mehr lange anhören, das war das Angenehme an seiner Aufgabe. Obwohl er nicht wusste, was ihn erwartete, stand fest, dass er *danach* nicht wieder in die Wohnung zurückkehren würde. Vielleicht reiste er ans Meer. Das Meer hatte ihn schon immer angezogen. Auf Mallorca war er täglich an den Strand gelaufen und hatte sich in den Sand gelegt, die Füße im Wasser, den Blick auf die Wellen gerichtet. Wie lange lag das schon zurück.

Sie haben dich verhöhnt, wisperte es in ihm. Doch nicht mehr lange, dann mussten sie erkennen, wozu er auserkoren war. Die feinen Kirchenherren würden vor ihm im Staub knien, denn er hatte sie gerettet. Diese Ignoranten. Immer hatten sie seinen Dienst an Gott mit Füßen getreten.

Die sich an nichtige Götzen halten
verlassen dich, der du ihre Zuflucht bist.
Ich aber will dir opfern
mit lautem Danken.

Gott war allmächtig, er würde gnädig sein. Pierre rollte unbehaglich mit den Schultern. Ob auch er selbst vergeben könnte?

Manchmal spürte er, wie sich die Wut in seinem Innern wie ein dicker Wurm nach oben fraß. Dann schnürte es ihm die Kehle zu, dass er meinte zu ersticken. Die Tage vor den Opferungen waren die schlimmsten. Danach wurde es ein wenig besser. Heute ging es ihm erstaunlich gut. Er verspürte keinen Groll. Vielleicht lag es daran, dass er sich zum ersten Mal ein Weib holen würde. Frauen waren weich, sie besänftigten die Seele.

Im Treppenhaus knallte eine Tür. Dreiundzwanzig Uhr, Toppzicks Schlafenszeit. Ruhe kehrte im Haus ein. Pack schlägt sich, Pack verträgt sich. So waren sie alle. Verlorene Seelen.

ZWANZIG

»Sie schon wieder?«, wurde Henne von Klauser begrüßt, als er in dessen Praxis auftauchte.

»Morgenstund hat Gold im Mund. Ich hatte Sehnsucht nach Ihnen.« Wie ein Formel-1-Pilot war er nach Borna gerast. Das Zeichen über der Tür der Leipziger Freimaurerloge, das dem auf Klausers Kalender glich, hatte ihm keine Ruhe gelassen.

»Das nehme ich Ihnen nicht ab. Fragen Sie mich, was Sie noch wissen wollen, aber bitte machen Sie es kurz. Die Sprechstunde beginnt gleich, und ich möchte meine Patienten nicht warten lassen.«

Henne hatte in Klausers Sprechzimmer niemanden gesehen, aber vielleicht warteten die Patienten ja in einem anderen Raum. Oder sie kamen erst in letzter Sekunde.

Klauser verschanzte sich hinter dem Tisch in seinem Behandlungsraum.

Henne folgte ihm und ließ sich auf einen Stuhl fallen. »Wie Sie wünschen. Als Erstes hätte ich gern gewusst, ob Sie zu den Freimaurern gehören.«

Klauser blinzelte. »Ich finde Ihre Frage reichlich albern.«

»Im Augenblick ist es das durchaus nicht. Da draußen läuft ein Mörder herum. Ich will ihn fassen, kapiert?« Henne schlug mit der Faust auf den Tisch.

»Schon gut, Sie müssen nicht herumschreien. Ja, ich bin ein Bruder. Aber ich wüsste nicht, was das mit Kai Dissels Tod zu tun haben sollte.«

»Er wollte unbedingt zu den Freimaurern gehören.«

»Dann hätte er sich an einen Orden wenden müssen.« Klauser fuhr sich über die Glatze.

»Das hat er. Er wurde abgewiesen. Ich vermute, das war der Grund, warum er in Ihre Praxis gekommen ist.«

»Er hat nichts dergleichen erwähnt. Weder hat er nach den Freimaurern gefragt noch nach der Aufnahme in eine Loge.«

Henne legte die alte Visitenkarte Klausers auf den Tisch. »Angenommen, er wollte sich bei einem Bruder einschmeicheln, damit der für ihn bürgt. Nehmen wir weiter an, er kannte niemanden, aber er hatte einen Freund, der einen Freimaurer kannte. Nämlich Sie.«

»Der Freund gibt ihm die Karte, und Herr Dissel sucht mich auf«, sagte Klauser. »Das würde erklären, warum ich bei ihm keine psychische Störung erkennen konnte.«

»Dissel war gesund, er brauchte Ihre Hilfe nicht. Er wollte sich mit Ihnen als Freimaurer, nicht als Arzt, unterhalten.«

»Da haben Sie vermutlich recht. Nichts für ungut, dass ich vorhin so grantig war. Ich habe es mir verboten, zu jedermann über meine Freimaurertätigkeit zu sprechen.« Klauser fuhr sich über das Gesicht.

»Schlechte Erfahrungen?

Klauser nickte. »Ich hatte mal einen jungen Patienten. Er war, nun ja, ein wenig sozial zurückgeblieben, aber er litt keineswegs an einer psychologischen Störung. Ich wollte seinem Leben einen neuen Inhalt geben und habe ihm von den Zielen der Freimaurer erzählt. Meinen Brüdern hat das ganz und gar nicht gefallen, seitdem halte ich lieber den Mund.«

Hennes Herz begann laut zu hämmern. »Und wie hieß dieser Patient?«

»Seinen Namen weiß ich nicht mehr. Ich erinnere mich nur deshalb an ihn, weil ich danach Ärger hatte. Ich bin ein friedlicher Mensch, ich hasse Streit.«

»Bitte, denken Sie nach. Vielleicht fällt Ihnen der Name doch noch ein. Es ist sehr wichtig.«

Klauser neigte den Kopf. Auf seiner Stirn erschien eine Falte. Plötzlich schaute er Henne an. »Ich bin mir nicht sicher, aber ich glaube, er hieß Pierre.«

»Was ist mit Ihrer Patientendatei? Ein Mann mit diesem Vornamen ist selten. Er müsste schnell in der Datei auffindbar sein, oder?«

»Normalerweise bewahre ich die Unterlagen zehn Jahre nach Abschluss der Behandlung auf. Aber vor drei Jahren hat es in der Praxis einen Brand gegeben, dabei wurde alles vernichtet. Nur die danach angelegten Fälle sind vorhanden.«

»Schade.« Henne seufzte.

Klauser sah zu Uhr. »Wenn Sie keine weiteren Fragen haben, würde ich jetzt gern mit der Sprechstunde beginnen.«

Henne verabschiedete sich und ging. Leider hatte Klauser nicht bestätigen können, dass sein Patient namens Pierre und Ritter ein und dieselbe Person waren. Trotzdem war sich Henne sicherer denn je, eine heiße Spur zu haben. Pierre Ritter hatte Dissel besser gekannt, als er ausgesagt hatte.

Da Henne aber nun schon in Borna war, konnte er ebenso gut auch noch die örtliche Meldestelle aufsuchen.

»Pierre Ritter? Das haben wir gleich.« Die Beamtin der Meldebehörde zeigte auf den Bildschirm ihres PC. »Hier ist er. Geboren am 04.07.1986, verzogen nach Leipzig.«

»Haben Sie einen Hinweis auf Verwandte?«

Die Beamtin tippte sich durch das Menü, dann schüttelte sie den Kopf. »Tut mir leid, Fehlanzeige.«

»Steht da sonst noch irgendetwas über ihn? Ich bin für jeden Hinweis dankbar.«

»Er war Mitglied der hiesigen Kirchgemeinde. Jedenfalls wurden seine Meldedaten an das Gemeindemitgliederverzeichnis übermittelt.«

Schnell fand Henne heraus, dass Ritter zur katholischen Pfarrgemeinde gehört hatte und in der Pfarrei in der Stauffenbergstraße kein Unbekannter war. Man erinnerte sich noch gut an den jungen Mann, vor allem, weil es während seines Einsatzes bei der Durchführung einer Kinderwoche in Spanien zu unangenehmen Zwischenfällen gekommen war. In der Folge verzichtete die Pfarrei auf Ritters Mitarbeit, eine Maßnahme, für die dieser kein Verständnis hatte.

Henne fragte sich, warum er nicht schon eher auf die Kirchgemeinde gekommen war. Wie hatte Kleine, der Pfarrer der Leipziger Liebfrauenkirche, gleich gesagt? Ritter kenne sich in der Bibel besser aus als er …

Pierre hatte alles genau durchdacht. Nichts konnte schiefgehen, er war bestens vorbereitet. In seinem Rucksack befand sich das

Seil. Auch breites Klebeband hatte er gekauft, eines, mit dem man sogar große Pakete schnüren konnte.

Er lächelte. Bald hatte er seine Aufgabe erfüllt, dann war er erlöst, endlich. Lange hätte er nicht mehr weitermachen können. Weder nervlich noch aus anderen Gründen. Der schwerwiegendste war die Tatsache, dass die Polizei noch immer nach Kais Mörder suchte. Vielleicht hätte er dessen Opferung doch nicht so offensichtlich in einem öffentlichen Park zelebrieren sollen. Aber für solche Zweifel war es jetzt zu spät. Es wurde Zeit, dass er es schnell zu Ende brachte.

Tabea saß konzentriert an ihrem Schreibtisch. Bestimmt prüfte sie wieder jeden Cent, den irgendein armes Schwein aus einer Lebensversicherung beanspruchte.

Als hätte sie seinen Blick gespürt, schaute sie auf. »Nimm endlich die doofe Mütze ab. Wenn Latzky dich sieht, gibt es Ärger.«

Ärger bekommt hier nur eine, und das bist du, dachte Pierre. »Mir ist kalt.«

»Die Heizung steht auf der höchsten Stufe.«

»Hatten wir nicht mal ein paar Heizlüfter?«

Natürlich gab es die noch. Angeschafft im eisigen Winter vor ein paar Jahren, standen sie seitdem in dem kleinen Raum herum, der als Aufbewahrungsort für alle möglichen Sachen diente. Erst gestern hatte er sich davon überzeugt, dass die Heizlüfter noch da waren. Bei der Gelegenheit hatte er ein paar Verbesserungen an der Raumausstattung vorgenommen. Zum Beispiel hatte er den dort stehenden kaputten Drehstuhl durch einen anderen ersetzt, einen mit Armlehnen. Eine notwendige Ausstattung für das, was er vorhatte. Auch sein Rucksack wartete dort.

»Die Geräte müssten hinten im Kabuff sein«, sagte Tabea. Mit *hinten im Kabuff* meinte sie den Abstellraum. Es lief wie geschmiert.

»Hilfst du mir, zwei zu holen?«

»Wozu zwei? Einer reicht sicher, um das Büro warm zu bekommen.«

Auch darauf war er vorbereitet. »Für jede Seite einen, sonst werde ich nie warm. Hilf mir einfach, okay?«

Tabea konnte sich offenbar nicht durchringen, aufzustehen und mitzukommen. Sie schaute kaum von ihrer Arbeit auf. Pierre rieb sich die Hände, als wäre ihm wirklich kalt, und bemühte sich um einen mitleiderregenden Blick. Kurz nach sechs, die anderen hatten längst Feierabend gemacht. Wenn es jetzt nicht klappte, musste er es morgen erneut versuchen und sich eine neue Ausrede ausdenken. Es war wichtig, dass er und Tabea allein waren.

Schließlich erhob sich Tabea doch. »Na gut, gehen wir.« Sie schlug die Akte zu, an der sie gearbeitet hatte.

Erleichtert folgte er ihr.

Das Kabuff hatte keine Fenster. Kaum war Tabea eingetreten, packte er den Knüppel, den er neben der Tür platziert hatte, und zog ihn ihr über den Kopf. Wie ein gefällter Baum ging sie zu Boden, und er machte sich ans Werk.

Uta Trettau holte tief Luft, dann drückte sie auf die Klinke der Tür, hinter der die Kollegen versammelt waren. Die Mitglieder der SoKo hatten sich wie immer am Ende des Tages im Beratungsraum zusammengefunden, um sich gegenseitig über den aktuellen Ermittlungsstand zu informieren. Trettau hatte bis jetzt bei Schuster im Büro gesessen. Der Alte wollte Ergebnisse sehen, dabei hatte sie nur wenig vorzuweisen. Sie hatten noch immer keinen Verdächtigen ausfindig gemacht.

»Ich habe die Datenbank des Bundeskriminalamts durchsucht«, sagte Marie gerade. »Es gibt keinen vergleichbaren Fall.«

Marie stand an der Stirnseite des Tisches. Um den Tisch herum saßen Reinboldt, Korndörfer und Frank. Henne fehlte. Hoffentlich hatte er ihren Rat beherzigt und schonte sich endlich.

Reinboldt schnippte mit den Fingern. Konnte der sich nicht wie ein normaler Mensch verhalten? Jeder bekam in dieser Runde seine Redezeit.

Trettau setzte sich neben ihn. »Was gibt es?«

»Die Sichtung der Papiere aus Dissels Wohnung ist abgeschlossen.«

»Und?«

»Im Grunde hat sich nichts Wesentliches ergeben. Eines nur: Die Telefonrechnungen der letzten zwei Monate weisen eine Nummer auf, die Dissel öfter als die anderen gewählt hat.«

Das deutete auf einen besonderen Kontakt hin. Endlich ein Anhaltspunkt, wenn auch nur ein kleiner. »Marie?«

Vorne am Tisch drehte Marie sich zu ihr um.

»Frag bei der Telekom nach, wem der Anschluss mit dieser Nummer gehört.«

»Geht klar.«

»Feierabend für heute«, sagte Trettau und stand auf.

Die Kollegen gingen, nur Frank wartete auf sie. »Kommst du mit auf einen Drink?«

»Gerne. Den habe ich bitter nötig.«

»Schuster macht dir die Hölle heiß, was?«

Als ob sie ihm das erzählen würde. Das Klingeln ihres Telefons ersparte es ihr, Frank anzulügen.

»Ja, bitte?«

»Latzky hier, von der Vicanz-Versicherung. Ich sollte mich melden, wenn mir noch etwas einfällt. Sie ermitteln doch noch wegen des Todes von diesem Kai Dissel, oder?«

»Natürlich. Was gibt es denn?«

»Am besten, Sie kommen zu mir ins Büro. Ich möchte nicht gern am Telefon darüber sprechen.«

»Wie wäre es mit morgen Vormittag? So gegen zehn?«

»Dann ist es vielleicht schon zu spät.«

»Verstehe, ich komme sofort.«

Trettau beendete das Gespräch. »Das war Latzky.«

Frank schaute sie fragend an.

»Ein Abteilungsleiter von der Versicherung, bei der Dissel eine Lebensversicherung abgeschlossen hatte«, erklärte sie. »Die Akte von Kai Dissel habe ich schon eingesehen, aber anscheinend ist ihm noch etwas Wichtiges eingefallen.«

»Das klingt, als ob wir vielleicht ein Motiv finden könnten.«

Trettau nickte. »Ich gehe gleich noch bei der Vicanz vorbei. Herr Latzky erwartet mich.«

»Also muss ich meinen Martini – geschüttelt, nicht gerührt – wohl alleine trinken, was?«

»Tut mir leid, 007. Morgen ist auch noch ein Tag.« Trettau lächelte Frank zum Abschied zu.

Mit verschränkten Armen stand Pierre an den Türrahmen des Kabuffs gelehnt und beobachtete, wie Tabea allmählich zu sich kam. Er hatte sie auf den Drehstuhl gesetzt und mit dem Klebeband ihre Unterarme an die Armlehnen fixiert. Ihre Füße waren an das Stuhlkreuz gebunden. Den restlichen Körper hatte er mit dem Seil verschnürt. Tabea konnte sich nicht bewegen. Ebenso wenig konnte sie schreien, denn vorsorglich hatte er auch ihren Mund verklebt. Als sie ihre Lage zu registrieren schien, riss sie an ihren Fesseln und verzerrte das Gesicht, doch das Klebeband auf ihrem Mund verhinderte ihren Schrei. Das rührte ihn, er wollte ihr nicht unnötig wehtun.

Er beugte sich über sie. »Du musst keine Angst haben. Es wird nicht lange dauern, dann ist deine Seele frei.«

Tabea wand sich noch heftiger unter dem Seil. Klar, sie begriff nicht, was er vorhatte. Er musste es ihr erklären, dann würde sie vielleicht kooperieren.

Mit einem Ruck zog er sich die Mütze vom Kopf. Sie drehte den Kopf zur Seite, doch er packte ihr Kinn und zwang sie, ihn anzuschauen. »Ich nehme dein Blut und reibe meinen Kopf damit ein. Danach erlöse ich dich. Mein Messer ist scharf, du wirst es kaum spüren.«

Tabea ächzte und strampelte mit den Füßen.

Er ließ ihr Kinn los und richtete die Taschenlampe auf ihren Arm. Dann nahm er das Messer zur Hand und begann, die Bluse bis zur Ellenbeuge aufzuschneiden. Tabea gab unartikulierte Töne von sich. Er versuchte, sie zu ignorieren, doch es gelang ihm nicht. »Halt den Mund.«

Sie war sofort still.

»Braves Mädchen.« Er tupfte ihre Haut mit dem Desinfektionsmittel ab, dann setzte er die Kanüle an.

Unvermittelt bäumte sich Tabea auf. Die Bewegung überrumpelte ihn. Seine Hand rutschte ab. Die Kanüle traf die Plastiklehne des Stuhles und zerbrach. »Verdammt.«

Er holte aus, um ihr ins Gesicht zu schlagen, besann sich jedoch im letzten Augenblick. »Das ändert nicht das Geringste. Gar nichts, klar?«

Aufgebracht wühlte er in seinem Rucksack herum. Wo, in

Gottes Namen, war die Ersatzkanüle? Er musste sie zu Hause vergessen haben. Sie zu holen, kostete Zeit. Aber ohne sie kam er nicht weiter. Tabea lief ihm nicht weg. Der Gedanke erheiterte ihn.

»Hör zu, ich bin gleich zurück. Wehe, du machst Ärger, dann wird es richtig schlimm für dich.« Er fragte sich, ob sie ihn verstanden hatte. Ihr Blick war leer, das Make-up verschmiert. Eine Strähne ihres Haares klemmte unter dem Klebeband an ihrem rechten Mundwinkel. Schulterzuckend wandte er sich um und verließ den Raum.

Fast hatte er den Fahrstuhl erreicht, da bog Latzky um die Ecke. Er hatte den Hemdkragen gelockert und die Ärmel aufgekrempelt. Trotz des Teppichbelages klangen seine Schritte laut, als er am Fahrstuhl vorbeimarschierte.

»Feierabend, Herr Ritter?«

Pierre brachte kein Wort heraus und nickte bloß.

»Gut so, ich bin auch gleich weg.« Latzky bog in den Gang, der zu seinem Büro führte.

Pierre atmete aus. So, wie er den Chef kannte, würde der jeden Moment in seinen Audi steigen. Der Weg zum Ausgang führte statt zum Ende des Ganges in die andere Richtung. Die Gefahr, dass er auch nur in die Nähe des Kabuffs kam, war gebannt.

Henne hatte in Pierre Ritters Büro angerufen und als der sich am Telefon gemeldet hatte, schnell aufgelegt. Seitdem wartete er. Eine Zeit lang betrachtete er durch ein Fenster das Angebot eines Bäckers. Auf der Theke stand die verlockendste Sahnetorte der Welt, verziert mit dem dicksten Schokoladenguss, den er je gesehen hatte. Erika würde ihn umbringen, wenn er ein Stück davon verzehrte.

Seufzend wandte er sich ab und bezog an einer Häuserecke Stellung. Als er sich fragte, ob er Pierre nicht doch besser vor dessen Wohnung abpassen sollte, kam der junge Mann aus dem Gebäude der Vicanz-Versicherung. Es war achtzehn Uhr dreißig, und auf dem Augustusplatz herrschte unüberschaubares Gedränge. Im Zwei-Minuten-Takt spuckten Straßenbahnen einen Pulk von Menschen aus. Sie eilten an Henne vorbei, die meisten in Richtung Innenstadt. Niemand nahm Notiz von ihm. Damit hatte er gerechnet, deshalb hatte er diese Stelle gewählt.

Pierre sollte sich sicher fühlen. Henne hätte seine Polizistennase verwetten können, dass er etwas verbarg. Ritter war Dissels Freund gewesen, das stand für ihn fest. Doch statt wie ein echter Freund um den Toten zu trauern, hatte Ritter die Freundschaft verheimlicht. Normal war das nicht. Vielleicht teilte Pierre Dissels Begeisterung für mystische Organisationen, gepaart mit falsch verstandenem Glauben. Dissels PC strotzte nur so von Bibelzitaten. Pierre war Mitglied der Kirchgemeinde. Irgendwo musste es eine Verbindung geben, doch damit brauchte er Trettau und der SoKo nicht zu kommen. Er hatte keine Beweise, und bloße Vermutungen waren viel zu wenig, um Pierres Festnahme zu rechtfertigen. Er musste ihn noch einmal befragen, aber so, dass Ritter ihm nicht länger ausweichen konnte.

Pierre hielt sich nicht mit den roten Ampeln auf, sondern überquerte zwischen hupenden Autos die Straße. Am Gewandhaus bog er ab und lief zur Moritzbastei.

Henne schlug den Kragen seiner Lederjacke hoch und folgte ihm. Er achtete darauf, dass er im Schatten der Hauswände blieb. Es war eine unnötige Vorsichtsmaßnahme. Pierre schaute nicht ein einziges Mal zurück.

Am Leuschnerplatz schloss er einen dunkelblauen Corsa auf. Jetzt verwünschte Henne die Idee, ihn zu Fuß observieren zu wollen und setzte sich in Trab. Gerade noch rechtzeitig erreichte er den Opel und klopfte an die Scheibe.

»Hallo, Herr Ritter. Lange nicht gesehen, wie?«

Die Freude über seinen Anblick musste Pierre die Sprache verschlagen haben. Er starrte Henne stumm an, als sähe er ein Gespenst.

Henne lief derweil um das Auto herum und öffnete die Tür. »Darf ich?« Er zeigte auf den Beifahrersitz.

Pierre nickte wortlos.

»Ich wollte schon lange mit Ihnen sprechen. Was dagegen?«, fragte Henne und lehnte sich zurück.

Pierre drehte den Zündschlüssel im Schloss. »Ich bin auf dem Heimweg.«

»Fein, ich begleite Sie. Wir können uns ja auf der Fahrt unterhalten.« Henne tastete in der Jackentasche nach seinem Handy, doch er griff ins Leere. Vermutlich lag es noch auf dem Küchentisch. Kein Problem, er würde die SoKo später von seinem Plan unterrichten.

Pierre konzentrierte sich auf den Straßenverkehr. Was hatte der Bulle vor? Hegte er einen Verdacht? Er musste diesen Heine so schnell wie möglich loswerden. Er riskierte einen schnellen Blick zur Seite. Dem Bullen schien es schlecht zu gehen. Sein Gesicht sah richtig grau aus.

Für einen Moment schloss er die Augen, so sehr überwältigte ihn die Idee, die wie aus dem Nichts in ihm aufgestiegen war. Dieser Heine hatte eine dunkle Haut. Wie einer der Weisen aus dem Morgenland. Das war ein Fingerzeig. Gott wollte nicht Tabea, Gott wollte diesen Menschen hier. Er musste nur zusehen, dass er ihn in seine Gewalt bekam.

Pierre gab sich keine Mühe, mit Heine ins Gespräch zu kommen.

»Wo wohnen Sie denn?«, fragte Henne.

Als ob der das nicht längst wüsste. Ihm konnte der Bulle nichts vormachen. Ohne Grund war der bestimmt nicht ins Auto gestiegen. »In Lindenau, Josephstraße 13.«

»Das ist in der Nähe der Liebfrauenkirche, wo wir uns das erste Mal begegnet sind, stimmt's?«

»Stimmt. Ich mag es nicht, wenn ich lange laufen muss, um in die Kirche zu kommen.«

»Ich war vor Kurzem in Borna, da steht die Emmauskirche. Die wurde von Heuersdorf nach Borna transportiert, zwölf Kilometer weit. Das muss man sich mal vorstellen. So weit ist die Menschheit schon, dass ganze Häuser einfach von einem Ort zum anderen verschoben werden können.«

Pierre antwortete nicht. Er überlegte, wie er ihn überwältigen konnte. Denn eines war ihm klar: Freiwillig würde der sich nicht opfern lassen.

Schweigend stiegen sie nebeneinander die Treppe zur Wohnung hinauf. Pierre öffnete die Tür und ließ Heine den Vortritt. Der schwankte. Jetzt bemerkte Pierre auch den Schweiß auf seiner Stirn.

»Ist Ihnen nicht gut?«, fragte er.

»Das gibt sich gleich.« Heine zog seine Jacke aus. Auf seinem Rücken war ein dunkler Schweißfleck zu sehen.

»Legen Sie sich einen Moment hin«, sagte Pierre und zeigte auf die Couch. »Ich bringe Ihnen ein Glas Wasser.«

Wider Erwarten fügte sich Heine. Pierre nahm es als ein Zeichen, dass es ihm wirklich schlecht gehen musste.

Er eilte in die Küche. Irgendwo hatte er noch einen Rest der Gifttinktur. Hastig kramte er im Schrank, wo er die Flasche nach einigem Wühlen fand. Ihr Inhalt war eingetrocknet, doch ihm blieb keine Zeit, nach einem anderen Betäubungsmittel zu suchen. Ein wenig Wasser dazu, ein paar Mal kräftig geschüttelt, dann füllte er die Flüssigkeit in eine Tasse und goss Leitungswasser darauf. Nichts deutete darauf hin, dass das Wasser einen tödlichen Zusatz enthielt.

Ein Hochgefühl erfasste ihn. Es war, als hätte etwas Unbegreifliches von ihm Besitz genommen. Etwas, das sich nicht mit Alltagsworten wiedergeben ließ. Vielleicht war es dieses Gewürz der Seeligen, von dem die alte Naumann aus dem Erdgeschoss gesprochen hatte.

Pierre konnte nicht anders, er musste lachen. Schnell hielt er sich die Hand vor den Mund. Bald war alles vorbei.

Unvermittelt überfielen ihn Zweifel. Was sollte er tun, wenn sich Heine sträubte, das Wasser zu trinken?

Sein Blick fiel auf den Holzblock, in dem wie ein einsamer Held das letzte große Messer steckte. Sein Mund wurde trocken, und er fuhr sich mit der Zunge über die Lippen.

Was ich gelobt habe,
will ich erfüllen.
Vom Herrn
kommt die Rettung.

Gott war auf seiner Seite, an diesen Gedanken klammerte Pierre sich. *Was ich tue, ist recht. Was ich tue, ist recht* … Der Singsang beruhigte ihn. Es gab kein Zurück.

Heine war auf der Couch zusammengesunken. Er hatte die

Augen geschlossen, seine Atmung war flach. Schnell hielt Pierre ihm die Tasse an die Lippen. Der Kommissar griff zu und trank in tiefen Zügen.

EINUNDZWANZIG

Das Gebäude der Vicanz-Versicherung lag im Dunkeln, nur im Treppenhaus brannte noch Licht. Uta Trettau knipste ihre Taschenlampe an und lief den mit einem grauen Teppich ausgelegten Gang entlang. Der Teppich dämpfte ihre Schritte. An einem Abzweig orientierte sie sich an den Hinweisschildern. Wo, verdammt noch mal, war Latzkys Büro? Normalerweise hätte sie jemanden um Auskunft gebeten, doch die Mitarbeiter schienen alle schon zu Hause zu sein. Keine Spur der üblichen Geschäftigkeit, die sonst in dem Unternehmen mit mehreren hundert Beschäftigten herrschte. Sie konnte von Glück reden, dass sie der Nachtportier überhaupt hereingelassen hatte. Er hatte erst die Tür geöffnet, nachdem er bei Latzky nachgefragt hatte, ob der sie wirklich erwartete.

Bei ihrem ersten Besuch hatte sie den Fahrstuhl benutzt. Demzufolge musste sie in eines der oberen Stockwerke. Zunächst wollte sie ihr Glück in der ersten Etage versuchen. Ein Aufkleber in der Lifttür sagte ihr jedoch, dass sich dort nur die Kantine befand. Also drückte sie den Knopf mit Nummer zwei. Mit einem leisen Zischen hielt der Fahrstuhl kurz darauf, und Trettau stieg aus.

Sie hielt sich links und überflog die Namensschilder neben den Zimmertüren. Tabea Schopp, Pierre Ritter. Sie war auf dem richtigen Weg.

Fünfzig Meter weiter jedoch stand sie plötzlich vor einer Wand. Sie war in einer Sackgasse gelandet. Offenbar war sie in die falsche Richtung gelaufen. Die Stille auf dem Gang wurde nur von einem stetigen leisen Summen unterbrochen. Das musste die Belüftungsanlage sein. Trettau versuchte sich in Erinnerung zu rufen, wie sie von Latzky in Ritters Büro gelangt war. Ritters Namen hatte sie vorhin an der Tür gelesen, sie musste nur bis dorthin zurückgehen und dann den Weg zu Latzky zurückverfolgen.

Trettau wandte sich um, als sie ein Geräusch vernahm. Sie verharrte und lauschte. Doch da war nur das bekannte Summen. Bestimmt hatte sie sich getäuscht. Schon wollte sie weitergehen, da rumpelte es. Es schien aus dem hintersten Zimmer zu kommen.

Trettau trat an die Tür und legte den Kopf schief, um besser zu hören. Es rumpelte erneut.

Das Haus war alt, wer wusste, wie es hinter den mit Gipskarton verkleideten Wänden aussah. Womöglich gab es hier Ungeziefer oder Ratten. Die spazierten sogar am hellen Tag quer über den Leuschnerplatz. Das hatte Trettau mit eigenen Augen gesehen.

Sie presste ihr Ohr an die Tür. Jetzt vermeinte sie, ein Schaben zu hören, als ob etwas über den Boden gezogen wurde. Leise klopfte sie. Das Schaben verstärkte sich, ging in ein gedämpftes Wummern über und brach dann abrupt ab. Das konnten keine Ratten sein.

Trettau fingerte in ihrer Tasche herum. Henne hatte ihr nach einem Fall einmal einen Dietrich überlassen. Soweit sie wusste, hatte er das Werkzeug einem Kleinkriminellen abgenommen. Ihre Finger schlossen sich um das kühle Metall des Dietrichs. Behutsam führte sie ihn in das Schloss. Ein Drehen, ein Knacken, und die Tür war offen.

Trettau streifte ihre Vinylhandschuhe über und schob die Tür vollends auf. Vorsichtig tastete sie nach dem Lichtschalter. Als das Licht anging, sah sie eine Gestalt auf einem Stuhl. Ihr Kinn war auf die Brust gesunken, die Schultern nach vorn gesackt. Quer über den Oberkörper verlief ein Seil, das auch um den Stuhl geschlungen war. Ohne diese Fesseln wäre sie längst von dem Stuhl gefallen. Der eine Ärmel war zerrissen und legte einen dünnen Arm bloß. Es war eine Frau, hoffentlich lebte sie noch.

»Mein Gott!« Schnell löste Trettau die Fesseln.

Die Frau bewegte sich, dann schlug sie unvermittelt nach ihr.

Trettau bekam ihre Hände zu fassen und hielt sie fest. »Ich bin Kommissarin, Kriminalpolizei, Sie sind in Sicherheit.«

Es dauerte einen Augenblick, ehe die Frau Trettaus eindringlich gesprochenen Worte zu begreifen schien und innehielt. Mit weit aufgerissenen Augen sah sie Trettau an, dann zerrte sie an dem Klebeband auf ihrem Mund. Zentimeter für Zentimeter löste sie es ab. Sie musste höllische Schmerzen dabei haben, Tränen liefen über ihre Wangen. Mit einem Ruck riss sie das letzte Stück ab, sodass sie endlich sprechen konnte.

»Er muss jeden Augenblick auftauchen. Sie müssen ihn verhaften!«

»Bitte beruhigen Sie sich, Ihnen kann nichts mehr geschehen. Wer sind Sie eigentlich?« Trettau entwirrte auch die Fesseln an ihren Beinen und half ihr aufzustehen.

»Tabea Schopp, ich arbeite hier. Halten Sie Pierre auf, er ist verrückt, völlig durchgedreht …« Tabea verhaspelte sich und begann dann langsamer alles zu erzählen, was sie von ihrem Angreifer wusste.

»Sie waren sehr tapfer.«

»Wenn man etwas unbedingt will, kann man es schaffen, selbst wenn es zunächst unmöglich erscheint.« Tabeas Stimme zitterte noch immer.

Trettau wählte Maries Nummer. Sie war nach dem ersten Klingeln am Apparat.

»Finde heraus, wo ein gewisser Pierre Ritter wohnt«, sagte Trettau schnell.

Maries Antwort kam wie aus der Pistole geschossen. »Josephstraße 14.«

»Woher …?«

»Ihm gehört die Telefonnummer, die Reinboldt auf Dissels Abrechnungen aufgefallen ist.«

Volltreffer, endlich hatten sie einen Verdächtigen. »Wir fahren dorthin. Gib den anderen Bescheid.«

»Reinboldt hat die Anschrift bereits. Er ist unterwegs.«

Trettau wandte sich an Tabea. »Können Sie laufen?«

Tabea machte ein paar vorsichtige Schritte und nickte.

»Ich bringe Sie zu Herrn Latzky, er ist noch in seinem Büro. Nachher kommt jemand aus der Polizeidirektion vorbei, der wird Ihre Aussage aufnehmen.«

Kaum hatte sie Tabea bei Latzky abgeliefert, rannte sie zu ihrem Wagen.

Henne wollte aufstehen. Etwas hielt ihn fest, er konnte sich kaum bewegen. Unter den Händen fühlte er derben Stoff, als würde er flach auf einer Couch liegen. Wahrscheinlich war das die Strafe, dass er die dummen Tabletten vergessen hatte: Er hatte einen neuen Infarkt bekommen.

Mühsam öffnete er die Augen. Es war düster, aber hell genug

um zu erkennen, was ihn am Aufstehen hinderte. Er war gefesselt. Wie das Netz einer Spinne spannte sich eine Wäscheleine kreuz und quer über seinen Körper, doch sie saß nicht besonders fest. Er konnte seine Arme bewegen, zumindest wenn er sich Mühe gab.

»Gut, Sie sind wach«, hörte Henne eine Stimme neben sich.

Er drehte den Kopf. Pierre Ritter saß auf einem Stuhl. Statt Shirt und Jeans war er nackt bis auf ein Tuch, das er um seine Hüften geschlungen hatte. Sein Schädel war kahl und mit Strichzeichnungen verziert. Henne erkannte eine Schlange. Es war ein gespenstischer Anblick.

Mist, Mist, Mist, ging es durch seinen Kopf. »Mir ist schlecht«, sagte er.

»Bald haben Sie es überstanden.«

»Wollen Sie mich töten?«

»Im Gegenteil, ich rette Sie.«

Was für eine gequirlte Kacke. Pierre war übergeschnappt, keine Frage. Henne musste mit ihm reden, ihn hinhalten. »Stecken Sie sich Ihren Rettungsversuch sonst wohin. Ich muss ins Bad. Wenn Sie nicht wollen, dass ich hier alles vollkotze, machen Sie mich los. Es ist schon schlimm genug für mich, dass ich auf Ihre Hilfe angewiesen bin.«

»Ach ja?«

»Ich verstehe mich ziemlich gut auf das, was ich tue, normalerweise.«

»Nämlich?«

»Verbrecher zu verhaften. Typen wie Sie. Religiöse Fanatiker. Sie sind ein Mörder, Ritter. Sie haben Kai Dissel umgebracht, geben Sie es zu.« Henne schob die Hände unter seinen Körper, Zentimeter um Zentimeter, ganz langsam. Dabei ließ er Pierre nicht aus den Augen.

Der schien Spaß an der Unterhaltung zu haben, denn sein Mund verzog sich zu einem Lächeln. »Kai, die anderen – was bedeutet das schon? Jetzt ist nur noch einer wichtig: Sie.«

Oh Gott, dieser Pierre war verrückter, als Henne erwartet hatte. Offenbar war Dissel nicht sein einziges Opfer gewesen. Er hatte noch mehr Menschen auf dem Gewissen. »Was soll das heißen, die anderen?«

Pierre beugte sich zu ihm herüber, sodass Henne den metallischen Geruch wahrnahm, der an ihm haftete: Blut.

»Johann Kaster, Alfons Krämer, Ulf Wehrmann, Theo Meister, Lutz Brummer, Kai Dissel. Und jetzt du. Sieben Leben für das der gesamten Menschheit. Ein guter Tausch, meinst du nicht?« Pierre lachte.

»Du Schwein bist kein einfacher Mörder, du bist ein Serienkiller.« Und für jeden Mord wirst du bezahlen, ergänzte Henne in Gedanken.

Pierres Lachen erstarb. Er sprang auf und presste Henne ein Messer an den Hals. Henne hatte nicht gesehen, wo es auf einmal hergekommen war. Pierre musste es die ganze Zeit in der Hand gehalten haben.

»Dir fehlt Respekt, Schwarzer. Es macht mir nichts aus, wenn du mich duzt, schließlich sind wir alle Geschöpfe des Herrn. Doch mich als Killer zu bezeichnen, das geht zu weit, verstanden?« Pierre drückte zu.

Henne fühlte etwas Warmes an seinem Hals hinabrinnen, der Schmerz kam danach. Er schloss die Augen. Sein Herz schlug heftig, er wollte nicht sterben, nicht so. Wie würde Erika es aufnehmen, wenn sie erfuhr, dass er so zu Tode gekommen war, in den Händen eines verrückten Serienkillers? Sie würde daran zerbrechen, ganz bestimmt. Das konnte er ihr nicht antun.

Er hörte Pierre atmen, dann scharrte etwas über den Boden. Unvermittelt verschwand der Druck an seinem Hals. Henne schlug die Augen auf. Pierre saß auf seinem Stuhl, als hätte er ihn nie verlassen. »Du sollst alles wissen. Für mich bist du ein besonderes Geschenk.«

»Der Höhepunkt deiner Karriere?« Pierre sollte bloß nicht glauben, dass er vor ihm um Gnade winselte.

»Sehr witzig. Bei Gelegenheit lache ich darüber.«

»Sag Bescheid, wenn es so weit ist.« Henne verstärkte seine Anstrengungen, die Fesseln zu lockern. Seine Augen hatten sich an das schummrige Licht gewöhnt, und er sah, dass mehrere Gegenstände auf einem Tisch lagen, darunter das Messer und ein Buch.

Pierres Miene hatte sich verfinstert.

»Was ist los?« Henne hatte den linken Arm beinah frei, vielleicht konnte er ihn in einem unbeobachteten Moment unter den Stricken hervorziehen. Doch er musste aufpassen. Er wollte nicht riskieren, dass Pierre kontrollierte, wie es um ihn stand, ehe er auch den rechten Arm bewegen konnte.

Pierre schien nichts zu bemerken, er brütete vor sich hin.

»He, Pierre. Rede mit mir.«

»Reden? Ist es das, was du willst?« Pierre zeigte auf die Bibel, die auf dem Tisch lag. »Vielleicht hast du recht. Ich werde dir sagen, was passiert. Wenn du mir gut zuhörst, wirst du einsehen, dass dein Tod eine unvermeidliche Maßnahme ist. Womöglich bist du sogar bereit, freiwillig deinen Körper zu geben.«

Wenn er sich da nur mal nicht irrte. »Fang endlich an, ich platze vor Neugier.«

»Glaubst du an Gott?«

»Natürlich«, antwortete Henne nicht ganz wahrheitsgemäß.

»Gut. Die Apokalypse naht. Die Posaunen haben längst geblasen …«

»Redest du etwa von *den* Posaunen?« Ihm fielen die Zeilen aus dem Neuen Testament ein. *»Und da es das siebente Siegel auftat, ward eine Stille in dem Himmel bei einer halben Stunde. Und ich sah die sieben Engel, die da stehen vor Gott, und ihnen wurden sieben Posaunen gegeben«,* sagte er leise.

Pierre nickte, wobei Henne meinte, ein Aufblitzen in seinen Augen zu sehen. »Du kennst also das Buch mit den sieben Siegeln. Ich verschwende meine Zeit. Lass uns mit der Opferung beginnen.«

Im Stillen verfluchte sich Henne, dass er nicht den Mund gehalten hatte. »Warte noch. Es ist lange her, ich kann mich nicht genau erinnern, was die Vorhersagung betrifft.«

»Die Apokalypse ist nah. Die Reiter – erinnerst du dich? Der Erste sitzt auf einem weißem Pferd. Er ist der Mensch der Bosheit, der Antichrist, der in Frieden kommt und Liebe ausstrahlt. Die Menschen vertrauen ihm und lassen sich von ihm führen. Er leitet den Untergang ein. Der Zweite kommt auf einem roten Pferd. Weltkrieg, Massenvernichtung, Völkermord – alles ist bereits geschehen. Der Dritte, der auf dem schwarzen Pferd, bringt Tod und Hungersnot.«

»Das ist Geschichte. Wir leben heute in einer zivilisierten Welt.«

»Wie blind du doch bist. Schau dich doch um. Schau, was wir anrichten. Natürliche Rohstoffe werden für anderes statt für Nahrung verwendet. Wir leben ungesund, jetzt werden wir dafür bestraft. Influenza, Aids, die Vogelgrippe – Seuchen verbreiten sich über die ganze Welt. Alle zehn Jahre taucht ein neuer Supervirus auf, der sich durch deine sogenannte Zivilisation in rasender Geschwindigkeit ausbreitet. Flugzeuge sind schneller als Pferdefuhrwerke. Weißt du, wie lang die Inkubationszeit dauert? Zwei Tage. Ein Wimpernschlag für Gott.«

»Die Wissenschaftler …«

Pierre riss die Arme hoch, und Henne hielt sofort inne. Pierre sprach jetzt lauter, eindringlicher. »Ehe die Wissenschaftler merken, dass wir es mit einer Pandemie zu tun haben, ist es längst zu spät.«

»Bis jetzt ist es ihnen immer gelungen, Gegenmittel zu finden.«

»Die schlimmsten Dinge erfahren wir nicht einmal«, fuhr Pierre fort. »In Labors werden biologische Waffen hergestellt. Ein Unfall genügt, vielleicht sogar auf dem Transport, und schon gelangt das Zeug in unsere Nahrungskette. Ehe es ein Gegenmittel gibt, sind die Notaufnahmen in der ganzen Welt längst überfüllt. Die Grenzen der Belastbarkeit sind schnell erreicht, kein Krankenhaus kann damit fertig werden. Verstehst du? Das System ist darauf nicht vorbereitet. Trotzdem machen wir immer weiter. Das ist Wahnsinn. Gott hat uns schon früher Katastrophen geschickt, er wird es wieder tun. Aber diesmal wird es die Menschheit nicht überleben.« Pierre sprang auf und lief unruhig auf und ab.

Henne bewegte vorsichtig die Finger. Seine rechte Hand war eingeschlafen. »Und das alles entnimmst du der Offenbarung, was?«

»Man muss blind sein, um etwas anderes zu glauben.«

»Blödsinn.«

»Halt den Mund«, schrie Pierre.

»Was ist mit Gottes neuem Reich? Allen, die an ihn glauben, hat er es versprochen. Ein wahrer Christ muss sich nicht fürchten. Gott liebt.«

»Du!« Pierre blieb stehen und starrte Henne mit vor Wut entstellten Gesichtszügen an. »Gott spricht nur zu mir, nicht zu dir.

Also sag du mir nicht, was Gott will. Du weißt nicht das Geringste davon.«

»Immerhin so viel, dass ich mir sicher bin, ohne Sünde zu sein. Dafür hat Jesus Christus gesorgt. Er ist für unsere Sünden gestorben. Das solltest du doch wissen.«

Pierre trat ans Fenster und starrte nach draußen in die Dunkelheit. Hektisch zerrte Henne an seinen Fesseln. Das Seil war schon viel lockerer, noch ein paar Anstrengungen und er würde sich herauswinden können.

Ein Krächzen klang durch den Raum. Es dauerte ein Weilchen, bis Henne begriff, dass Pierre weinte.

»Was ist los?«

»Gib mir sieben Leben, und ich rette den Rest«, schluchzte Pierre.

»Was? Wovon redest du?« Henne zog langsam den linken Arm aus der Schlinge.

»Ich bin der einzige Mensch, den er beauftragt hat. Gott hat mich erwählt.«

»Das bildest du dir ein. Er muss niemanden erwählen, klar? Was dir fehlt, ist Vertrauen in Gott.«

Pierre wischte sich über die Augen und ging an den Tisch. »Du verstehst das nicht. Niemand glaubt so tief wie ich. Deshalb kann nur ich ihm diesen Dienst erweisen. Denke nicht, dass es mir leichtfällt.«

Henne konnte sehen, wie er zitterte. »Du musst das nicht tun«, sagte er leise, während er sich vollends befreite. Mit einem Ruck kam er hoch. »Es ist vorbei, gib auf.«

Pierre riss den Arm nach oben. In seiner Hand blitzte das Messer.

Reinboldt traf gleichzeitig mit Kommissarin Trettau vor dem Gebäude Josephstraße 14 ein. Sie hatte statt des Anoraks nur ihre Strickjacke an. Sie musste überstürzt aufgebrochen sein, oder sie hatte einfach vergessen, dass es eisig kalt war. Der Mond schien auf ihr Gesicht, silbern und unversöhnlich. So hatte Reinboldt sie noch nie gesehen, sie war ihm richtig unheimlich.

»Wir haben keine Zeit.« Trettau stieß die Haustür auf.

»Immer mit der Ruhe«, knurrte Reinboldt. Dissel hatte nur oft mit diesem Ritter telefoniert. Davon ging die Welt nicht unter.

Trettau rannte bereits die Treppe hinauf. »Ich erkläre es dir später, aber Ritter ist gefährlich.«

Auf dem Treppenabsatz stand ein Mann im Unterhemd und hämmerte an die gegenüberliegende Tür.

Trettau drängte ihn einfach beiseite. Reinboldt folgte ihr und ließ kurz seinen Ausweis sehen. Das fehlte noch, dass der Mann Ärger machte, weil sie sich nicht als Polizisten zu erkennen gegeben hatten.

Der Mann schien nichts kapiert zu haben. »Was zum Teufel …«

»Gehen Sie in Deckung.« Trettau zog ihre Waffe. Ihr Mund bildete einen Strich, so sehr presste sie die Lippen aufeinander. Offenbar war dieser Ritter doch nicht nur der harmlose Telefonpartner, wie er angenommen hatte.

Reinboldt drückte auf den Klingelknopf, unter dem Ritters Name stand.

Niemand öffnete.

Trettau wandte sich zu dem Mann, der mit offenem Mund auf ihre Pistole starrte. »Herr …«

»Toppzick, Markus.«

»Herr Toppzick, wissen Sie, ob Herr Ritter zu Hause ist?«

Reinboldt musterte den Mann. Ein Penner, das erkannte er auf den ersten Blick. Glasige Augen, verdreckte Klamotten. Den Alkoholdunst, den Toppzick verströmte, konnte er selbst aus der Entfernung riechen. Was sollte so einer schon wissen? Solche Typen dachten nur daran, woher sie die nächste Pulle bekamen.

»Klar weeß ich das«, sagte Toppzick. »Der is vorhin gegomm, aber der war nich alleene.«

»Aufmachen«, befahl Trettau Reinboldt.

Er zögerte. Wenn Ritter und sein Gast harmlos beim Abendessen saßen, und sie platzten einfach dazwischen, ging das böse aus, und zwar nicht nur für Trettau, sondern auch für ihn. Ein Verweis des Polizeidirektors war da noch die geringste Strafe.

»Henne ist da drin«, flüsterte Trettau. »Er ist in Gefahr.«

Reinboldt sah die Angst in ihren Augen und warf sich gegen die Tür. Das Holz splitterte, und die Tür flog auf. Trettau stürmte ins Innere.

Die Waffe im Anschlag rannte er ihr nach. In der Stubentür holte er sie ein. Als er über ihre Schulter sah, erstarrte er. Ein glatzköpfiger junger Mann stand über Henne gebeugt, eine Klinge in der Hand.

Henne atmete tief und abgehackt. Seine Lippen bewegten sich, doch Reinboldt konnte nicht verstehen, was er sagte. Ihm war, als würde die Zeit stehen bleiben. Ein Krächzen aus Hennes Mund löste den Bann.

»Werfen Sie das Messer weg«, brüllte Reinboldt und zerrte Trettau zur Seite.

Der Mann, es musste dieser Ritter sein, zuckte zusammen und drehte sich zu ihm um, machte aber keine Anstalten, das Messer fallen zu lassen.

»Nicht schießen!«, rief Henne.

In diesem Moment schnellte Ritter zu Henne zurück und holte aus, um ihm das Messer ins Herz zu stoßen.

Reinboldt drückte ab. Der Schuss dröhnte in ihm nach, die Waffe schien auf einmal Tonnen zu wiegen. Er hatte nicht die Kraft, sie länger zu halten und ließ die Arme sinken. Henne sagte etwas, aber er hörte keinen Ton. Es war, als würde er in einem Wattenebel stecken.

Ritter war zusammengesackt. Unter seinem linken Schulterblatt klaffte ein Loch. Er hatte ihn in den Rücken geschossen, als er sich umdrehte, um das Messer in Henne zu rammen.

Der fasste sich an die Brust und fiel zurück auf die Couch.

»Ruf einen Krankenwagen.« Trettau warf ihm ihr Handy zu und schon begann sie, Hennes Hemd aufzuknöpfen. Erste Hilfe war wirklich ihre Spezialität.

Während Reinboldt automatisch den Notruf wählte, starrte er auf Ritter, der neben der Couch lag und sich nicht rührte. Die Schlange auf dessen kahlen Schädel sah aus, als würde sie jeden Moment zu ihm gekrochen kommen, um ihn zu holen.

ZWEIUNDZWANZIG

Henne staunte, als Reinboldt an seinem Krankenbett auftauchte und Pallauer gleich mitbrachte.

»Wetten, dass Sie noch früher wieder einsatzbereit sind als ich?« Pallauer tippte auf sein Bein. »Ich muss zur Reha. Nach Thüringen. Es dauert, bis die gebrochenen Knochen geheilt sind.«

Henne grinste schief.

»Das wird schon wieder. Auch mit dir, Henne.« Reinboldt nickte ihm zu.

Zum Glück hatten es die beiden eilig. Als sie gingen, stießen sie in der Tür mit Trettau zusammen.

Trettau wartete, bis sie verschwunden waren, dann fragte sie: »Was wollten die denn bei dir?«

»Keine Ahnung. Vermutlich war es ein Höflichkeitsbesuch. Den hätten sie sich sparen können. Ich weiß gar nicht, warum ich noch hier herumliege.«

»Der Arzt meint, du bist okay«, sagte Trettau. »Das alles war ein bisschen viel für dich. Aber wenn du deine Medizin regelmäßig genommen hättest, wäre so ein Schwächeanfall vermeidbar gewesen.«

Henne rutschte in dem Krankenhausbett nach oben, bis er an das Kopfende gelehnt zum Sitzen kam. Ab jetzt würde er daran denken, die Tabletten zu nehmen. Er hatte genug von den ständigen Krankenhausaufenthalten. »Was ist mit Pierre Ritter?«

»Der kommt durch.«

»Gott sei Dank.« Pierre verdiente eine Strafe, die wirklich hart für ihn war. Der Tod wäre nur eine willkommene Erlösung gewesen.

»Seit wann kümmert es dich, wie es einem Mörder geht?«

»Ritter ist ein Killer, er hat mehrere Menschen auf dem Gewissen. Und ich glaube, bei dem läuft eine Schraube im Dreck. Aber ich hatte ihn so weit, dass er aufgeben wollte. Reinboldts Ballerei war unnötig.«

»Mag sein. Für uns sah es anders aus.«

Henne runzelte die Stirn. »Hast du den Bericht schon geschrieben?«

»Der liegt bei Schuster auf dem Tisch. Der Alte kann es kaum erwarten, dich wieder im Dienst zu sehen.«

»Tu mir den Gefallen und dreh dich um.« Henne schlug die Bettdecke zurück. Beim Anblick des knappen Krankenhaushemds über seinem Bauch grinste Trettau. Kaum hatte sie ihm den Rücken zugewandt, sprang Henne aus dem Bett und warf sich hastig seine Sachen über. »Fertig, wir können gehen.«

»Warum hast du es so eilig? Du könntest über Nacht bleiben, nur zur Beobachtung.«

»Blödsinn. Mir geht es bestens. Außerdem ist Dschingis allein zu Hause.« Bestimmt hatte der schon längst den Futternapf leer gefressen und hatte jetzt Hunger wie ein Bär.

»Was ist mit den Formalitäten? Abmeldung und so?«

»Später, das hat Zeit. Jetzt fahre ich heim.« Er sehnte sich nach seinem Bett und Erikas Geruch, der in ihrem Kopfkissen hing. Heute Abend würde er sich darin vergraben und alles vergessen.

Draußen vor der Klinik wehte ein scharfer Wind, der Henne Tränen in die Augen trieb. Er kniff sie zusammen und wäre beinah mit einer Frau zusammengestoßen.

»Meine Güte, Heinrich, kaum lässt man dich allein, passiert etwas.« Die Frau strich sich die vom Wind zerzausten langen blonden Haare aus dem Gesicht und lächelte ihn an. Nie hatte er dieses Lächeln mehr als in diesem Moment geliebt.

»Erika!«

»Dann will ich mich mal verabschieden. Du bist ja jetzt in guten Händen.« Trettau winkte ihnen zu und ging rasch davon zu ihrem Wagen.

Henne schloss Erika in die Arme. »Du hast mir so gefehlt.«

Hand in Hand liefen sie die Straße entlang bis zum »Da Salvo«, dem italienischen Restaurant, in dem sie schon oft gewesen waren.

»Wo kommst du überhaupt auf einmal her?«, fragte Henne.

»Ich hatte Sehnsucht nach dir.«

»Im Ernst?«

Erika zwinkerte ihm zu. »In Spanien habe ich einen alten

Zeitungsartikel gelesen, beim Friseur. Darin ging es um ein Jugendcamp. Die Kinder waren einem Betreuer ausgeliefert, der die christliche Erziehung ziemlich exzessiv betrieben hat. Er war wohl ein Fanatiker. Das hat mich an einen Film denken lassen, den ich vor ein paar Jahren im Kino gesehen habe. Auch da ging es um einen fanatischen Eiferer. Der Film hieß ›Seven‹. Ich musste an den Toten denken, den du im Friedenspark gefunden hast. Und an das Mal auf seinem Rücken. Ich habe etliche Male daheim angerufen, aber du warst nie zu erreichen.«

Henne senkte den Blick. Das Blinkzeichen des Anrufbeantworters hatte er in den letzten Tagen beharrlich ignoriert.

»Ich habe mir Sorgen um dich gemacht. Du hättest ja einen zweiten Herzinfarkt haben können. Also habe ich den nächsten Flug nach Deutschland genommen. Jetzt bin ich hier. Und wie mir scheint, bin ich gerade noch rechtzeitig gekommen.« Erika schaute ihn an. »Warum warst du im Krankenhaus?«

Henne sah die Sorge in ihrem Blick. In seiner Brust breitete sich eine warme Wolke aus. Sanft streichelte er Erikas Finger. »Nur ein kleiner Schwächeanfall, nichts Schlimmes. Alles ist gut, ich bin gesund.«

»Ich hatte Angst um dich«, gestand Erika.

»Danke, aber das musst du nicht. Ich passe schon auf mich auf, okay?«

Irgendwann, so nahm er sich vor, würde er ihr von Pierre Ritter erzählen, der ihn als sein siebtes und letztes Opfer beinahe getötet hatte. Bis dahin konnte er sich in Ruhe überlegen, ob er ihr auch sagen sollte, dass der Jugendbetreuer, von dem sie gelesen hatte, und Pierre vermutlich ein und dieselbe Person waren.

Als sie das »Da Salvo« betraten, empfing sie ein Geruch nach Knoblauch, Olivenöl und gebackenem Teig. Henne atmete tief ein. »Ich weiß schon, was ich bestelle.«

Erika lächelte. »Saltimbocca alla Romana, das isst du hier ja am liebsten. Wenn du willst, spendiere ich dir auch ein Dessert. Ein Pannacotta-Törtchen, zum Beispiel.«

Und ob er wollte. Erika war die beste Frau der Welt. Das hatte er schon immer gewusst.

Sylke Tannhäuser
LEIPZIG IM SUMPF
Broschur, 192 Seiten
ISBN 978-3-89705-809-5

»Sylke Tannhäuser geht davon aus, dass Polizei, Stadtverwaltung und Staatsanwaltschaft einiges zu verbergen haben…«
Neues Deutschland

www.emons-verlag.de